HEYNE<

Das Buch
Der umschwärmte Modezar Wolf, der Welt des Glamours und der Laufstege überdrüssig geworden, entflieht in das freiwillige Exil des Hexenkessels von New York. Wolf sucht Zerstreuung und neue Ideen, aber umgeben von schönen Menschen, gefallenen Engeln und falschen Freunden wird er immer mehr zu einem stillen Beobachter, der hinter der schrillen Oberfläche der Parties, Clubs und Orgien in einen Abgrund blickt. Die Personen, denen er begegnet, erscheinen ihm wie Puppen – leblose, androgyne und exaltierte Hüllen, die zwischen Drogen, Sex und Selbstverliebtheit nach einem Rest von Wärme suchen, der nichts kostet – vor allem keine Coolnes. Überall bleibt Wolf nur Zuschauer – bis er eines Nachts auf den geheimnisvollen Josh trifft, der die magischen Worte ausspricht, die Wolf erlösen können auf seiner Suche nach einem Gefährten der Seele ...

Der Autor
Wolfgang Joop, 1944 in Potsdam geboren, studierte Kunstpädagogik und Werbepsychologie, Malerei und Bildhauerei. Er wurde in den Achtzigern Deutschlands berühmtester Modeschöpfer, ist außerdem Kunstsammler, Maler, Mäzen, Professor, Koch und Illustrator, engagiert sich sozial und hat vielbeachtete Essays in *Spiegel, Stern, Frankfurter Allgemeine Zeitung* und *Züricher Weltwoche* geschrieben. Er lebt in New York und Monte Carlo.

Wolfgang Joop
Im Wolfspelz

WILHELM HEYNE VERLAG
MÜNCHEN

Umwelthinweis:
Das Buch wurde auf chlor- und säurefreiem Papier gedruckt.

Taschenbucherstausgabe 08/2004
© Eichborn AG, Frankfurt am Main, August 2003
Copyright © dieser Ausgabe 2004 by Wilhelm Heyne Verlag,
München, in der Verlagsgruppe Random House GmbH
Printed in Germany 2004
Gedichte: EVA STRITTMATTER: LIEBE UND HASS.
DIE GEHEIMEN GEDICHTE 1970–1990
©Aufbau Verlag GmbH 2002
Umschlagillustration: Duane Michals
nach einer Idee von Wolfgang Joop
Umschlaggestaltung: Nele Schütz Design, München,
unter Verwendung des Originalumschlags von Christina Hücke
Satz: Buch-Werkstatt GmbH, Bad Aibling
Druck und Bindung: GGP Media, Pößneck
http://www.heyne.de

ISBN: 3-453-87955-4

*»Am Anfang schuf Gott den Menschen.
Doch als er sah, wie schwach er war,
gab er ihm den Hund.«*
(Toussenel)

Lieber Freund,

ich weiß, Du hast mir längst verziehen, daß ich damals gegangen bin, ohne Dich erkannt zu haben. Vielleicht hast Du ja verstanden, warum. So wie Du alles zu verstehen scheinst.
Als ich damals gegangen bin, war ich blind.
Man sagt oft, daß man »blind vor Liebe« sein kann. Aber das stimmt nicht. Man ist blind, solange man sie sucht und nicht findet. Auf dieser Suche bin ich lange gewesen. Und meine Engel haben mich dabei an Abgründe begleitet. Mich hineinschauen lassen und immer gehalten, damit ich nicht hinabstürze.
Doch dann haben sie mich zu Dir geführt, oder Dich zu mir.
Und aus Dankbarkeit habe ich mich entschlossen, unsere Geschichte aufzuschreiben. Vor allem für diejenigen, die nur deshalb unglücklich sind, weil sie nicht wissen, wie es ist, wenn sie das Glück wirklich verlassen hat.
Jedenfalls, mein Freund, gilt dies: kein Leben ist lang genug, um das Glück auf später zu verschieben.
Der Leser wird mir erlauben, daß ich von mir in der dritten Person berichte. So werde ich weniger versucht sein zu lügen.
Der Leser muß nachsichtig sein mit mir und auch geduldig.
Es heißt, daß die, die die Liebe am meisten verdienen, von ihr nur selten belohnt werden. Und ich fürchte sogar, daß das stimmt: denn verdient habe ich Dich nicht.
Grimassen habe ich viele gesehen. Aber auch das Lächeln der Liebe. Denn Du kannst lächeln, ob man es glaubt oder nicht. Lesen kannst Du allerdings nicht. Aber wozu auch?
Du kennst die Geschichte und fühlst, was ich Dir sagen will.
Dein Wolf

Kapitel 1

»Paradise is a state of mind.«
(Simone Weil)

Um über die Wolken und unter die Sterne zu kommen, mußte Wolf in ein Flugzeug steigen. Fliegen ist für manche immer noch ein Abenteuer. Wolf fühlte sich eher wie ein Busreisender, der von der Straße abgehoben hat.

Angst vorm Fliegen hatte er nicht. Wohl aber Angst, nicht rechtzeitig am Flughafen zu sein. Die panische Furcht davor, zu spät zu kommen, hatte er von seiner Großmutter geerbt. Die hatte immer schon drei Tage vor einer Abreise auf ihren Koffern gesessen. Im Mantel und mit einem Hut auf dem Kopf.

Wolf erreichte das Flugzeug mit Ziel New York rechtzeitig.

Als es mit ihm abhob, schloß er, wie viele seiner Mitreisenden, die Augen, atmete flach, gab gleichsam scheintot sein Schicksal in fremde Hände.

Die wirklich reizende Flugbegleiterin hatte Wolf mit einem so mitfühlenden Lächeln zu seinem Sitz geführt, als stünde ihm eine Blinddarmoperation bevor.

»Fliegen Sie das erste Mal nach New York?« fragte sie freundlich. »Nein!« antwortete er knapp.

»Sie sind nett. Aber ich möchte keine Reisebekanntschaften machen. Davon halte ich nichts. Stürzen wir ab, werden sich unsere Wege sowieso trennen. Sie fliegen als Engel nach oben weiter, und ich komme in die Hölle.«

»Ach was«, lachte die Uniformierte, »Sie haben doch sicher ein Ticket fürs Paradies in der Tasche.«

Sie legte ihm eine rote Rose auf die Knie, deren Stiel in einem Reagenzglas steckte. Wolf wußte, daß die meisten Rosen, die in der ersten Klasse der Lufthansa verteilt wurden, nach der Ankunft in New York ihren Kopf verlieren.

Die Flugbegleiterin wandte sich Wolfs Sitznachbarn zu: »Möchten Sie etwas essen?«

Sie erhielt keine Antwort.

›Vielleicht‹, dachte Wolf, ›ist er in stummem Gebet versunken und bereitet sich auf sein baldiges Ende vor.‹

Es gibt Fluggäste, die sich betrinken aus lauter Angst vorm Fliegen. Sie sind kaum wach zu kriegen, wenn das Flugzeug gegen jede Erwartung doch heil gelandet ist. Andere tasten nervös nach ihrem Reisepaß, versichern sich zum hundertsten Mal, daß sie ihn eingesteckt haben. Ohne dieses Dokument existiert man nicht. Und Leute, die es nicht gibt, werden nicht ins Land gelassen.

»Ich nehme etwas!« sagte Wolf zur Stewardeß. Während sie seinen Klapptisch deckte, betrachtete Wolf aus den Augenwinkeln seinen Nachbarn, einen jüngeren Mann mit grauen Locken und dicker, randloser Brille. Seine Augen eilten über die letzten Seiten eines Buches, wie zwei Laufkäfer im Terrarium. Wolfs Blick folgte den seinen voller Neugier.

»*The eternal part of the soul feeds on hunger. When we do not eat, our organism consumes its own flesh and transforms it into energy. It is the same with the soul ... The eternal part consumes the mortal part of the soul and transforms it. The hunger of the soul is hard to bear, but there is no other remedy for our disease.*«

»Verzeihen Sie ...«, sagte Wolf.

Der Nachbar schaute auf und Wolf entdeckte in seinem offenen Hemdkragen einen goldenen Davidstern.

»Ja, bitte?«

»Ist das, was da steht, der Grund dafür, daß Sie nichts essen?«

»Nein«, lachte der Fremde, »ich esse gern. Ich war eben nur unaufmerksam.«

»Was bedeutet denn ›der ewige Teil verzehrt den sterblichen Teil der Seele und verwandelt ihn. Der Hunger der Seele ist hart zu ertragen, aber es gibt keine andere Heilung für unser Leiden‹?«

Ein zögernder Blick. Dann eine zum Gruß ausgestreckte Hand.

»Ich heiße Daniel«, sagt der Nachbar.

»Ich bin Wolf.«

Irgendwo über Schottland erfuhr Wolf, daß sein Nachbar unterwegs zu einem Treffen des *American Jewish Committee* war, einer Organisation, die von deutsch-jüdischen Emigranten ins Leben gerufen wurde. Nicht, um dort Verwandte zu treffen.

»Uns verbinden zerrissene Biographien. Wir sagen schnell Tante und Onkel, weil wir eigentlich keine Verwandten haben oder nicht wissen, wo sie sind. Ich zum Beispiel sage Tante zu einer Frau, die mir die Geschichte meines Vaters erzählt hat. Er konnte das nicht, weil er immer anfing zu weinen ...«

»Was war mit ihm?«

»Die Frau, deren Worte Sie gelesen haben, war Partisanin, kämpfte gegen die Faschisten im Spanischen Bürgerkrieg und arbeitete in der französischen Résistance. Mein Vater war in der Endphase des Dritten Reiches Partisan in Polen.

Er wurde zweimal gefangen genommen und mußte zweimal niederknien zur Exekution. Und zweimal flogen alliierte Flieger im Tiefflug über ihn und seine Henker hinweg. Die rannten fort und mein Vater entkam. Seine Kinder haben den Krieg nicht überlebt.

Ich bin der Sohn aus zweiter Ehe und verdanke meine Existenz dem Wunder, daß mein Vater gerettet wurde. Dieses Wunder entstand aus dem Zusammentreffen von Gut und Böse. Das Böse verweigert sich jeder Erklärung ...«

»Wollen Sie immer noch nichts?« fragte Wolf seinen Nachbarn.

»Doch. Jetzt gern. Fliegen Sie zum ersten Mal nach New York?«

Wolf wartete mit seiner Antwort, bis die Vorspeisen serviert waren.

»Nein«, sagte er, »ich bin quasi freiwillig nach New York emigriert. Ich bin aus Hamburg geflohen. Städte sind ja wie Frauen, heißt es. Wie Frauen, die wie bei einem Schönheitswettbewerb um die Gunst der männlichen Besucher buhlen. Berlin ist eine Schlampe mit schiefem Grinsen, Wien eine Kokotte im schmierigen, alten Sonntagsstaat, und Hamburg eine langweilige Blondine, die das Maul nicht aufkriegt, aus Angst, nichts Bedeutsames hervorzubringen.«

»Und New York?«

»Ach, New York ist wie Brigitte Helm in ›Metropolis‹. Zum einen gibt sie die menschlich gute Maria, dann aber die böse, kalte, maschinelle Roboter-Maria.«

»Als ich das erste Mal nach New York kam, Ende der Siebziger Jahre ...«, fuhr Wolf fort, »... da war ich geradezu niedergedrückt von der Allgegenwart einer neuen Freiheit. Ein revolutionärer Geist machte aus jedem in New York einen Lebenskünstler, jeder wollte das Experiment Freiheit mit allen Konsequenzen probieren. Teil des Experiments war, verschlossene Türen zu öffnen, um alles, aber auch alles, in diese Welt zu lassen, was hinter diesen Türen verborgen gewesen war. Es sollten gemeinsame Formeln von Genuß entdeckt und ausprobiert werden, die man aus Angst vor Anarchie und Kontrollverlust verschwiegen hatte ... Übertreibungen, Rücksichtslosigkeiten, Opfer gehören zu jeder Revolution. Es gab nur einen Feind: die eigene Spießigkeit!

Und jetzt? Alle geben sich neoliberal und es geht nicht mehr um ein Kunstwerk, an dem alle arbeiten, sondern um Ausbeutung, an der jeder beteiligt sein will. Es gibt neue Drogen, einen neuen, schlechten Geschmack. Die Immunschwäche der Welt hat sich offenbart. Und es gibt kein Mittel gegen sie.«

Kurz vor der Landung wandte sich sein Gesprächspartner an ihn:

»Hier. Ich gebe Ihnen das Buch. Und meine Visitenkarte. Vielleicht treffen wir uns einmal wieder. Ich bin Anwalt.«

Wer nach New York kommt und seinen Verstand bei sich hat, ist gerne bereit, die Visitenkarte eines Anwalts entgegenzunehmen. Wolf selbst hatte keine, also schrieb er seine Adresse und Telefonnummer auf die Serviette. Dann schaute er auf die Visitenkarte. Daniel Ajzensztejn.

»Hübsch komplizierter Name«.

»Eisenstein war uns irgendwann zu deutsch.«

Wolf nickte, drehte das Buchgeschenk ungeschickt in den Händen.

Auf dem Einband las er, wie ein Student sich an die Autorin erinnert: »*Ihr durchdringender Blick durch die Brillengläser. Ihr Lächeln – alles an ihr strahlte totale Wahrhaftigkeit und Selbstvergessenheit aus und enthüllte einen Edelmut der Seele, der die Ursache für die Emotionen war, zu denen sie uns inspirierte.*«

Wolf musterte den lächelnden Daniel Ajzensztejn. »Nein«, sagte dieser, als könne er Gedanken lesen. »Nein. Ich bin nicht immer ihrer Ansicht. Und Simone Weils beinahe pathologisches Bedürfnis, menschliches Leid zu teilen, ist mir fremd. Dafür ist das Leben viel zu schön und viel zu kostbar. Das haben auch meine Vorfahren gedacht, als sie nach Amerika geflohen sind. Seit jeher sind die unterschiedlichsten Menschen nach Amerika gegangen. Um etwas zu suchen, das sie zu Hause nicht finden konnten. Oder, weil sie kein Zuhause mehr hatten. Sie suchten Freiheit, Glück oder Ruhm. Oder sich selbst. Wer nach New York kommt, ohne sich selbst zu kennen, dem wird diese Stadt nur zeigen, wer er nicht ist!«

Wolf nickte: »Obwohl ich immer denke, daß gleich nach meiner Ankunft etwas Wunderbares passiert, komme ich eigentlich zum Arbeiten. Es gibt New Yorker, die sagen, wenn man in der Stadt nichts zu tun hat, sollte man sie innerhalb von zwanzig Minuten wieder verlassen.«

»Ich hoffe, Sie bleiben etwas länger. Es wird sicher etwas Wunderbares geschehen!«

»Ja!« sagte Wolf und dachte: hoffentlich!

Er war entschlossen, alles zuzulassen. ›Ich werde es schon schaffen, mir wieder unter allen angebotenen Übeln das größte auszusuchen! Engel gehen bestimmt mit der Zeit und sind nicht mehr ohne weiteres an ihrer altmodischen Garderobe zu erkennen‹, überlegte er und betrachtete dabei den grauen, dreiteiligen Anzug von Daniel Ajzensztejn.

Später schaute Wolf aus dem Fenster, entdeckte Long Island und sah den endlos langen Sandstreifen von Fire Island im Wasser und in der Ferne die Skyline von Manhattan. Er war mit dem Tag geflogen.

»Wissen Sie, Wolf«, sagte Daniel Ajzensztejn beim Verlassen des Flugzeugs, »viele von uns haben keine gemeinsame Sprache. Die einen können kein Englisch, die anderen kein Hebräisch, ich kein Polnisch. Es ist nicht leicht, sich zu verstehen. Die Geschichten ... Es kann viele Mißverständnisse geben. Man braucht viel Geduld.«

»Ich weiß. Geduld ist genau das, was ich nie hatte.«

Daniel und Wolf gaben sich zum Abschied die Hand. In New York trafen sie sich nicht wieder.

›Welcome back in Schizopolis!‹ begrüßte Wolf sich selbst, als die riesigen Häuserblocks von Manhattan sich vor ihm auftürmten wie eine uneinnehmbare Festung. ›Ich werde immer wiederkommen! Zu dir, Heimat der Ausreißer. Großzügig läßt du mich Schicksal spielen. Und ich werde zahlen für den Einlaß in die Hölle, die ich mir selbst ausgesucht habe. Wenn ich drin bin, werde ich mir einen Drink bestellen und wissen, daß ich nicht mit meinem Leben bezahlen muß, um Eintritt ins Paradies gewährt zu bekommen, in dem Jungfrauen auf mich warten, die ich nicht erwartet habe.‹

Kapitel 2

Es ist nichts geschehn. Es wird nichts geschehn.
Wir dürfen nicht schreien, wir dürfen nicht weinen.
Wir fangen nur an, anders auszusehn.
(E. Strittmatter aus: »Kontur«, letzte Strophe (drei Zeilen))

Das Jahr, in dem Wolf geboren wurde, war ein gutes Erntejahr für die Bauern. Und für den Tod. Als die Bomben auch auf die kleine Stadt Potsdam in Preußen fielen, floh Wolfs Mutter mit ihrem Neugeborenen in einen kalten Keller. Dort ängstigten sich bereits andere Mütter mit ihren Kindern. Die Männer verteidigten unterdessen das, was längst verloren war. Die Kinder weinten, wenn sie nicht vor Erschöpfung schliefen. Viele waren krank. Doch kein Kind war so krank wie der kleine Wolfgang, erzählte seine Mutter später immer wieder. Ein dunkler Engel saß auf seiner Brust und ließ ihn nicht atmen. Der Junge überlebte durch die Nähe zum unregelmäßig schlagenden Herz seiner Mutter und war oft dem Tod näher als dem Leben.

Da sein Vater noch im Krieg war, hatte sie allein entschieden, das Kind Wolfgang zu nennen. Der Name ist germanischen Ursprungs. Und man dachte germanisch in dieser Zeit. Wolfgang ist abgeleitet von »Wolf« und »Streit« und bedeutet auch so etwas wie »Waffengang«. Ihr Sohn sollte ein energischer und pflichtbewußter Mann werden.

Als Wolfgang vier Jahre alt war, beschloß die Familie, daß er in der Dorfkirche getauft werden sollte. Eigentlich hatte man warten wollen, bis der Vater aus Gefangenschaft heimgekehrt war, aber als ungetauftes Kind könne es passieren, daß er nicht in den Himmel käme, falls ihm etwas passierte. So ging er in seinem blauen Matrosenanzug mit Goldknöpfen an der Hand seiner Mutter den kurzen Weg zur Kirche. Als der Pfarrer ihm aus einer silbernen Schüssel kaltes Wasser auf die Stirn spritzte, schrie er wie am Spieß.

Die feierliche Kirche, ihre bedrückende Atmosphäre, hatte etwas Erstickendes. Überall glaubte der Junge, den Atem eines strengen Gottvaters zu spüren. Die strafenden Blicke der zwei großen Engelsfiguren in den hohen Kirchenfenstern, auch die Vorstellung, daß in den goldenen Bechern das Blut Jesu sein sollte, alles das machte ihm Angst. Er wollte wieder nach Hause mit der Mutter, den zwei Tanten und den Großeltern. Dort war die Welt übersichtlich. Ein Haus, in dem viele Menschen eng beieinander wohnten und abends am Kachelofen saßen. Ein gepflasterter Hof, ein riesiger Garten, in dem Gemüse, Blumen und Obst wuchsen – das verlieh ein Gefühl von Geborgenheit und Stolz, denn es gab keinen Mangel.

Jeden Winter rang Wolfgang wieder nach Luft, wenn seine Spielgesellen, die Katzen, und er im Haus bleiben mußten. Er litt unter Katzenallergie – was damals niemand wußte. Oft lief er blau an vor Atemnot und wurde mit kaltem Wasser abgeschreckt wie ein frisch gekochtes Ei. In den Wochen, die er im Bett verbringen mußte, vertrieb er sich die Zeit mit der Illustration der Märchen, die er vorgelesen bekam. Besonders »Die wilden Schwäne« von Hans Christian Andersen hatten es ihm angetan und er sah sich als der jüngste der verwunschenen Prinzen, der, nicht vollständig erlöst, einen Flügel statt eines Arms behalten mußte. Auch Wolfgang konnte sich nicht erklären. Gleich dem Gelübde der Prinzessin im Märchen fühlte er die Last, über etwas schweigen zu müssen, das in seinem Herzen verborgen war.

Im großen Haus nebenan, einem dreistöckigen Mietshaus, das sein Urgroßvater in der Gründerzeit gebaut hatte, lebten auf engstem Raum viele Familien, »Flüchtlinge« genannt. Die stickige Enge, der Geruch von schwelender Kohle und Kohlsuppe, der im Treppenhaus wie schlechter Atem lag, zog den Jungen magisch an. Dazu die endlosen Erzählungen der Frauen vom Elend der Flucht und von Vergewaltigung. Ein Wort, das für ihn gleichzeitig erregend und erschreckend klang, weil er nicht verstand, warum es stets ganz leise ausgesprochen wurde. In diesen Familien, die aus Not oder Zufall, nicht aus dem Bedürfnis nach Nähe, eng zusammengerückt lebten, fand Wolfgang seine düsteren Prinzen und bleichen Prinzessinnen.

Eine hieß Tulle Kussin, hatte einen blaßblauen Blick unter farblosen Wimpern und ein Schulterblatt stand aus dem Rücken heraus wie ein verkrüppelter Flügel. Sie übersetzte ihm die Geschichten der Erwachsenen und warf sich im Spiel dabei im dunklen Zimmer auf eine feuchte Matratze. Sie spreizte die Beine und entließ ihrem unentwickelten Geschlecht den Geruch geronnener Milch. Dann forderte sie den fünfjährigen Jungen auf, mit seinem nackten, ängstlichen Geschlecht das zu tun, was sie verlangte: »Spiel vergewaltigen!«

Tulle Kussin wußte noch nicht, wie man küßt. Aber sie wußte, wie man aus einem Ei und viel Wasser einen blassen Eierkuchen backt. Sie wußte auch, einen Adventskranz aus Tannenzweigen herzustellen, den sie mit schwarzem Zwirn so eng umwickelte, daß er aussah wie ein kleiner Autoreifen. Keine Tannennadel stach aus dem Gebilde heraus. Wolfgang bewunderte die Perfektion, mit der sie zu Werke ging.

Die Jungs, die stärker und größer waren als er, unterwarfen ihn beim Raufen und preßten ihre Körper auf ihn. Und Wolfgang stellte sich vor, er sei ein sterbender Soldat, dessen Kamerad liebevoll von ihm Abschied nähme. Im Gegensatz zu Wolfgangs eigenem zögernden Wesen, fühlte er sich in seiner Jugendzeit angezogen von eher wilden, entwurzelten Jungs. Die, die er bewunderte, hatten etwas Rohes, Düsteres. Er folgte ihren Wegen und belauerte ihre Pläne, die sich ihm nicht mitteilten.

»Morgenrot, Morgenrot, leuchtet mir zum frühen Tod ...«, sang der Großvater ihm oft vor, bis beiden die Tränen kamen. Zweistimmig dagegen sangen sie »Ich hatt' einen Kameraden, einen bessren findst du nicht ... doch da kam eine Kugel geflogen und riß ihn fort von mir ... ja riß ihn fort von mir, als sei's ein Stück von mir.«

Der Großvater hatte einen direkten Draht zum lieben Gott. Wenn er nach dem Mittagessen allein mit seinem Enkel war, erklärte er: »Weeßte, Wölfchen, wenn ick hier so sitze in meinen Lehnstuhl, denn kiek ich hoch an die Decke und denn seh ick den lieben Jott. Mit nen langen weißen Bart. Und der nickt und sacht ›jawoll, Paule, du hast allet, aber och allet richtich gemacht!‹«

Der Großvater war ein stolzer Mann und kannte keinen Zweifel daran, daß alle ihn liebten und achteten. Besonders gern stellte er sich vor, wer ihm die letzte Ehre erweisen würde, wenn er dereinst in den feuchten Boden des Friedhofs gesenkt würde. Sein Heldentum hatte sich im Ersten Weltkrieg darauf beschränkt, bei drei Heimaturlauben drei Töchter, aber keinen männlichen Erben gezeugt zu haben. Diese Stelle nahm nun der kleine Wolfgang ein, der vom Heldentod träumte. Unter dem großen, alten Apfelbaum, der im Frühjahr blühte, im Herbst aber meist keine Lust hatte, Äpfel zu tragen, spielte Wolfgang »verbluten«. Er lag dann ausgestreckt am Fuß des Baumes und ließ sich beweinen. Am liebsten von Tulle Kussin, dem bleichen Flüchtlingsmädchen.

Seine kindliche Fantasie war früh verdorben von den sentimentalen Kriegsgeschichten seines Großvaters. Der Garten der Großeltern war groß genug für seine Träume und Sehnsüchte.

Von Liebe sprach man nicht in jener Zeit, obwohl die Frauen bei der Gartenarbeit immer viel zu erzählen hatten. Meist ging es um jene jungen Männer, die früher immer ins Haus gekommen waren, sich zuerst in die älteste der drei Schwestern, Elisabeth, verliebt hatten, dann in Wolfgangs Mutter, Charlotte, um sich zu guter Letzt, ans Haus und an die Erdbeeren aus dem Garten gewöhnt, an Ulla, die Jüngste, heranzumachen. Nach dem Krieg kam keiner wieder.

»Mein Peter«, erklärte Tante Ulla mit tapferer, leicht zitternder Stimme oft, »liegt im Eis von Murmansk.« Für Wolfgang klang das beruhigend. Tante Ulla mußte nicht auf ihn warten, sie wußte immer, wo er war. Die Abwesenheit des Vaters empfand Wolfgang nur deshalb, weil seine Rückkehr immer wieder angekündigt wurde. Sie schien ihm noch unwahrscheinlicher als die von Kaiser Wilhelm, den der Großvater so lautstark wiederhaben wollte. Oder die Wiedergeburt des Heilands, die sonntags in der Kirche versprochen wurde.

War es die Sehnsucht der Mutter und Tanten nach der Liebe eines Mannes, die er so sehr spürte, daß er niemals Mann werden wollte? Unter Kindern fühlte er sich isoliert, unter Erwachsenen verraten. Als Einzelkind forderte er von allen Ausschließlichkeit, und diese Forderung machte ihn verletzlich und einsam.

Wurde dem Jungen der Garten allzu eng, wanderte er über den schattigen Friedhof in einen Park, in dem ein Märchenschloß auf ihn und die Rückkehr König Friedrichs zu warten schien. Die goldenen Buchstaben, die Friedrich über dem Mittelteil des Schlosses hatte anbringen lassen, bedeuteten

»sorgenfrei«. Das hatte der Schloßwärter Wolfgang erklärt. Der Wärter war außerdem Trichinenbeschauer, wenn im Haus der Großeltern ein Schwein geschlachtet wurde. Er ließ den Jungen ohne Aufsicht im Schloß umherwandern. Manchmal legte Wolfgang heimlich eine bunte, goldgeränderte Sammeltasse von Tante Ulla in einen Korb und trug ihn in das verlassene, prächtige Gebäude. Dann schritt er durch nach kühlem Staub riechende Räume und setzte sich vorsichtig auf einen mit Seide bezogenen Goldstuhl. Mit steifem Rücken hob er die Tasse, führte sie mit abgespreiztem kleinen Finger zum Mund, schluckte Luft statt Tee und deutete mit Kopfnicken und Gesten elegantes Geplauder an.

Den Namen ›Sans Soucis‹, der so lieblich klingen sollte, verstand der erwachsene Wolf später als elegant-trotzige Lüge des einsamen Königs von Preußen. Was heißt schon »ohne Sorgen«, wenn man »ohne Liebe« meint. Die Liebe seines Lebens, heißt es, sei der Leutnant von Katte gewesen, vom Vater, dem König, durch Mord beendet. Wenn Wolfgang allein durch das leere Schloß ging, glaubte er, in der erlesenen Schönheit der Räume den kalten Atem schmerzvoller Einsamkeit zu spüren. Und nie mehr verließ ihn die lautlose Klage, die die kostbaren Parkettböden, die seidenen Wandbehänge und vergoldeten Rocaillen zu durchdringen schien. Sie machte ihn zum Vertrauten und Mitwisser. Sie würde ihn nie mehr verlassen.

Kapitel 3

»*Wir haben Begierden und Abgründe durchschritten,
doch nie wieder das Aroma der Kindheit getroffen ...*«
(Michel Houellebecq, Gedichte)

Als Sechsjähriger fuhr er mit seiner Mutter in der S-Bahn von Potsdam nach Westberlin. Es war seine erste Weltreise, und während er gebannt auf die vorbeirasenden Bäume und Häuser schaute, aß er eine Klappstulle mit hausgemachter Leberwurst.

Seine Mutter öffnete ihre Handtasche, holte den Lippenstift heraus und malte sich die Lippen an, ohne in einen Spiegel zu schauen. Am Bahnhof Zoo stiegen Wolfgang und seine Mutter aus.

Auf dem Ku'damm flanierten Damen in Kostümen mit Wespentaille und hochhackigen Pumps. Aus dem Augenwinkel verglich er diese Erscheinungen mit der seiner Mutter.

Er fand sie ebenfalls schön mit ihren hohen Wangenknochen, wilden, dunklen Locken und ihren geheimnisvoll suchenden, graugrünen Augen. Allerdings hätte sie etwas weniger natürlich aussehen können, fand er bei sich. Sie hatte nämlich Sommersprossen, eine frische Gesichtsfarbe und trug ein geblümtes Kleid mit Anorak und eher sportliches Schuhwerk.

An einer grauen Hauswand entdeckte Wolfgang staunend eine Neonreklame für einen Lippenstift: ein Frauenportrait mit verbundenen Augen und zum Kuß gespitztem Mund, der Inbegriff von Luxus, Eleganz und Frivolität; »Rouge baiser« hörte er die Mutter buchstabieren.

Westberlin war ein fremder Planet, ein Ort voller Verheißung, das Versprechen verbotener, süßer Genüsse, wie die unbezahlbaren Torten in den Glasvitrinen des Café Kranzler. Wobei Wolfgangs uneingeschränkte Sehnsucht weniger den raffinierten Kunstwerken aus Sahne und Baiser galt als vielmehr dem Käsekuchen, den er von zu Hause kannte.

Der Kontrast zur ernsten, verletzten Schönheit seiner Heimatstadt überwältigte ihn und sollte zum immer wiederkehrenden Thema seiner späteren Arbeit werden.

Vieles galt in Wolfgangs Familie als nicht normal: das Wetter, die Preise, die Politik. Der Postbote war auch nicht normal. Der hatte »schon mal gesessen« und war »ein Hinterlader«, sagte der Großvater. Und Jungs sollten von ihm kein Geld annehmen. Von anderen Leuten schon. Denn »wer den Pfennig nicht ehrt, ist den Taler nicht wert.« Keinen Taler wert war die Puppe, die Wolfgang eines Tages fand. Sie war auch nicht normal, sie hatte keine Arme, keine Beine, Schlafaugen und einen offenen Mund. Sie schien ständig Appetit zu haben.

Wolfgang teilte deshalb alles mit ihr, vor allem Schokopudding und »Vitalade« – so hieß der Ersatz für echte Schokolade in der Deutschen Demokratischen Republik. Da die DDR das Ersatzland für das Deutsche Reich und das Gegenteil von Westdeutschland war, gab es in diesem Land auch Ersatzbezeichnungen, eine eigene deutsche Sprache. Die Ersatz-Süßigkeiten und Ersatz-Limonade stopfte Wolfgang seiner arm-, bein- und namenlosen Puppe in den zahnlosen Mund. Ihr gab er gern ab. Ihr konnte er alles anvertrauen.

Die Liebe währte nur kurze Zeit. Die Puppe bekam üblen Mundgeruch, wurde krank, starb schnell und mußte im

Garten unter den Stachelbeerbüschen beerdigt werden. Ein paar Kinder trauerten am Grab, das mit Blütenblättern ausgelegt war.

»Ich werde dich bei deinem Namen rufen. Spricht Gott!«

Als Wolfgang diesen Satz eines Sonntags in der Kirche hörte, erschrak er, denn sein Name wollte so gar nicht zu ihm passen. Er war schüchtern. Statt Räuber und Gendarm wollte er lieber mit Puppen spielen. Da das als nicht normal galt, fing er Frösche, Käfer und Schmetterlinge und stellte sich vor, sie seien Feen oder verwunschene Königskinder wie er selbst. Die Natur war voller guter Geister und war ihm vertrauter als die meisten Menschen, die im Garten und auf den Feldern arbeiteten oder zu Besuch kamen und wieder gingen. Die Natur teilte ihre Geheimnisse mit ihm, ihr Blühen und Welken ängstigte ihn nicht so wie die Menschen, deren falsche Versprechungen und Abschiede er fürchtete. Er träumte viel und seiner Familie blieb nicht verborgen, daß er kein Wolfgang werden wollte, sie nannte ihn längst Wolfi oder Wölfchen.

Der fremde Mann, der eines Abends hohläugig und mit kurzgeschorenen Haaren in der Tür stand und dem Foto so gar nicht ähnlich sah, das der Junge kannte, hatte ihn eigentlich Manfred taufen wollen. Wolfi saß sorgfältig gekämmt auf einem Stuhl und sollte zur Begrüßung ein Bild malen. Dies betrachtete der Vater nur flüchtig und umarmte dann seinen Sohn voller Schmerz. Der Junge floh auf einen Baum und versteckte sich, bis es dunkel war.

Die Schulzeit empfand er als Geiselhaft. Im Mathematik- oder Geschichtsunterricht träumte er seine Kinderträume weiter und nahm nur Details auf, die er in seine Fantasien einarbeitete.

Als er auf die Frage: »Wer war die schöne Helena?« mit »Helena Rubinstein, eine Kosmetikfirma« antwortete und sich den Namen »Orest« mit »Oh, bleib doch« und »La mer« mit »die Mutter« übersetzte, hielt man ihn nicht für dumm, sondern für exaltiert. Komplizierte Rechenaufgaben versuchte er, mit zehn Fingern zu lösen. Und lautete die Aufgabe: »Drei Frauen haben je 100 Mark. Wenn ein Pfund Butter 5 Mark kostet, wie viel Butter bekommt jede und wie kommen sie wieder nach Hause, wenn eine Fahrt mit der Bahn 10 Mark kostet?«, so überlegte er, was sie wohl zum Einkaufen angezogen haben könnten und ob sie verheiratet oder geschieden waren.

Der Vater stand ratlos vor diesem ihm so fremden Sohn, der sich selbst ein Rätsel war, sich einerseits nach Beständigkeit sehnte, andererseits davon träumte, alles Vertraute zu verlassen.

Am Ende der Schulzeit gab es einige Menschen, die an ihn glaubten und ihn liebten. Doch er kannte sich selbst zu wenig, um diese Liebe zu schätzen, und vertraute eher auf seine Verführungskunst.

Später, als er erwachsen war, nannte er sich nur noch Wolf; den Familiennamen, den er mit seinem Vater teilte, ließ er weg. Da hatte er schon gelernt, sich zu verstellen. Sich selbst zu trauen, lernte er nicht.

Da ihm als Junge verwehrt worden war, mit Puppen zu spielen, wurde er später Puppenspieler. Mehr durch Zufall als durch eigene Entscheidung. Es machte ihm Spaß, wenn die Zuschauer reagierten. Und er entschied, ob das Spiel ein gutes oder ein böses Ende nahm.

Irgendwann riefen viele Leute seinen Namen. Zuerst konnte Wolf es nicht fassen und forderte sie auf, das doch noch mal zu tun. Und bitte lauter, viel lauter! Als die Leute es tatsächlich taten, war er sehr stolz. Bis der Lärm anfing, in seinen Ohren zu schmerzen.

Dennoch blieb er unsicher und verlangte von sich einen Sieg nach dem anderen.

Wolf war ein erfolgreicher Puppenspieler geworden. Er spielte nur noch vor Erwachsenen. Nicht mehr für Kleingeld oder Applaus. Es ging ihm um immer größere Einsätze und um Respekt.

Den Leuten gefielen seine Ideen. Sie kamen hinter die Bühne und fragten, ob es die Puppenkleider auch in ihrer Größe gebe. Sie wollten tatsächlich selbst so aussehen wie die Puppen in Wolfs Spiel.

Sie zahlten Geld und küßten ihn auf beide Wangen. Wolf und sein Rudel konnten es nicht fassen, und statt sich, wie echte Künstler, ernst und würdevoll zu benehmen, alberten sie herum. Albernheit ist die Glückseligkeit der Dummen, heißt es ja. Es gab auch viele Kunden, die erst begeistert und dann beleidigt waren. Nicht wiederkamen oder sogar auf Rache sannen.

»Ich habe doch nur aus Kacke Bonbons gemacht!« lachte Wolf oft. Später hörte er den etwas distinguierteren englischen Ausdruck dafür – *Turning failure into art* – was ungefähr dasselbe bedeutet: aus einem Mißgeschick Kunst machen.

Zwei Dinge jedenfalls hat Wolf in diesen Jahren gelernt:

das erwachende Bedürfnis seiner Landsleute nach Exzentrik und Luxus und die Gier von Geschäftspartnern und sogenannten Beratern für sich selbst zu nutzen.

»Es fängt so mancher weise Mann ein gutes Werk
zwar fröhlich an
und bringt's doch nicht zum Stande.
Er baut ein Schloß und festes Haus,
doch nur auf lauter Sande.«
(Paul Gerhardt, 1653)

Im Gegensatz zu seiner Kindheit glaubte Wolf nun zu wissen, was und wie ihm geschah. Und alles hätte so weitergehen können.

Je länger er aber Spiele erdachte und Kleider entwarf, um so gleichgültiger wurde ihm, was Leute trugen oder wie sie in seinen Kleidern wirkten. Immer wichtiger wurde ihm stattdessen, wie er selbst wirkte: »Ich will nicht die Art, wie Leute sich kleiden, ändern. Ich will die Art, wie Leute über mich denken, ändern!«

Er war schon fast in seiner Lebensmitte angelangt. Da ihm Schweres zu leicht und Leichtes zu schwer gefallen war, fühlte er sich immer noch nicht erwachsen und war weit davon entfernt, klug oder gar demütig zu sein.

Er glaubte, einsam zu sein wie ein echter Wolf, und sehnte sich ...

Wonach? Vielleicht danach, einfach verloren zu gehen ...

Es war Zeit zu gehen.

Hatte er Streit gehabt?

War er verletzt worden? Nein, es war schlimmer.

Irgend etwas hatte er verloren, in der langen Zeit, in der er wie ein Wolf gekämpft hatte um Siege und um Respekt im Rudel. Zuerst war es darum gegangen, dazuzugehören. Dann um so mehr darum, nicht mehr dazuzugehören. Das hatte Wolf geschafft.

Doch was war geschehen, daß Wolf sich nicht freuen konnte? Er verstand nicht mehr, wofür er gekämpft hatte. Er hatte keinen Hunger, und selbst bei Vollmond wollte er nicht mehr auf die Jagd gehen.

Einst hatte er gekämpft, um einzigartig zu sein. Jetzt fanden die anderen ihn nur noch eigenartig. Und er sich auch.

Er paßte nicht mehr zu denen, die ihn liebten, gehörte zu niemandem mehr.

Nicht immer fühlt sich der, der viel verdient hat, auch belohnt.

*»Da ich noch nicht geboren war, da bist du mir geboren.
Und hast mich dir zu eigen gar, eh ich dich kannt erkoren.«*
(Paul Gerhart, 1653)

Es war kurz vor Weihnachten und schon deshalb Zeit zu gehen.

Kapitel 4

»The future is made of the same stuff as the present.«
(Simone Weil)

Wölfe passen gut nach New York, dieser Stadt, die so vielen Obdach bietet, aber keinen Schutz.

Nicht nur nachts hört man ihr unheimliches Heulen. Das Herzstück von New York heißt Manhattan und ist eine langgestreckte Insel. Das sie umgebende schwarze Wasser macht sie zum Reservat für seltsame, manchmal gefährliche Wesen. Wenn es woanders warm ist, ist es hier heiß oder schwül. Ist es woanders kalt, ist es hier bitterkalt und der Wind fegt durch die Straßen. Wölfen macht das nichts aus. Sie lieben das Abenteuer und die Jagd. In Manhattan ist jeder auf der Jagd nach irgend etwas. Der Geschickte macht leichte Beute. Doch hinter ihm lauert schon einer, der geschickter ist und dem Jäger seine Beute wieder entreißen kann.

Reiche Leute wohnen hier entweder direkt unter den Wolken in Penthouses oder in dezent versteckten, altmodischen Town Houses. Im Eingang sitzt ein Wachmann in Uniform mit Mütze und paßt auf, daß niemand ins Haus kommt, der nicht dort wohnt oder eingeladen ist. Arme Leute dagegen wohnen in kleinen Wohnungen, deren Fenster sich nicht öffnen lassen, damit niemand hineinsteigen oder sich niemand hinausstürzen kann. Ganz arme Leute schließlich wohnen in Kartons auf der Straße. Die bewacht niemand. Es sei denn, sie haben einen Hund oder einen Schutzengel.

New York ist die Stadt der edlen Rassepinscher und der Straßenköter. Die Hunde sind so verschieden wie ihre Besitzer. Sie haben sich untereinander vermischt und sich von Generation zu Generation immer mehr verändert, so wie die Hunde auch. Ein Rudel, eine Herde, eine Gruppe, die alles in sich trägt, alles widerspiegelt, was diese Stadt ist, bunt und schön. Und schön unheimlich.

Sehr viel exotischere Tiere sollen hier versteckt in Wohnungen hausen und noch unheimlichere Mutanten unter den Häusern in der Kanalisation. Vielleicht sind es die Echsen, Schlangen und Schildkröten, welche die Menschen ins Klo werfen und runterspülen, wenn sie sie nicht mehr haben wollen oder in Urlaub fahren. Dort unten, in den tropfnassen Katakomben der Kanalisation, treffen sich die ungeliebten Tiere und gewöhnen sich an ein unterirdisches Leben. In ihrer lichtlosen neuen Heimat verlieren sie allmählich Farbe und Augenlicht. Beides brauchen sie nicht mehr. Man erkennt einander am Geruch oder am Geräusch. Und sie tun es den Oberweltlern gleich, vermischen sich zu neuen Arten. Wirklich gesehen aber hat sie noch keiner. Vielleicht sind sie nur Traumgestalten des schlechten Gewissens? Aber dies ist nun wirklich eine Seltenheit in New York. Für Gewissen oder allzu viel Erinnerung hat der Kopf hier keinen Platz.

In New York, in diesem merkwürdigen Biotop Manhattan, kann man sich so gut verstecken wie in einem Wald. Deshalb war Wolf hierher gekommen. Er wollte allein sein. Aber seine Sehnsucht ließ ihn nicht zur Ruhe kommen. Vielleicht lag das am Mond, dem er hier viel näher war. In New York wohnte er auf dem Dach eines Hauses, im 16. Stock. Da konnte er aus allen Winkeln den Mond und die Bäuche von Flugzeugen sehen. Jedesmal stellte er sich vor, nicht auf dem Dach eines Hochhauses, sondern auf dem Grund des Meeres zu sein und die Bäuche von Haifischen zu betrachten, die weit über ihm davonschwammen.

Streifte er durch die Straßen, sah Wolf nur fremde Gesichter. Das, was er suchte, fand er nicht. Er wußte nicht einmal genau, wonach er Ausschau hielt. Natürlich suchte er wie alle nach Liebe und Glück. Aber das hätte er nie zu sagen gewagt. Er war alt genug zu wissen, daß beide nur kommen, wenn man nicht nach ihnen ruft. Und er wußte, daß Glück und Liebe schon bei ihm gewesen waren, er aber so viel gefordert hatte, daß sie beide wieder gingen. Manchmal glaubte er zu spüren, daß sie Hand in Hand mit seinem Schutzengel dicht hinter ihm waren. Aber er wagte nicht, sich umzuschauen.

Einmal hatte er einen geheimnisvollen Mann aus Indien getroffen. Der hatte in seine Hand geschaut und gesagt: »Oh, Dein Sternzeichen ist Santa Claus, der Weihnachtsmann. Du bist immer reich beschenkt worden. Du mußt sehr glücklich sein!«

Wolf ahnte, welche Geschenke gemeint waren, aber es waren vielleicht zu viele gewesen, und da er immer alles perfekt machen wollte, wußte er nicht, welchem Geschenk er sich zuerst widmen sollte. So blieben viele unbeachtet liegen, und ein schlechtes Gewissen wurde sein ständiger Begleiter.

Kapitel 5

*»Den Leib, die Seel, das Leben
hat er allein uns gegeben,
dieselben zu bewahren,
tut er nie etwas sparen.«*
(Ludwig Helmbold, 1575)

Auf einem seiner Wege durch die Straßen von New York lernte er einen Jungen kennen, der eigentlich schon zu alt war, um noch so genannt werden zu können.

Der Junge nannte sich Favoloso. Und fabelhaft war er tatsächlich. Man hätte ihn auch Unico nennen können – einzigartig, wie er war. In mancher Beziehung ähnelte er Wolf. Beide hatten im November Geburtstag, und Favoloso war auch vom »Weihnachtsmann« beschenkt worden. Auch bei Weihnachtsmännern gibt es solche und solche. Kinder müssen sich in acht nehmen. Favoloso hatte das nicht gekonnt. Er war zu klein gewesen, zu wehrlos. Sein Weihnachtsmann war sein Großvater, der aus Italien nach Amerika gekommen war. Er gab dem kleinen Jungen Süßigkeiten und Geschenke. Aber nicht nur, um ihm seine Liebe zu zeigen, sondern auch, um ihn zum Komplizen zu machen. Komplizen sagen zueinander: »Eine Hand wäscht die andere.« Dabei werden dann oft beide Hände schmutzig. Um sich zu trösten, verlangte Favoloso dann immer mehr, und wurde nicht nur dick, sondern auch ein kleiner Erpresser.

Niemand half dem Kind, und in seiner Not und Angst erfand er andere Kinder, in die er sich verwandeln konnte.

Kinder, denen nichts geschah, weil sie stark und schlau und schnell waren. Die verschiedene Sprachen konnten und unterschiedliche Rollen beherrschten. Auch der erwachsene Favoloso lernte schnell, sprach Englisch und Italienisch, aber auch Spanisch, Russisch, Deutsch und Japanisch. Er hatte so viele Talente, daß er sich auf keines konzentrieren konnte und sie verschüttete wie Wasser, in dem man sich die Füße gewaschen hat.

Als Kind falsch berührt, blieb ein Gefühl von Schmutz auf seiner Seele. Und leider zieht Schmutz immer mehr Schmutz an – wie Unrat die Ratten.

Gerne suchte Favoloso dunkle Ecken auf. Gefährliche, verbotene Spiele faszinierten ihn und er zeigte sie Wolf, der wie sein Totemtier von Natur aus neugierig war.

Der einsame Wolf und sein Freund, der ewig hungrige Coyote, zogen gemeinsam umher und machten Bekanntschaft mit finsteren Ecken und Gestalten. Höllen ohne Notausgang. Himmel mit unerbittlichen Türstehern, die Ein- und Ausgänge zu ihnen liegen dicht beieinander in dieser Stadt. Man muß sich täglich neu entscheiden, welchen Weg man gehen will. Gott sei dank stand vor jedem dieser Eingänge unsichtbar ein Schutzengel bereit.

Die beiden suchten Abenteuer. Sie wollten Neues, Unbekanntes. Aber was immer auch geschah, alles war schon vorüber, ehe sie es recht begriffen hatten. So unschuldig wie Kinder, konnten sie auch genauso böse sein.

Favoloso hatte vor allem ein Problem: Er fand, daß er nicht so schön war, wie es ihm eigentlich zustand. Zu seinem Kummer sah er aus wie ein Froschkönig, den die Prinzessin vergessen hatte, wachzuküssen. Es wollte einfach kein strahlender, schlanker Prinz aus ihm werden. Aus Wut darüber, nicht schön und schlank zu sein, bestrafte er seinen Körper, indem er ihn voll Essen stopfte. Er war erst zufrieden, wenn ihm so schlecht wurde, daß er glaubte, das Herz bliebe ihm stehen. Außerdem hatte er so die Erklärung, weshalb er niemanden zum Liebhaben hatte.

Vor dem, was er sich so sehnlich wünschte, hatte er am meisten Angst. Kam ihm einer zu nahe, ergriff er die Flucht. Nur wenn er träumen konnte, fühlte er sich sicher. In der Wirklichkeit mußte immer »die Tür offen bleiben.« Gemeinsam zwischen Wachen und Schlafen wandernd, fanden Wolf und Favoloso keine Erlösung, aber die Hoffnung auf Neues blieb. Und während Favoloso träumte, schaute sich Wolf dauernd um nach seinem Rudel. Doch das war längst weitergezogen.

Kapitel 6

*»O wohl dem Land, o wohl der Stadt,
so diesen König bei sich hat.«*
(Georg Weissel, 1642)

Zwischen Wolfs Behausung am östlichen Teil der Stadt und Favolosos winziger Wohnung im West-Village liegt der Central Park. Dort gibt es einen kleinen Zoo, eine Eisbahn, kleine Hügel, Felsen und Bäume. Jogger rasen mit Walkmen auf dem Kopf an arroganten Rassehunden vorbei, die alte Damen hinter sich herziehen. Wolf fiel auf, daß nur in Berlin und New York so viele alte Leute auf der Straße laut mit sich selbst sprechen. Wer nicht gerade lebensmüde ist, meidet den Park bei Dunkelheit. In der Nacht scheinen die Gestalten aus der Kanalisation nach oben zu kommen.

In Manhattan ist jeder wahnsinnig in Eile. Gleichzeitig liegen müde sich dahinwälzende Autoschlangen wie ein endloser Lindwurm aus Blech in den Straßen. Todesmutige Inlineskater rasen dicht an den Fahrzeugen entlang und scheinen die einzigen zu sein, die hier schnell ans Ziel kommen. Und nur wer keine Angst hat vor der Unterwelt, steigt nachts in die Subway. Am besten geht man zu Fuß, schaut an glitzernden Häusertürmen hoch, in deren obersten Fenstern sich wenigstens die Sterne spiegeln. Daneben Gebäude, so zerschlagen, als wären sie von eben diesen Sternen auf die Erde heruntergestürzt.

Das Village war einmal ein Dorf. Das sieht man dieser Gegend heute noch an. Kleine Häuser, oft 100 Jahre alt, kleine Geschäfte mit den seltsamsten Angeboten aus aller Herren Länder. Italienische, mexikanische, spanische, russische und chinesische Restaurants. Sie erkennt man sofort an den Schriftzeichen und den rot lackierten Türen und Fensterrahmen. In den Fenstern hängen Enten, die mit Honig bestrichen und knusprig gebräunt als Pekingente serviert werden. Aus den Hintertüren der Restaurants schaut auch schon mal eine Ratte heraus. Ein Stadtteil von New York ist dem anderen so fremd, daß man kaum glauben kann, daß nur ein Häuserblock und nicht etwa eine Landesgrenze zwischen ihnen liegt. Das Village war ohne jede Frage Wolfs bevorzugtes Revier. Am liebsten machte er halt in einem Restaurant, das aussieht wie ein Fleischerladen in Alt-Berlin. *Katz' Delicatessen* steht über der Eingangstür. Drinnen stehen Männer in langen weißen Schürzen und Hemdsärmeln hinter dem Tresen und schneiden dicke Scheiben von geräuchertem, warmem Braten oder dicken Würsten ab. Das Besondere ist, daß die Tiere koscher geschlachtet werden. Was das genau bedeutet, wußte Wolf nicht. Das koschere Fleisch wird auf Brotscheiben mit Sauerkraut und sauren Gurken gelegt, und bezahlt wird nach Gewicht.

Man kann sich an blankgescheuerte Holztische setzen und eine Cola oder ein Bier bestellen und sich Senf oder Ketchup aufs Essen schmieren. An der Kasse neben dem Ausgang gibt es T-Shirts als Andenken mit der Aufschrift »Send a salami to your boy in the army. Katz' Delicatessen«.

Wolf brachte Favoloso ein Stück Salami mit. Favoloso hatte immer Hunger und kein Geld. Bei Wolf war es umgekehrt.

Eines Tages glaubte er, sich eine Frage erlauben zu dürfen.

»Favoloso«, fragte er, »Favoloso, du bist schlau. Bist du zu dumm, eine ordentliche Arbeit zu finden? Eine, die dir Freude macht?«

Favoloso schwieg.

»Man sagt doch, ein Dummkopf wird nicht dadurch schlauer, daß er schweigt. Was also ist dein Problem?« insistierte Wolf.

Favoloso machte ein trotziges Kindergesicht. »Ich habe ein Problem mit Autoritäten. So bin ich nun mal. Wenn ich eine Rolle annehme, die ich mir selbst nicht glaube, verliere ich jede Selbstachtung ...«

»Komisch, aber Ehrlichkeit ist nicht gerade eine Eigenschaft, die mir bisher an dir aufgefallen wäre ...«, antwortete Wolf.

»Ich habe alles Mögliche gemacht. Zuletzt Übersetzungen für einen japanischen Textilexporteur, Kashiyama.«

»Und?«

»Die haben mich rausgeschmissen! Erstens war der Job unter meinem Niveau und zweitens paßte es den Mitarbeitern nicht, daß ich intelligenter bin als sie und sie durchschaut habe.«

»Das gefällt niemandem.«

»Was kann ich dafür, daß die anderen korrupt und verlogen sind.«

»Und dann?«

»Und dann, dann habe ich mich in einem italienischen Restaurant vorgestellt ... Aber der Boß hat mich immer so seltsam angesehen ... Der wollte was von mir.«

»Du hättest vielleicht deinen Namen ändern sollen. ›Favoloso‹ klingt so vielversprechend.«

»Wonach, bitte? Etwa nach fabelhaftem Reichtum? Ich habe nichts und niemanden, außer dir ...«

»Komisch, daß du so wenig Freunde hast ...«

»Die hatte ich. So drei- bis vierhundert. Aber ich mußte sie ziehen lassen. Sie hatten nicht alle auf einmal Platz an meinem Eßtisch.«

Dabei wäre es für Favoloso gar nicht schwer gewesen, Geld oder Freundschaften oder beides zu bekommen. Er kannte fast die ganze Stadt, und wen er noch nicht kannte, aber kennen lernen wollte, den quatschte er einfach in irgendeiner Sprache an und landete bei manchen älteren reichen Damen schnell auf dem Schoß. Wie ein dickes Baby. War er in Stimmung, schloß er die Augen, befahl jedem still zu sein und begann zu singen. Dabei zuckte er merkwürdig, channelte den Geist der toten Sängerin Peggy Lee, der das Lied gehörte ... *Golden Earrings*.

»Mmh, mmh ...«, begann Favoloso zu singen:
»*There's a story the gypsies know is true
That if your love wears golden earrings
He belongs to you
An old love story that's known to very few
That when you wear these golden earrings
Love will come to you
By the burning fire they will glow with every coal
You will hear desire whisper low inside your soul
So be my gypsy, make love your guiding light
And let this pair of golden earrings
Cast their spell tonight
So be my gypsy, make love your guiding light
And let this pair of golden earrings
Cast their spell tonight* ...«

Die Leute klatschten und Favolino sonnte sich dort, wo er sich am wohlsten fühlte: im Mittelpunkt. Er hätte allein mit seiner wunderbaren Frauenstimme Geld verdienen können. Aber erstens sang er nur, wenn er wollte, und niemals, wenn er sollte; zweitens hätte er nie Geld dafür genommen. Er ließ sich seine Künste nicht abkaufen. Favoloso brauchte kein

Geld. Kellner in den Restaurants gaben ihm freies Essen und Barkeeper freie Drinks.

Er war ein Kobold, ein Faun und Überlebenskünstler, dem zu viel nie genug war. Er war stark und hatte gelernt, seinen ängstlichen Herzschlag zu überhören. Das eine Herz mußte für einen weisen, uralten Mann und für ein kleines, unersättliches Kind schlagen. Der Mann wußte schon alles, das Kind weigerte sich zu lernen. Mit viel Witz und Geschick verstand er es, Leute zu unterhalten und zu verwirren, bis er das Gefühl hatte, sie zu beherrschen. Neue Opfer suchte und fand er überall. Kam ihm einer auf die Schliche, verließ Favoloso schnell das Chaos, das er angerichtet hatte.

»Unter den Schatten deiner Flügel habe ich Zuflucht.«
(Psalm 57)

Favoloso wollte in Wolfs Hütte auf dem Dach wohnen.

Er fühlte sich allein in seinem winzigen Apartment mit dem gigantischen, alten Kühlschrank, den dreckigen Filtern in der Klimaanlage und dem alten Sofa, das jeden zu verschlingen drohte, der sich draufsetzte. Der Boden war übersät mit Video- und Musikkassetten. In der Badenische steckte eine Zahnbürste im Becher, die aussah wie ein Wildschwein am Stiel.

Wenn Favoloso bei ihm wohnte, hielt Wolf es nie lange aus. Trotz der unermüdlichen spanischen Haushälterin, Blanca, die auch nach 15 Jahren in New York kaum ein Wort Englisch sprach, sah es in seiner Wohnung schnell aus wie auf einer Müllkippe. Kaum war die Sonne aufgegangen, verließ Wolf meist das Schlachtfeld.

Eines Morgens ging er, wieder aus seiner eigenen Behausung vertrieben, in den Central Park, kaufte sich an einem der vielen Hot-dog-Stände eine Brezel und eine Tüte Nüsse und legte sich auf den Rasen, um zu lesen. Darüber schlief er ein, bis ihn das laute Schmatzen eines großen, grauen Eichhörnchens weckte. Es hatte große Ähnlichkeit mit Favoloso, hatte sehr nonchalant Brezel und Nüsse erobert, verspeiste sie lautstark und musterte Wolf dabei. Der schrie auf vor Schreck und fühlte, daß die Kälte ihm in die Knochen gekrochen war. Er ging nach Hause, um sich etwas Warmes anzuziehen, aber es war zu spät. Das Fieber fing an, seinen Körper so zu schütteln, daß er mit den Zähnen klapperte. Er ging ins Bett. Draußen wurde es dunkel. Erst klatschte Regen, dann Schnee gegen die Fensterscheiben, das Wetter war die perfekte Untermalung für eine Krise oder eine Krankheit oder beides.

Wolf flehte Favoloso an: »Bitte!!! Einen Arzt!« Der stemmte die Fäuste in die Hüften und knurrte: »Nix da, der kann nicht kommen. Der Papst ist in der Stadt, und seine Gefolgschaft verstopft mit ihren Limousinen deine Straße.« Ein Alptraum: Der Papst in der Stadt und Favoloso in der Wohnung.

»Wenn du mir hilfst, bekommst du alles, was ich habe!« stöhnte Wolf. Er wußte längst, daß man dem kleinen vielsprachigen Teufel immer etwas anbieten mußte. Und Favoloso verwandelte sich in eine gnadenlose Krankenschwester – ›a nurse from hell‹, wie er sich selbst nannte. Eine, die kein Jammern, kein Wehklagen und vor allem keinen Widerstand duldete!

Die Teufelsaustreibung begann: Mit Plastikbeuteln voller Eiswürfel schlug Favoloso auf den Wehrlosen ein, um das Fieber zu vertreiben. »Aua!« stöhnte Wolf, konnte aber die Hände nicht heben. Alles schmerzte. Doktor Favoloso schaffte einen Topf Hühnerbrühe und 16 Flaschen Gatorade vom Koreaner an der Straßenecke herbei und flößte Wolf beides ein. »Du mußt trinken!« befahl er. Die Kur war wirksam. Nach zwei Tagen wich das Fieber und machte einer lähmenden Schwäche Platz. Schwester Favolosa hatte inzwischen von ihrer Rolle mehr als genug und fing an, sich zu langweilen. »Los jetzt, steh auf. Laß uns was erleben«, forderte sie ungeduldig.

»Ich kann nicht!« klagte Wolf aus den schweißgetränkten Kissen. »Meine Beine wollen nicht. Ich bin zu schwach.«

»Ich gebe dir zwei Stunden, dann bist du angezogen. Basta! Oder ich gehe und du siehst mich nie wieder.«

Wolf hatte sich dreimal an- und wieder ausziehen müssen, weil seine Kleidung durchgeschwitzt war. Sich Favolosos Befehlen zu fügen war trotzdem leichter, als sich ihnen zu widersetzen. Den Abend zu organisieren war Favolosos Part. Im Fahrstuhl, der beide nach unten bringen sollte, ergriff Favoloso Wolfs Hände, als wäre Wolf ein zum Tode Verurteilter, den er auf seinem letzten Gang begleiten müßte.

»Hab keine Angst, du wirst es schaffen«, beschwor ihn Favoloso. »Ich werde dir einen *lift* verpassen, der bringt dich wieder hoch!«

»Was?« fragte Wolf, »du bringst mich doch gerade runter.«

»Bist du so naiv, oder tust du nur so?« fragte Favoloso auf Deutsch. Das war ihre Geheimsprache, damit der rumänische Liftboy sie nicht verstand.

»Ein *lift* bringt dich wieder nach oben, wenn du unten bist!« fuhr Favoloso fort. »Ein *lift*, ein *bump*, ein Geschenk von Mutter Natur. Das heißt, das Geschenk hat einen hohen Preis.«

Wolf ließ sich widerstandslos in ein Taxi schubsen.

»Mercer Street!« befahl Favoloso.

Auf dem Weg downtown schwieg Wolf und lehnte den Kopf an das Fenster.

Favoloso und Wolf tauchten ein in die New Yorker Nacht. Sie wollten den Teufel am Schwanz ziehen, ohne daß er es merkte. Die Schutzengel hatten einen schweren Job und schlugen laut mit den Flügeln. Das aber konnten die beiden nicht hören – die Musik war zu laut. Sie sahen Tänzer und Tänzerinnen auf dem Tresen, die sich von zittrigen Händen Dollarscheine in den Slip schieben ließen.

Der Stil der Tänzer schien auf ihre jeweiligen körperlichen Fähigkeiten oder Gebrechen abgestimmt zu sein.

Typen saßen herum, die aussahen, als würden sie einen kaltmachen, wenn man sie nur nach der Uhrzeit fragte. Manche verschwanden in Gruppen auf die Toilette und kamen mit verändertem Gesichtsausdruck zurück. Wolf und Favoloso tranken irgend etwas, wovon ihnen schwindelig wurde, und dann schnell noch mal dasselbe, und der Schwindel ging vorüber, so, als wäre das schaukelnde Boot wieder in ruhige Gewässer gekommen.

Beide sahen stumm und regungslos eine blasse Schönheit kommen. Eine Stripperin. Blicklos schaute sie in die Menge, und während sie ihren Körper an einer Stange rieb, zog sie sich gelangweilt aus. Geldscheine wurden ihr zugeworfen, sie hob sie auf mit einem toten Lächeln.

»Achte darauf, wie eine Frau ihre Brüste trägt!« forderte Favoloso. »Brüste zeigen die Großzügigkeit einer Frau. Silicon-Brüste symbolisieren Provokation und Gier. Natürliche Brüste mit spitzen, aufrechtstehenden Nippeln dagegen Gastfreundschaft. Sie erwecken beim Betrachter die Sehnsucht nach seiner Kindheit, als das hungrige Baby nach den Nippeln seiner Mutter ...«

»Ach hör' auf mit deiner Tittenphilosophie«, unterbrach ihn Wolf, der mit seiner Erkältung und der Frage, was er hier eigentlich machte, vollauf zu tun hatte.

»Wieso? Das würde sogar ein mesopotamischer Bauer verstehen. Schau mal, ihre da zeigen, daß sie gern Champagner trinken würde. Wollen wir sie nicht einladen?«

Wolf wollte nicht zum Komplizen gemacht werden und

sagte zu Favoloso, der die Stripperin mit Knopfaugen fixierte:

»Let's go, ich fühl mich wie tot. Ich brauche dringend eine Wiedergeburt.«

Am Ausgang stand plötzlich die Stripperin vor den beiden: »Wohin geht's denn? Macht ihr noch Party, ruft mich an. Ich bin Antonia. Hier ist meine Nummer!«

Favoloso war empört: »Warum spricht die dich an und nicht mich – sehe ich irgendwie anders aus als du?«

»Eigentlich nicht!« antwortete Wolf und gab Favoloso den Zettel mit der Telefonnummer.

Kapitel 7

*»Herr, laß die Sonne blicken
in's finstre Herze mein …«*
(Martin Behm, 1606)

Jemand, der Wolfs neue Entwürfe kaufen wollte, hatte ihn in ein elegantes China-Restaurant eingeladen. Über den Tischen, die mit weißen Orchideen geschmückt waren, hing ein großer, bunter Papierdrachen.

An der rot lackierten und metallbeschlagenen Bar hingen schöne Fotomodelle herum, tranken Cocktails mit unattraktiven Männern. Wolf, seine Gastgeber und Favoloso saßen an einem Tisch, von dem sie einen guten Überblick hatten. Allerdings konnte auch sie jeder sehen und hören. Favoloso war aufgekratzt und nicht zu bändigen. Er war verabredet mit Antonia und erzählte pausenlos, wie verliebt er sei. Den Zustand gönnten ihm zwar alle, aber einer konnte sich die Frage nicht verkneifen, ob er sich da nicht etwas einbildete.

Anstatt zu antworten, fragte Favoloso:

»Kann mir jemand sagen, was der Unterschied zwischen einem Business-Meeting und Sixty-Nine ist? Nein? Beim Business-Meeting sieht man viele Arschlöcher, bei Sixty-Nine nur eins!« Als die Pekingente serviert wurde, schrie Favoloso: »Gebt mir das Vieh, ich bin so scharf, ich kann nicht auf Antonia warten, ich will die Ente vögeln!«

Alle lachten verkrampft. Favoloso mußte dringend wohin. Immer noch aggressiv, aber stolz wie ein spanischer Torero stand er auf, und alle sahen den braunen Fleck hinten an seiner weißen Hose. Er hatte sich in die Hose gemacht.

»Favoloso, mein Gott, schau mal, du hast da was!« rief der Gastgeber.

»Na und? Das ist ein kleines Dankeschön für dich«, konterte Favoloso und verschwand.

Wolf wußte, daß Favoloso provozieren wollte wie ein Kind, und übte sich in falscher Gelassenheit.

»Last Christmas I gave you my heart, and the very next day, you gave it away. Next time, the very next time, I'm looking for someone better...!« erklang plötzlich im Restaurant. Am Nebentisch wurde eine große Schokoladentorte mit brennenden Kerzen serviert. Das Licht ging aus.

Wolf nahm Schal und Mantel und ging hinaus auf die dick verschneite Straße. Unter dem Schnee war es glatt, und wie auf Skiern schob er sich nach Hause.

Er dachte an den Jungen, den die Schneekönigin in ihr kaltes Märchenreich entführt hatte. Kai hieß er und war abgeschnitten vom Wechsel der Jahreszeiten und von seiner großen Liebe. Gefangen in kalter Stille. Die Schneekönigin hatte ihm eine Aufgabe gestellt: Er sollte aus Eisstücken das Wort »Liebe« legen. Das konnte er nicht, weil ein Splitter aus dem Spiegel des Teufels in seinem Auge steckte und sein Herz zu kalt war, um es herauszuweinen.

Am nächsten Morgen hingen armdicke Eiszapfen vor seinem Fenster. Die Welt hatte sich verwandelt. Oben auf seinem Dach fühlte sich Wolf wie in einem Schloß aus Eis.

Es war zwei Tage vor Weihnachten.

Kapitel 8

»The sin in me says: ›I‹«
(Simone Weil)

»Sie kommt heute um vier!« rief Favoloso ins Telefon. »Ich bin so aufgeregt!«

»Cool down, Mann«, brummte Wolf, dem nichts Gutes schwante.

»Ruf an, wenn's vorüber ist!«

Das Telefon schwieg den ganzen Tag. Wolf war damit beschäftigt, in die Straßen hinunterzuschauen. Der Schnee hatte alle Geräusche verschluckt.

»Bows and flows of angel hair, and ice cream castles in the air, and feather canyons everywhere. I've looked at clouds that way …«

Das sentimentale Lied von Julie Collins wurde übertönt vom Telefon.

»Wolfi? – It's Favolino!«

»Wo bist du?«

»Hier.«

»Und?«

»Was und?«

»Wie war's? Na, dein Date?«

Die Stimme schien aus dem Kühlschrank zu kommen, fern und heiser: »Na ja, ich habe ein Huhn gekauft und in den Ofen geschoben. Ich kann das, bin schließlich Italiener … und dann mußte ich meine Wohnung putzen. Dafür habe ich mich bis auf die Unterhose ausgezogen. Mittags war ich fertig – fix und fertig.«

»Und?«

»Da klingelt es an der Tür. Ich stehe da verschwitzt, nach Huhn stinkend, in Unterhose und mit Schürze vor dem Bauch ...«

»Hi, what's up?« sagt sie, geht an mir vorbei, setzt sich an den kleinen Tisch, frißt das Huhn, trinkt ein Glas Wein, steht auf und sagt: »100 Dollar!«

»Mmh – », knurrte Wolf.

»Ich meine, hast du so was schon mal erlebt? That bitch! Ich sag: Was? Du kommst her, frißt mein Huhn, säufst Wein und ich soll dir 100 Dollar geben? Ich habe selber nix, und ich dachte doch ...!«

»Ja, was hast du denn gedacht?«

»Na ja, ich habe geputzt, und ich hab mich doch so gefreut ...«

Wolf seufzte tief: »Ja weißt du denn nicht, was für eine das war? Du weißt doch: no deal, no peel. Liebe gibt's nicht im Sonderangebot.«

»Ja, Mann, die hat gesagt: ›Ich koste 100 Dollar pro Stunde. Und in einer Stunde hab ich halt dein Huhn gefressen. Nach was anderem hast du nicht gefragt. Bye!‹ Dann hat sie wohl meinen Blick bemerkt, ist noch einmal umgekehrt, hat sich blitzschnell ausgezogen, wieder angezogen und gesagt: ›Da, für die Erinnerung!‹ und war verschwunden ... Ich weiß ... ich weiß, was du mir sagen willst: Ich habe in der Schule des Lebens nur geträumt. Ich bin eine kugelrunde Paradox-Bomb. Und ein Wiederaufstehmännchen, das viel Zärtlichkeit zu geben hätte.«

Wolf lachte und sagte:« Als ich ein pre-teen war, glaubte ich, Sex sei etwas für Erwachsene. Jetzt bin ich zwar immer noch nicht erwachsen, aber ich weiß es. Drogendealer und Nutten haben eins gemeinsam – sie verkaufen einem nur

Lügen. Man trifft sich aus Not und verachtet einander. Trotzdem ist das Drogengeschäft besser als das Sexgeschäft – man muß sich nicht berühren lassen ...«

Favoloso hatte aufgelegt.

»But now friends are acting strange. They shake their heads, they say I've changed. But something's lost but nothing's gained in living every day ...« Wolfgang hörte den Rest des Songs. Aus dem Fenster blickend, fühlte er gedankenlose Ruhe.

Das staubige Weiß des Himmels hatte sich gegen Abend in einen Zimtton verwandelt, der keinen Stern versprach. Diagonal durch das leere Bild verirrte sich eine Möwe im Flug. Tief unter ihr erfror langsam der East River in seinem Bett.

Kapitel 9

*»Nothing seems evil to those
who serve it except failure in
its service.«*

(Simone Weil, »An Anthology«)

Das neue Jahr hieß 1996. Wolf hatte irgendwie die Lust verloren, auf die Jagd zu gehen. Das Wild stand oder lag herum, als wäre es schon erlegt worden. Ein Wolf aber jagt nur Wild, das flieht. Auch hatte Wolf keinen Spaß mehr an den Puppenkleidern. Was unter seinen Händen entstand, war nicht neu für ihn. Und die, die die Entwürfe sehen wollten, wollte Wolf nicht mehr sehen.

Da lagen immer noch Geschenke herum, unausgepackt. Er hätte sich damit beschäftigen und sich eventuell beim Weihnachtsmann entschuldigen müssen. Lieber machte er sich auf, mit Favoloso das alte Spiel zu spielen.

Spaß haben ist eine ernste Angelegenheit. Das wissen alle, deren Beruf es ist, Spaß zu machen. Spaß haben ist etwas Unbeschwertes, etwas, das keinen Preis hat. Die Orte, wo man einst Spaß hatte, waren geschlossen. Drogen und Liebe waren teuer und gefährlich geworden. Oder billiger. Dann waren sie noch schlechter und gefährlicher, weil sie aus den Clubs und der Szene in die Straßen und Ghettos vertrieben worden waren.

Aids, Crack und neues, schnelles Geld waren unter die Leute gekommen.

Jeder wußte inzwischen, daß nach jedem Vergnügen die Rechnung kommen würde. War das noch echter Spaß? Das Blut war mit Gift belastet wie die Luft über der Stadt. Noch ging man ruhig über die Straßen von New York, vermied aufwendige Gefühle, versuchte, cool zu sein. Cool sein ist viel schwerer als chic sein. Noch roch man nicht den brennenden Haß, der in fremden Herzen ein Feuer entfacht hatte und wie ein Sturm über die Stadt hinwegfegen würde.

Wolf ging nicht gern in die neuen Clubs von New York. Er mochte nicht mit Leuten herumstehen, die ihm wie aus einer anderen Welt vorkamen – so wie er ihnen mit seinem altmodischen Namen fremd erscheinen mußte. Er hatte zwar gelernt, sich überall optisch anzupassen, aber sein eigenes modisches Déjà-vu reizte ihn nicht. Punk-Stiefel und schwarze Netzhemden, Hosen, die den halben Arsch entblößten, »messy hairdos« und schwarzer Lidstrich bei beiden Geschlechtern waren nicht sein Stil.

Und zu echten Retro-Klamotten, nach denen er in Secondhand-Läden suchte wie nach alten Bekannten, hörte er lieber ›Radiohead‹. Manchmal fühlte er sich wie eine Antiquität aus Europa, jedoch eine ohne besonderen Wert. Trotz seiner Patina und der Risse im Furnier.

Das Stück *Creep* hörte er so oft, bis es ihm vorkam, als hätte er den Text aus Liebeskummer selbst geschrieben. Er war eben sentimental. Was nicht nur am Alter lag.

»Wieso ist eigentlich alles, was man mal erreichen wollte, plötzlich so lächerlich und wertlos, ja peinlich, angesichts einer Jugend, die nichts hat außer ihrer Jugend? Die sie noch dazu nicht einmal als Glück empfindet?« fragte er Favoloso, als beide in einem Club standen, der ›Spy Bar‹ hieß und überfüllt war mit ›dandys‹ und ›chicks‹, die wie läufige Hündinnen zu ›Neo-New-Wave‹ und ›Neo-Glam‹-Musik tanzten. Das Motto für 1996 hieß Neo. Neo war alles, woran man sich noch gut erinnern konnte. Auch die Mischung aus ›Art House‹ und ›Electroclash‹ war nicht gerade neu.

»Wir New Yorker sind harte Motherfuckers«, erklärte jemand neben ihm. »Wer bist du denn?«

»Ich bin Wulf-gäng!«

»Paß auf, daß du dich in diesem Laden nicht vertust«, erklärte der Typ großzügig. »Frauen, die aussehen wie richtige Frauen, sind keine, und Jungs, die aussehen wie Lastwagenfahrer, benutzen Make-up und Deodorant!«

Wolf bedankte sich für die Information, war froh, daß Favoloso lebhaft auf jemand einredete, und stellte sich zu ihm.

»Ich bin Skyler«, sagte Favolosos Gesprächspartner und reichte Wolf eine eiskalte Hand. In der anderen hielt er eine Musikkassette, mit der er sich Luft zufächelte.

»Die ist von meinem Bruder. Von ihm und seiner Band. Ich wollte, daß der DJ sie mal spielt. Aber der will nicht, obwohl ich ihm dafür was angeboten habe!«

»Probier du doch mal«, schlug Favoloso Wolf vor.

Eigentlich wollte Wolf nur raus aus dem Club, aber plötzlich wünschte er, Skyler zu imponieren.

Und sich selbst auf eine Probe zu stellen, die er normalerweise als präpubertär abgetan hätte. Er hörte sich arrogant sagen: »Na gut, laß mich mal«, griff nach der Kassette und kletterte nach oben zum Mischpult.

»You better play that tape!« herrschte er den DJ an und kam sich irgendwie fremdgesteuert vor.

»Warum?« fragte der DJ irritiert.

»Because ...«, drohte Wolf.

Er ahnte, welchen Musikstil er zu hören bekommen würde: ›Grunge‹ mit ›Tough-House‹ gemischt. Das gefiel ihm nicht besonders. Dem DJ auch nicht. Egal!

Extra cool kam Wolf zurück und sagte mit einem knappen Lächeln: »Der Sieger kennt keinen Zufall.«

Er wußte noch nicht, daß er längst verloren hatte.

»Wow«, bemerkte Skyler leise, »wie hast du das gemacht?«
»Nichts versprechen, weißt du, nichts versprechen …«

Wolf blickte Skyler ins Gesicht. Was nicht leicht war, denn Skyler hielt den Kopf meist gesenkt. Ihm fehlten zwei Zähne; beim Sprechen versuchte er, das zu verbergen. Trotzdem sah er interessant aus. Anders. Seine schwarzen Augen waren mandelförmig. Er trug schwarzes Leder, Bell-bottom-Hosen, sein langes dunkles Haar war mit einem Lederband im Nacken zusammengebunden. Um den Hals trug er an einer Lederschnur einen kleinen Talisman. Sein Gesicht war kreideweiß. Wolf fand es schön.

»Ich stamme von Indianern ab«, behauptete Skyler.

Stendhal beschreibt die Symptome, die sich bei der Betrachtung von Schönheit einstellen können, so: »Ohnmachtsanfälle, Tränen und mit Mattigkeit verbundene Verzückung«.

Wölfe kennen solche Reaktionen nicht – aber sie wittern Artgenossen. Und hier stand auch ein Jäger. Unruhig flackernd war Skylers Blick, der hinter seinem Gegenüber in der Menge etwas zu suchen schien …

> *»Ein Tag sagt's dem andern,*
> *und eine Nacht tut's kund der andern …«*
> (aus Psalm 19)

Wolf hatte sich noch nicht von seiner Jugend verabschiedet. Der blasse Junge mit den Mandelaugen wirkte dagegen, als sei sein Leben bereits beendet. Er hielt es nicht für nötig, sich von Wolf und Favoloso zu verabschieden, redete auf einen Fremden ein und ließ Wolf mit einem Drink in der Hand stehen. Wolf fühlte sich schwach. Seine Augen folgten der neuen Bekanntschaft. Mit verschwimmendem Blick, wie in einem Fieberanfall.

Wo blieb das »Nein«, das man sich selbst befehlen muß, damit der Schutzengel überhaupt eine Chance hat? Dieser Skyler entsprach doch gar keiner Schönheitsnorm. Es fehlten Gleichgewicht, Harmonie, Proportion. Aber was heißt das schon? Er überlegte, ob er diese Gestalt nicht schon einmal hatte malen wollen. Sie schien wie aus diesem Bild herausgetreten.

»Die subjektive und mitleidvolle Sicht des Künstlers soll helfen, die Welt in ihrer Zerrissenheit zu vergessen«, betete er stumm. Doch nun wußte der Künstler sich nicht mehr zu helfen. Fast körperlich empfand er seine eigene Zerrissenheit, versuchte, sie mit Gleichgültigkeit zu überspielen.

Er stellte sein Glas irgendwo ab und sagte leise: »Ich gehe jetzt!«

In diesem Moment packte Skyler ihn am Arm. Wie war er so plötzlich wieder aufgetaucht?

»Hier, meine Telefonnummer, ruf mal an!«

Kapitel 10

*»… Ich grub's mit allen Würzlein aus,
Zum Garten trug ich's
Am hübschen Haus …«*
(Johann Wolfgang von Goethe)

Als Wolf jung war, empfand er das keineswegs als angenehm. In der Unendlichkeit jener Tage waren Verwirrung und Ängste tägliches Programm.

Nun, auf einmal, war diese unbestimmte Angst zurückgekehrt. Wolf betrachtete sich im Spiegel. Wie hatte sein Gesicht früher ausgesehen? Wann war die Widerstandslosigkeit in die Gesichtszüge gekrochen? Warum waren seine Augen die eines Besiegten? Er hatte doch keine Schlacht verloren! Wieso wirkte er so erschöpft?

Wolf fletschte die Zähne. Im Spiegel wurde kein Lächeln daraus.

Er schaute durch den Vorhang aus Eiszapfen auf seinen Dachgarten, brach sie nacheinander ab und trat ins Freie. Das Chrysler- und das Empire-State-Building ragten auf wie kalte Kathedralen. Oder wie die Schlösser des Eiskönigs und der Eiskönigin. Mit wölfischer Vorsicht war er seiner Witterung gefolgt. Immer auf der Suche nach Wärme, immer mit Abstand zum Feuer. Seit langem schon war er körperlicher Nähe entwöhnt.

»Wer ist dieser Skyler?« Er kramte den Zettel aus der Hosentasche. Jugend, dachte Wolf, ist eine subjektive Empfindung, kein Lebensabschnitt mit Anfang und Ende.

In der Nacht hatte er einen Traum gehabt, den er gut kannte.

In einer ihm fremd gewordenen Stadt ging er durch Straßen im Zwielicht. Er suchte ein Haus. Als er es betrat, fand er eine leere Wohnung. Eine Frau kam und sagte: »Nein, Ihr Kind wohnt hier nicht mehr!«

»Wann ist es denn weggegangen?«

»Ich weiß nicht. Und auch nicht, wo es jetzt ist.«

Wolf schaute sich um, als könne irgendwas an das Kind erinnern. Das Zimmer war leer.

»*... Und pflanzt es wieder*
Am stillen Ort;
Nun zweigt es immer
Und blüht so fort.«

Wolf ging zum Telefon und wählte die Nummer: »Wer bist du?« fragte er.

»Oh, Skyler hat schon von dir erzählt«, erklärte eine Stimme auf Deutsch mit hanseatischem Akzent. »You know, ich habe in Hamburg studiert und in der Thalia-Buchhandlung gearbeitet. Kennst du Jil Sander? Ich habe sie einmal bedient. Oh, ich liebe Hamburg!«

»Wie heißt du?«

»I'm sorry, ich bin Mike!«

»Ich habe diese Nummer bekommen von jemand, der Skyler heißt.«

»Ja, natürlich, Skyler wohnt bei mir, wenn er in der Stadt ist. Jetzt ist er bei seinen Eltern in New Jersey, weil er krank ist. Seine Mutter ist eine Nurse, weißt du ...«

»Sag ihm, er soll mal anrufen, wenn er zurück ist!«

»Okay, was machst du heute abend?«

»Ach, da ist so eine Puppen-Show. Ich zeige dort meine Sachen. Du kannst ja kommen. Ich setze dich auf die Gästeliste.«

Irgendwie war Wolf erleichtert, daß er nicht Skyler am Telefon gehabt hatte. Seine Stimme hätte garantiert affig geklungen. Oder künstlich-knapp, wie man klingt, wenn man feige ist und nichts preisgeben will. Preisgeben – was? Er wußte es nicht und wollte es auch nicht wissen.

Kapitel 11

»Je suis modèl.«
(Albert Einstein am 31. 10. 1930 zu einem Mitreisenden,
der ihn nach seinem Beruf fragte.)

Das Casting lief seit Tagen. In einem eigens dafür gemieteten Raum, Fotostudio oder Loft, lungerten Puppen mit ihren Mappen herum und warteten. Sie saßen auf dem Boden oder lehnten an der Wand. Die Jungs waren blaß, wenn sie nicht gerade schwarz oder cappuccinofarben waren. Die meisten hatten Strick- oder Baseball-Mützen tief ins Gesicht gezogen und blickten gelangweilt oder zuckten im Rhythmus ihrer Headphones. Auch die Mädchen sahen aus wie Kinder auf Landverschickung. Sie fühlten sich nicht schön oder attraktiv. Und nur wer genau hinsehen wollte, konnte es sehen. ›Warum sind sie nur hier, setzen sich prüfenden oder mißbilligenden oder gleichgültigen Blicken aus?‹ fragte sich Wolf.

Dann dachte er: ›Sie warten auf die Chance, bemerkt zu werden und eine Art Trostpreis zu bekommen dafür, daß sie dem Selbstmord nahe sind.‹

»Weißt du, daß Selbstmord der zweitgrößte Frauen-Killer weltweit ist?« sagte ein Stylist zu einem Visagisten, der gerade Buntstifte auf seinem Handrücken ausprobierte. »Und der viertgrößte bei Männern!«

»Ich bin okay, weißt du«, sagte der Visagist. »Und du hältst besser dein Maul. Bei uns in den USA ist das Thema tabu und der Versuch illegal. Stell dir vor, dir mißglückt dein Selbstmord und du wirst zum Tode verurteilt!«

»Sitz still!« schrie der Hair-Stylist ein Mädchen an, in deren Haar sich sein Kamm verkeilt hatte.

Am Telefon wurde über den Preis der Puppen verhandelt, die schon so bekannt und teuer waren, daß sie nicht mehr zum Casting kommen mußten.

Kam trotzdem eine, erschien sie nicht zufällig. Sie war in der Regel noch dünner als die anderen und wirkte erschöpft. Knapp hob sie die Hand zur Begrüßung. Ihren Status betonte sie durch betont unauffällige und nachlässige Garderobe.

Auf jeden Fall trug sie einen ärmlich wirkenden Mantel, zu große alte Hosen und Manolo-Blahnik-Schuhe. War sie geschminkt, deutete sie entschuldigend auf ihr Gesicht: »Ich komme gerade von Steven ...«

Ob sie zur Show erscheinen würde, war nicht sicher. Es war nie sicher und nicht nur eine Geldfrage!

»Laß noch ein Pola von dir machen«, sagte der Stylist und hielt ihr die Kamera vor die Nase. »Zieh die Augenbrauen nicht so hoch!« befahl er. »Dein Gesicht kriegt sonst Risse. See you!«

»Was?« schrie er ins Telefon. »15.000! Ist die denn wieder dünn? Die Implants waren das Letzte! Nee, die kann Calvin haben – meinetwegen! Und – ist die überhaupt clean? Ach, das sagst du immer und ich hab dann die Scheiße am Hals! Hm, hm ... Also, goodwill haben die meisten!«

Ein Bote kam herein mit Kartons voller Kleider. »Pack aus«, rief jemand. »Das ist nicht mein Job«, sagte der Bote, blieb stehen und musterte die Mädchen und Jungen. »Wenn ich die da sehe, könnt ihr auch mich nehmen! Und ich kenne eine ...«, meldete er ungefragt an und spannte seine Muskeln im Tank-Top an.

»Entspann dich«, erklärte eine müde Stimme. »Androgynität, weißt du, Androgynität ist nicht irgendwas. Das ist alles! Und nun verpiß dich!«

»Zieh mal den Mantel an«, forderte der Stylist eine Puppe auf, die gerade in seiner Nähe stand. »Aber ich trage keinen Pelz, ich bin Vegetarierin ...« »Na und, das ist ja nur ein Pelzkragen! Und zieh die Hose nicht so hoch, man sieht deinen camel-toe!«

»Meinen was?«

»Deinen Kamel-Zeh! So heißt das, wenn Muschis Lippen in die Schrittnaht der Hose beißen. Probier mal die Schuhe!«

»Mir tun die Füße weh vom ewigen Stehen!«

»Mich wundert, daß du jemals schmerzfrei auf diesen Füßen stehen konntest!«

»Ich habe aber Schuhgröße acht und nicht fünf!«

»Baby, für deine Gage muß dir jeder Schuh passen!«

»Geh mal ein Stück«, wurde einem 16jährigen befohlen. »Mein Gott, du bist so lässig, daß du ganz weiche Knie hast.«

Der Junge lächelte und richtete sich auf. Ein Mädchen saß in einer Ecke und trank mit einem Strohhalm aus einer Wodkaflasche.

»Ist dir das nicht alles peinlich?« fragte ein Junge einen anderen, der neu in New York war.

»Tolstoi und viele andere Künstler haben gesagt, daß gute Kunst schamlos und peinlich sein muß. Dein Herz und deinen Arsch der Kunst zu widmen, braucht Mut. Es ist ein Abenteuer. Risiko ist okay! New York ist auch Risiko!«

»Na, da paß auf, daß nicht halb New York in deinem Arsch war, bevor du richtig angekommen bist.«

Favoloso begrüßte die Puppen wie alte Bekannte. Das lockerte die Stimmung. Bis zum Beginn der Show würden noch Stunden vergehen.

Jungs wurden von Favoloso mit Motherfucker begrüßt. Für sie war es hip, nicht etwa in einer Limousine vorzufahren, sondern mit dem Bike oder Skates. Das gehörte zum Look der *boys,* die noch keine Männer sein wollten. Waren sie pre-teen, logen sie sich älter. Waren sie über Mitte zwanzig, logen sie sich jünger. Eigentlich logen alle, die man in diesem Job traf.

Die schwarze Alek ließ sich die Kleider erklären, die sie tragen sollte. Obgleich eine Legende, verzauberte sie jeden mit ihrer Natürlichkeit. Sie war minderjährig aus ihrer Heimat, dem Sudan, geflohen. Und hatte in ihrer Jugend schon mehr Leichen gesehen als mancher Militärveteran. Mit etwas Geld vom Vater und einem Ticket war sie in London gelandet, um bei einer Verwandten unterzukommen.

Nie zuvor hatte sie mehrstöckige Häuser aus Stein gesehen, kannte aber schon bald fast alle Fotostudios der Welt von innen.

Sie hatte sich kaum verändert und das runde Gesicht eines fröhlichen, kleinen Jungen behalten. Ihr Kopf war kahlgeschoren und ihre Bewegungen waren so weich wie die Innenflächen ihrer Hände. Diese Hände legte sie in die von Wolf, als wollte sie ihn beruhigen.

Während eines Fotoshootings hatte sie ihm erzählt, daß man in ihrem Stamm glaubt, jeder Mensch habe einen Verwandten oder »Paten« in der Natur.

Ihr Bruder zum Beispiel war verbunden mit einem Baum, sie selbst mit einer Schlange, die Mutter mit einem Skorpion ... Niemals, unter keinen Umständen, durfte man diese natürliche Verbindung verletzen.

Derjenige, zu dem der Baum gehörte, durfte keinen Baum fällen, sie selbst keine Schlange töten. Auch dann nicht, wenn sie von ihr angegriffen würde.

Alek war einzigartig in der ethnisch-bunten Welt der Puppen.

Sie wirkte wie eine Skulptur, geschnitzt aus einem Ebenholzzweig. Schönheit liegt nicht im Meßbaren. Man erkennt sie am Glanz, der einen Menschen umgibt – und kaum jemand glänzte wie Alek.

Puppen müssen funktionieren. Je abstrakter ihre Persönlichkeit ist, desto leichter kann ein Puppenspieler, ihr Mieter für einige Stunden, seine Vorstellung von Wirklichkeit auf sie projizieren. Was dann entsteht, nennt sich Zeitgeist.

Die Puppen, ihre Vermittler, die Kleider und die Händler hatten Wolf lange Zuflucht gewährt, Orientierung und Geld.

Hier hatte er eine neue Sprache gefunden, die heiter und zynisch zugleich klingen sollte. Eine Art Werbe-Esperanto. Er konnte lächeln, ohne darüber nachzudenken, konnte all jene Fragen beantworten, die in der Welt des Konsums und Luxus gestellt wurden. Er hatte gelernt, so dazustehen, als hätte er immer gewußt, wo sein Platz ist, und er konnte so tun, als würde es ihm immer gelingen, Gefühl und Kalkül ins richtige Verhältnis zu bringen.

Der Umgang mit Widersprüchlichkeiten und Vergänglichem war ihm angenehmer, als an etwas von beständigem Wert zu arbeiten. Auch in der sogenannten Oberfläche, im Dekorativen, Eitlen können Botschaften enthalten sein. Dachte er. Mit den Jahren allerdings glaubte er seinen eigenen Botschaften immer weniger. An vieles, was ihm gestern noch wichtig war, konnte er sich kaum noch erinnern. Waren Glück und Eitelkeit kein Liebespaar?

Manchmal entblößte der Wolf seine Wunden, weil er fand, daß Helden welche haben müssen. Doch meist bedauerte ihn niemand. Und tat es doch mal jemand, war es der falsche.

Nun mußte er hinaus. Raus aus den Kulissen, in denen er sich versteckt gehalten hatte, um die Erregung der Zuschauer zu spüren.

Als er mit den Puppen draußen im Licht stand, mußte er sich daran erinnern, daß die Kleider, die sie trugen, von ihm stammten. Irgendwann war der Song *Love to love you baby* verklungen und hinter der Bühne wurde eingepackt.

Der Mann, der ihm Fragen stellte, hatte sich nicht vorgestellt. Er war konservativ gekleidet, gedrungen bis pummelig und dunkelhäutig.

Seine Fragen stellte er auf deutsch: »Was hat Sie zu Ihren Entwürfen inspiriert?«

»Die Straßen von New York«, antwortete Wolf.

»Ach, und werden die Straßen von New York die Sachen auch sehen?«

»Wer weiß?«

»Wie würden Sie Ihren Stil beschreiben?«

»Ich suche nicht nach einem Stil. Ich mische Stile. Wissen Sie, Stillosigkeit ist auch eine Art Freiheit. Ich meine, persönliche Freiheit ...«

»Ist Freiheit nicht für viele die Höchststrafe?«

»Das ist mir zu philosophisch. Mag sein, daß Sie recht haben.«

»Warum zeigen Sie nicht in Paris, der Stadt der Couture, des Glamours?«

»Na ja, erstens, weil ich patriotisch bin. Schließlich lebe ich in New York. Und zweitens, weil ich praktisch bin.«

»Praktisch?«

»Na ja, in Paris braucht man noch mehr Geld, um Diamanten so in seine Scheiße zu drücken, daß sie glitzert und die Leute sie fressen. Oder denken, das sei Haute Couture ... Wer sind Sie überhaupt?«

»Ich bin Mike Anderson«, sagte der Mann und wollte sich schier totlachen über Wolfs verdutztes Gesicht.

»Was, der Mike vom Telefon, als ich Skyler anrufen wollte?

»Ja, der wohnt bei mir!«

Die beiden fielen sich in die Arme, als wären sie jahrelang getrennt gewesen.

»Du Mike, sorry, ich hatte mir dich am Telefon ganz anders ..., äh, ich meine nach der Stimme, da hätte ich gedacht ...«

»... ich sei ein Weißer«, beendete Mike Wolfs Gestotter.

»Ja, ich meine, wenn man dich hört, denkt man an einen großen blonden ... Du hast einfach keinen Akzent, nein, du hast einen norddeutschen ...«

»Komm, du weißt doch, innen sind wir alle pink!«

Wolf lachte gequält über die alte Kamelle und versuchte ein: »Na, vielleicht bin ich ja innen schwarz?«

Mike antwortete nicht direkt, machte eine wegwerfende Handbewegung und schaute sich um: »Sind wir nicht alle im falschen Körper unterwegs?«

»Sehen wir dich heute abend im ›Indochine‹?« fragten zwei Puppen, als die beiden Männer voneinander abließen.

»Ja, um neun!«

»Kommst du auch?« fragte Wolf Mike, der ihm vorkam wie ein Verbündeter in geheimer Mission.

Später hielt Wolf ihn für einen verkleideten Schutzengel.

»Ich werde da sein«, sagte Mike.

Kapitel 12

*»Manchmal frag in all dem Glück
ich in lichtem Augenblick;
bist verrückt du selber
oder sind die andern Kälber?«*
(Albert Einstein)

Wolf hatte sich kurz zurückgezogen. Die Puppenschau war vorüber. Nach all der Arbeit und der Anstrengung, sein Lampenfieber zu beherrschen, das ihn trotz allem immer wieder überfiel, wollte er die Leere und Erschöpfung genießen. Das kleine Penthouse auf dem Dach eines Hochhauses hatte drei Zimmer. Im größten hatte Wolf die Wände himmelblau anstreichen lassen. Die Farbe der Wände sollte bei schönem Wetter in die Farbe des Himmels übergehen. War der Himmel grau, blieb es im Zimmer schön.

Schön himmelblau!

An einer Wand hatte Wolf zwei Cherubim angebracht, kindliche Engel. Solche Engel schweben als Sinnbild von Reinheit und Unschuld im Himmel unserer Fantasie oder unseres Glaubens.

Die Lieblichkeit der Cherubim ist für moderne Menschen unerträglich süß, und ihr Abbild wird Kitsch genannt. Vor Kitsch hat der coole, aufgeklärte Mensch unserer Zeit soviel Angst wie der Teufel vor dem Weihwasser. Kitsch gilt als etwas Unaufrichtiges. Über diese Grenzen hatte sich der Künstler, von dem die Cherubim an der hellblauen Wand stammten, hinweggesetzt. Er wohnte auch in New York und hieß Jeff Koons. Sein Werk und sein Leben waren eine Gesamtinszenierung und eine theatralische Antwort auf die abgeklärte Kunstszene der neunziger Jahre.

Sein Motto war: »Ich mache, was ich will. Ich habe Aufmerksamkeit, und meine Stimme wird gehört!«

Um diesen Stolz und diese Aufrichtigkeit beneidete ihn Wolf.

Als Jeff Koons 1991 die beiden Engel bei einem Herrgottschnitzer in Oberammergau schnitzen und bemalen ließ, war er verliebt gewesen. Es gehört zur Verzauberung des Verliebten, daß er jeden an seinem Zustand oder Glück teilhaben lassen möchte. Der andere aber, der Entzauberte oder Nüchterne, erkennt in der Verklärung und Verzückung nur Täuschung und Verlogenheit.

Wolf betrachtete seine Cherubim und dachte auch an den hohen Preis, den er einst bezahlt hatte. Gibt es einen angemessenen Preis für etwas, das aus dem Überfluß des Herzens entstanden ist? Wolf fühlte sich plötzlich frei von kleinlichen Gedanken. Auch frei von Eifersucht, Neid, Haß und Leidenschaft. Selbst Traurigkeit hatte keinen Platz angesichts der Engel vor himmelblauer Wand.

Wolf verließ das Zimmer. Es war Zeit zu gehen. Er klingelte nach dem Fahrstuhl und stieg unten in ein wartendes Auto. Es brachte ihn in die Lafayette Street.

Der Eingang des ›Indochine‹ ist rot lackiert. An der Bar hatte sich das Rudel versammelt und war bereits bester Stimmung. Ein Glas Wodka mit Cranberry-Juice in der Hand ging Wolf durch das Restaurant.

An einem Tisch saß Joe Arieas in einem roten chinesischen Brokatkleid. Er war weiß geschminkt und trug eine schwarzgelackte Perücke. Als er Wolf sah, stand er auf und begann mit der theatralischen Gestik einer Opern-Diva zu singen:

»One day he comes along
the wolf I love ...
and when he comes my way,
I'll do the best to make him stay ...
maybe he will come on Sunday
maybe Monday.
maybe Tuesday, Wednesday ...
maybe one day ...«

Plötzlich tauchte in der Menge eine unwirklich schöne Frau auf. Iman, dunkelhäutiges Model und Ehefrau von David Bowie. Wolf hatte vor langen Jahren mit ihr eine Woche in Hamburg verbracht.

Sie hatte damals gesagt: »Ich weiß nicht, warum Weiße so viel Probleme mit dem Sex haben. Sex ist einfach. Liebe ist einfach. Aber Ihr habt nicht genug Zeit, das zu lernen. Ihr altert schlecht. Dabei müßt Ihr nur begreifen, daß alles erlaubt ist, was sich gut anfühlt.«

Jetzt ließ sie Wolf von einem Kellner einen Zettel überbringen. Als Wolf ihn entfaltete, las er: »Wolf, I love you. Iman«. Sie lächelte, geheimnisvoll, ohne näher zu kommen. Sie hatte neue Brüste und trug ein bodenlanges, schwarzes Spitzenkleid.

»Ist sie nicht geliftet?« fragte ein Partygast.

Wolf antwortete, obgleich die Frage nicht an ihn gerichtet war: »Wer weiß? Viele Leute glauben auch, daß es so etwas Glattes wie mich nicht von Natur aus geben kann.«

»Bist du bi?« fragte ein Moderedakteur.

»Was meinst du?«

»Ich meine, bist du bisexuell?« Er sprach es »bey-sek-schuell« aus.

»Ja, aber ich habe gewartet, bis die Kinder aus dem Haus waren«, sagte Wolf.

»Und hast du Erfahrung mit Gruppensex?«

»Nein«, antwortete Wolf, »ich wohne nicht beengt.«

Plötzlich entdeckte er im Eingang Mike Anderson. Er konnte ihn zwar kaum erkennen, weil seine Augen schon leicht überanstrengt waren, eilte aber durch das Restaurant auf ihn zu. Von weitem schon lachten sie sich an.

Ein Mädchen, das sich Jennifer nannte, setzte sich zu ihnen an den Tisch. »Wolf, ich liebe diesen Militärmantel aus der Show!«

»Die Liebe wird wohl unerwidert bleiben!« war Wolfs knapper Kommentar.

»Die rote Karen Elson sah fabelhaft darin aus! Sie geht jetzt zum Film, heißt es. Sie nimmt schon Schauspielunterricht.«

»Und du?«

»Ach, ich kann auch gleich ein schlechtes Model bleiben, statt eine schlechte Schauspielerin zu werden!«

»Ist nicht beides hart?« fragte Mike. »... Ich meine, wenn du als Model keine Kampagne oder als Actress keine wichtige Rolle bekommst, lohnt sich beides nicht. Als Model bist du nie schön genug und als Schauspielerin nie jung genug!«

»Was soll ich denn sonst machen?«

»Bist du Sekretärin oder Friseuse, sagt jeder, sieht die aber toll aus! An Models oder Schauspielern gibt es immer etwas zu mäkeln.«

»Na dann muß ich eben auf eine Kampagne warten. Für Prada, Gucci oder Calvin oder so ...«

»Dann schmink dich erst mal ab. Man weiß ja überhaupt nicht, wie du wirklich aussiehst. Profis laufen privat sowieso nicht angemalt herum«, erklärte Wolf gutmütig und dachte, ›wieso soll ich mich eigentlich für Leute interessieren, die sich nur deshalb Freunde nennen, weil sie gerade in der Nähe sind? Warum fühle ich mich für Launen und Illusionen anderer verantwortlich, die dann meine desinteressierte Freundlichkeit doch durchschauen?‹

Einmal hatte er jemand gefragt: »Ach, was machst du eigentlich?« und bevor eine Antwort kam, schon gesagt: »... wußte ich ja gar nicht.«

Ein Gelangweiltsein, das er hinter falscher Freundlichkeit verbarg; ein paar Drinks als Medizin, um künstlich Nähe und ein Gefühl von Wärme herzustellen, waren Symptome für die Monotonie, der er sich ergeben hatte.

Mit dem Image des ›Bad Boy‹, der Ziele, Freunde, Anliegen und Haltung verloren hat, wollte er sich noch nicht identifizieren. Trotzdem fühlte er sich kurz vor einem profunden Kollaps.

»Hat jemand die weiße Frau gesehen?« fragte Favoloso.

»Nein«, sagte Mike, »bei mir ist sie nicht. In meiner Firma muß ich jede Woche einen Drogentest machen. Ist der positiv, fliege ich raus!«

»Gottseidank bin ich freiberuflich tätig. Du tust mir leid«, lachte Favoloso, der zu schwitzen anfing.

»Laß uns woanders hingehen. Ich halte die Leute und den Lärm hier nicht mehr aus!« sagte Wolf.

»Okay«, sagte Mike, »wartet draußen die Limo? Dann los! Ich habe eine Überraschung für dich, Wolf!«

Fünf Leute quetschten sich in die schwarze Limousine.

Favoloso hatte sich vom Barkeeper eine kleine Flasche Wodka geben lassen, die er nun kreisen ließ. Im Bauch der Limousine saß man sich gegenüber. Der Modechef einer deutschen Frauenzeitschrift öffnete ein kleines Kuvert und versuchte während der Fahrt das weiße Pulver in seine Nasenlöcher zu ziehen. Dafür benutzte er eine zusammengerollte 100-Dollar-Note. Der Wagen bremste plötzlich und das Pulver überpuderte seinen schwarzen Kaschmir-Rolli und seine schwarze Gucci-Hose.

»Shit!« schimpfte er, und der Wagen fuhr wieder an.

Er hielt schließlich in der 42nd Straße.

Als Wolf aus der Limo kletterte, spürte er eine leichte Übelkeit. Der Club hieß ›Naked Gun‹, hatte allerdings kein Schild.

Man stieg drei Treppen hoch. Der Flur war mit billigen, schmutzig-weißen Fliesen beklebt, und das helle Neonlicht ließ das Fünfer-Rudel bleich aussehen wie Delinquenten auf dem Weg zur Exekution.

Am Eingang im 3. Stock saß in einer Box eine ältere Frau, die Mike mit »Hey, Marlene« begrüßte. Sie wirkten wie Bekannte. Mike bezahlte fünf mal zehn Dollar Eintritt. Die Tür öffnete sich mit einem Summton. Der Raum war dreigeteilt. Links hinter dem Eingang befand sich eine Art Bar, auf der ein Plastikkübel mit Orangensaft und Eisstücken stand. Daneben ein Stapel Plastikbecher. Ging man an der Bar vorbei, kam man in eine Art Flur mit grauem Filzboden. An der linken Wand saßen ein paar gelangweilt wirkende Jungs in Jeans und Karohemden oder Jogginghosen und Unterhemden. Einige Männer in Anzügen standen oder gingen herum und bemühten sich, uninteressiert zu wirken. In der Mitte des Raumes war mit dunklen Wolldecken ein Showroom abgeteilt. Wollte man ihn betreten, mußte man die Decken teilen. Rechts ging es in etwas, das wie ein Aufenthaltsraum aussah.

Auf einem Podest, ebenfalls mit grauem Filz beklebt, saß hinter einer Glasscheibe ein DJ.

»Brian!« rief Mike plötzlich halblaut. Ein großer junger Mann stand vor ihm. Sie umarmten sich flüchtig. Über Mikes Gesicht huschte ein weiches Lächeln. »Wie geht's? What's up?« fragte er.

»Du, Mike, seh dich später. Ich bin jetzt dran. Nehmt die vordere Reihe. In die traut sich immer keiner. Madonna war gestern hier mit Sandra Bernhardt. Sie haben Party-Pick-ups gemacht. Also, bis gleich!«

Brian sah gut aus. Dunkle kurze Haare, blaue Augen. Ein wenig *maniac-macho* mit einem allzu weißen, allzu amerikanischen Lächeln, das in einem merkwürdigen Kontrast zu seinem gehetzten Blick stand.

Er war knapp dreißig, hatte aber noch etwas rundliche Wangen, was ihn sympathisch machte, und war gleichmäßig gebräunt.

Wolf und sein Rudel nahmen auf einfachen Kinobänken Platz, dicht an einer Art Bühne mit einem Laufsteg, der mitten durch die Reihen führte. Das Publikum wirkte seltsam still und angespannt. Rauchen war verboten. Hin und wieder führte jemand im Halbdunkel einen Plastikbecher mit Saft zum Mund. Vereinzelt konnte man auch Frauengesichter erkennen.

Scheinwerfer warfen einen Lichtkreis auf einen silberglitzernden Vorhang. Disco-Sound erklang und eine Stimme aus dem Off verkündete: »Attention to our italian stallion!«

Brian teilte den Vorhang und stapfte mit Boots und offenem Hemd im Rhythmus der Musik auf die Bühne. Er bewegte sich nach links, nach rechts und übernahm dann, halb hopsend, dann wieder sich drehend, den Laufsteg. Dabei grinste er gewollt aufreizend in die Menge, was eher lächerlich wirkte. Er riß sich das Hemd ruckartig von den Schultern, machte noch mal eine Drehung und ging ab.

Die Musik spielte weiter, die Bühne war leer und das Publikum blieb stumm. »Laß uns gehen«, flüsterte Wolf. Der exponierte Platz so dicht an der Bühne war ihm unangenehm.

»Warte«, erwiderte Mike. Jennifer und Favoloso fingen an zu gackern und wurden von den Nachbarn mit Zischlauten zurechtgewiesen. Der Vorhang teilte sich wieder und Brian erschien splitternackt. Er trug nur Stiefel und Socken und seine Erektion war nicht zu übersehen. Diese sackte allerdings beim Tänzeln über den Laufsteg leicht in sich zusammen. Einige Leute klatschten und steckten ihm Dollars in die Socken.

Brian machte noch ein paar gymnastische Bewegungen, streckte sein Hinterteil wie ein Pavian dem Publikum entgegen. Dann ging er mit dem siegessicheren Lächeln eines Toreros ab.

Wolf stand auf, drängte sich in den Flur. Sein Herz klopfte vor Scham und Peinlichkeit. Er wollte eine Zigarette rauchen. Jemand gab ihm Feuer und fragte nach seinem Namen. Wolf antwortete: »Ich bin nur mitgekommen, mit Freunden …«

Mike kam mit Favoloso und Jennifer im Gefolge.

»Edmond findet es toll. In München bei seiner Frauenzeitschrift gibt es so was nicht«, kicherte Favoloso.

»Komm, es geht weiter!« sagte Mike zu Wolf. »Woher kennst du Brian?« wollte Wolf wissen.

»Ach, der wohnt manchmal bei mir, wenn er nicht in Florida bei seiner Frau ist.«

Wolf flüsterte Favoloso zu: »Ich brauche einen Shot!« Mit dem Alkoholpegel sank auch seine Stimmung rapide.

»Hier«, murmelte Favoloso, als sie wieder hinter dem Vorhang im Halbdunkel standen, und reichte ihm die Wodkaflasche in einer braunen Tüte. Wolfs Lippen fanden den Flaschenhals, er nahm einen kräftigen Schluck.

Der Scheinwerfer warf einen Vollmond-Lichtkegel auf den Silbervorhang. Die Stimme sagte in die ersten Akkorde der Musik: »And now, our half-breed!« Ein Typ mit freiem Oberkörper, so weiß wie sein Gesicht, erschien. Lange Haare hingen ihm bis auf die Schultern. Er schaute nicht in die Menge, sondern präsentierte seinen Kopf im Profil. Mit einer Hand hielt er sich an einer Stange fest. Ansonsten verharrte er regungslos. Mit der freien Hand öffnete er zwei Knöpfe seiner schwarzen Lederhose. Der Ansatz seiner Scham wurde sichtbar. Langsam drehte er den Kopf. Es war Skyler! Sofort traf sein Blick Wolf. Zwei Augenpaare erkannten einander. Mit starrem Blick ging Skyler ab.

> »*Herzlich lieb hab ich dich, Herr, meine Stärke!*
> *Herr, mein Fels, meine Burg, mein Erretter!*«
> (aus Psalm 8)

Wolf stand auf und drängte sich an seinen Begleitern vorbei. Er wußte, daß er im Flur auf Skyler treffen würde. Der saß bereits an der Wand, trug jetzt ein Jerseyhemd mit »Pucci«-Druck und schaute zu Boden.

»Hallo«, sprach Wolf ihn an. Skyler gab ihm eine kalte, schlaffe Hand. »Was machst du hier?« wollte Wolf wissen.

»Ich tanze. Das siehst du doch«, antwortete Skyler fast unfreundlich.

»Das Hemd ist eine Pucci-Kopie!« schrie Edmond, der Wolf gefolgt war, plötzlich auf. Und: »Ich kenne das Original!«

»Da bin ich aber froh, daß wir die fashion-police dabeihaben«, lachte Favoloso und verkündete der Runde: »It's over. Wo gehen wir jetzt hin?«

»Erst mal raus hier«, schlug Wolf vor und fragte Skyler: »Seh ich dich noch irgendwo?«

»Ja, wartet auf mich im ›Paramount‹ an der Bar.«

»Das ist gleich gegenüber«, sagte Edmond. »Ich habe da eine Suite!«

Man ging. Skyler blieb zurück. Brian stand plötzlich wieder angezogen neben Mike und sagte unternehmungslustig: »Let's go!«

Eine Weile hing die Truppe an der Bar vom ›Paramount‹ rum. Sie befand sich in der Lobby, die wie das ganze Hotel im Stil der Postmoderne gehalten war. Halbdunkel, blasser Limestone, etwas Palisander, Spiegel so installiert, daß sie Wände und Bewegungen der Gäste einfach wegreflektierten. Die Sessel waren unter einfachen weißen Hussen versteckt, und hin und wieder beleuchtete ein Spot eine Orchidee in einer Wandvase, die wie ein gläsernes Büffelhorn aussah. Geräusche und Stimmen wurden verschluckt wie in einer Kathedrale. Auf dem Fußboden lag königsblauer Teppichboden. »Das ist das echte Yves-Klein-Blau«, erklärte Edmond. »Ihr müßt euch unbedingt im Pissoir den Miniaturwasserfall ansehen.«

»Wir würden gern Schluß machen, Gentlemen«, erklärte der Barkeeper, der wie alle anderen Angestellten, die lautlos, aber kollektiv gutaussehend herumhuschten, eine steingraue Uniform mit Mao-Kragen trug.

»Okay«, sagte Favoloso, »hätte beinahe vergessen, daß wir in Guiliani-Town leben. Wartet, ich bin gleich wieder da. Gib mir ein paar Dollar, Wolf!«

Der kramte ein paar Scheine aus der Hosentasche und drückte sie in Favolosos geöffnete Hand. Wie ein Tier, das nachts erst wach und aktiv wird, verschwand Favoloso zielstrebig mit kurzen schnellen Schritten.

»Mike, was machst du eigentlich?« wollte Wolf wissen.

»Ich bin Anwalt. Das habe ich doch schon erwähnt.«

»Und warum wohnen diese Jungs bei dir?«

»Ach, ich muß ihnen helfen. Sie sind zu unselbständig. Und leicht verführbar. Schöne Menschen sind sehr gefährdet. Gerade in dieser Stadt. Und du, Wolf, wer kümmert sich um dich? Ich meine, hast du Sex?«

»Weißt du«, antwortete Wolf, »ich bin sozusagen auf neutralem Boden. Dem Geschlechterkampf habe ich mich erst einmal entzogen. Und dem gleichgeschlechtlichen Waffenstillstand auch. Und als Kampf- oder Muskelspiel habe ich das Ganze eigentlich nie sehen können.«

»Du willst nicht, daß ich dir das glaube, oder …?« Mike zog die Augenbrauen hoch.

»Außerdem, hat nicht jeder von uns genug Freunde sterben sehen?« fragte Wolf leise. »Man macht etwas in einer Nacht, hat es längst vergessen, und dann kommt der Tag, wo man sich erinnern muß. Nicht, daß ich unbedingt leben will, aber ich will mich nicht fürchten müssen!«

»Sieh das doch mal so«, erklärte Mike, »wir Menschen fallen wie Viren über den Organismus Erde her, vermehren uns ungehindert, beuten ihn aus, bis der Wirt stirbt. Und die Viren mit ihm. Denn Viren sind zwar raffiniert, haben aber keine Moral und kein Herz.«

»Soll das jetzt trösten?«

»Nein, aber alles wird irgendwann zusammenbrechen. Das ist eine sichere Sache. Der Turm zu Babylon, das Römische Reich, das Dritte Reich und eure Berliner Mauer. Ist das nicht auch ein Grund zur Freude? Die menschliche Arroganz hat keine Überlebenschance. Und was machst du, bis du vor Altersschwäche zusammenbrichst?«

»Weiß nicht«, sagte Wolf.

»Ich bin Afro-Amerikaner, wie du siehst, und geile Schwarze und geile Schwule reiten in diesem Land auf der Achse des Bösen.« Mike starrte vor sich hin. »Da ich schwul bin und schwarz, muß ich jetzt gehen.«

»Nein! Bleib!« bat Wolf.

»Du wartest hier auf Skyler. Er braucht jemanden wie dich. Ich sag dir, er ist ein guter Junge. Viel Glück!«

Mike nahm den beigen Trenchcoat, auf dem er gesessen hatte, und verschwand durch die schwere Palisandertür. Wenig später kam Favoloso grinsend herein, zwei Tüten in der Hand und flankiert von zwei Gestalten, einem Mädchen und einem Jungen.

»Was ist«, fragte er Edmond, »gehen wir in deine Suite?«

»Ich weiß nicht ...«

Mit dem Lift fuhr man in den vierten Stock. Edmond öffnete die Tür. Wolf hatte kalten Schweiß auf der Stirn. Es war gegen vier Uhr morgens.

Kapitel 13

*»By pulling at the bunch,
we make all grapes fall to the ground ...«*
(Simone Weil)

Wolf glaubte nicht an Wunder. Trotzdem verließ er sich auf sie. Anders war seine Leichtfertigkeit nicht zu begreifen. Das aufgeregte Flügelschlagen seines Schutzengels überhörte er.

Das Rudel übernahm Edmonds Suite. Jennifer setzte sich auf die Couch und schlug die Beine in Schaftstiefeln übereinander. Sie schüttelte ihre langen dunklen Haare. Favoloso stellte zwei Flaschen Wodka auf den Glastisch, und Brian brachte Gläser. Jemand suchte den Musikkanal im TV.

Jennifer sagte: »Ich glaube, jeder braucht jetzt einen ›*bump*‹!« und kramte aus ihrer Handtasche eine Silberdose hervor.

Wolf hatte auf dem blauen Teppichboden Platz genommen. Er würde seine Körperhaltung für unendliche Zeit nicht verändern, nahm teil an einem Ritual, das weder etwas Verschwörerisches noch Intimes hatte, aber ein künstliches Gefühl von Nähe entstand. Zigarettenqualm und die Ausdünstung der Körper hatten jeden Sauerstoff aus dem Raum vertrieben. Wolf sah zu, wie Jennifer mit ihrer Kreditkarte gleichmäßige Linien auf der Tischplatte zog.

»Alles, was schnell fort ist, macht süchtig«, sagte sie mit einem Seufzer.

»Ja, Miß Naseweiß. So wie das Leben der Salzmandeln«, antwortete Favoloso und steckte sich eine in den Mund.

Michele und Kevin, die beiden Gestalten, die Favoloso mitgebracht hatte, schwiegen; auch die Drogen machten sie nicht lebhafter.

Allerdings hatte Michele, bevor sie Jennifers Einladung, sich zu bedienen, gefolgt war, mit piepsiger Stimme angemeldet: »Wenn ich das jetzt nehme, bin ich dann süchtig? Das kann ich mir nicht leisten!«

Und Jennifer hatte geantwortet: »Gott weiß, daß die meisten deiner Freunde sich nicht mal ein Deodorant leisten können! Aber du wirst dich bestimmt gleich besser fühlen, wenn ich dir sage, daß ich es kann!«

Jennifer und Edmond saßen nebeneinander und sahen in der unaufgeregten Mode der Zeit aus wie ein Paar, das sich in der Wahl seiner Garderobe abgesprochen hat.

Von seiner Position am Boden konnte Wolf sehen, daß Jennifer keinen Slip trug. Ihr Geschlecht war rasiert.

»Ich stehe nur auf A-Linie«, erklärte Edmond plötzlich mit dem strengen Ton des Modeexperten, »bei allen anderen Looks sehe ich einfach weg!« »Grafische Symbole, um die geht es, wie Brandzeichen bei Kühen«, faselte er weiter. Keiner hörte zu. »Style«, fuhr er fort, »hat nur der, der mit minimalem Aufwand möglichst arrogant aussieht. Das ist ein Training, das deutschen Stars fehlt – oder der Grund, warum es in Deutschland keine Stars gibt!«

Wolf fühlte leichte Verblödung nahen. Brian quetschte sich neben Jennifer aufs Sofa und schnupfte eine Linie in jedes Nasenloch.

»Pas mal pour un débutant«, sagte Jennifer mit ironischem Grinsen.

»Rich bitch«, knurrte Brian.

»Ach, was soll's. Denken wir an die armen Landarbeiter in Kolumbien. Mit denen habe ich eines gemeinsam: die Liebe zur Natur, die den wundersamen Kokastrauch erschaffen hat. There is no right car, no right house, no right job, no right man. Not for them and not for me! Reich sind immer nur die anderen!«

»Genau!« sagte Favoloso, in jeder Hand ein Glas Wodka.

»Ich meine«, fuhr Jennifer fort, »also, meine Eltern sind wohlhabend. Nicht so reich wie meine reichen Freunde zum Beispiel. Aber sie würden mir eher einen stinkenden Pelzmantel oder einen verkackten Rembrandt mit Goldrahmen zu Weihnachten schenken statt hundert Dollar, wenn ich die mal dringend brauche ...«

»Das klingt phantastisch spastisch«, schnappte Favoloso und quälte einen Ausdruck der Betroffenheit auf sein rundes Gesicht.

Alle schienen in diesem Hotelzimmer mit dem blauen Teppichboden eine Art Zuflucht gefunden zu haben – einen Ort, zu dem die Außenwelt keinen Zutritt hatte.

Der Wodka war warm. Das war egal. Der Reihe nach naschte man von dem weißen Pulver. Wohlerzogen wie auf einem Kindergeburtstag.

Jennifer wischte mit dem Zeigefinger über die Spur, die sie auf dem Tisch hinterlassen hatte, und rieb sich den Rest des Pulvers unter die Oberlippe. »Ich habe meinen Rohkosttag. Kartoffeln flüssig und Schnee aus den Anden, so teuer, ach, teurer als Kaviar. Ein Gramm so teuer wie einhundert Gramm Beluga-Eier, die man schwangeren Fischen aus dem Bauch gekratzt hat. Jetzt frage ich, welcher Dealer ist das größere Schwein auf dem freien Markt der Luxusgüter?« Ihre Frage blieb ohne Antwort.

Wolf fühlte nicht, daß sein Arm und seine Hand eingeschlafen waren. Es machte ihm Mühe, den Kopf zu drehen. Also ließ er es. Die Zeit war entweder stehen geblieben oder raste geradeaus in die nächste Nacht.

Natürlich schlief er nicht, aber er erlebte jenen unwirklichen Zustand, den er aus seinen Träumen kannte. Er glaubte, den Raum und alle Anwesenden aus der Vogelsperspektive zu sehen. Das war ihm nicht fremd und darum auch nicht beunruhigend.

Seltsam war nur, daß ein fast vergessenes Lied den Versuch eines Gedankens übertönte: ›Sah ein Knab ein Röslein stehn, Röslein auf der Heide, war so jung und morgenschön, lief er schnell, es nah zu sehn, Röslein, Röslein, Röslein rot …‹

In einem Anflug von Spaltungsirrsinn fühlte sich Wolf wie ein Wahnsinniger und dessen Wärter, die sich beide selbst in eine Zelle eingeliefert hatten. Er hob die Hand, betrachtete sie. ›Es war nicht in Ordnung, daß ich die Schmetterlinge an ihren Flügeln packte, als ich sie damals fing‹, erinnerte er sich plötzlich, ›sie verloren ihr wundersam gepudertes Muster und färbten meine Fingerspitzen, als wäre das Muster Schmutz gewesen.‹

»Jesus died for somebody's sins – but not for mine. Hat Patti Smith gesagt«, erklärte Jennifer plötzlich. Sie sprach seltsam abgehackt mit offenbar unbeabsichtigten Pausen.

»Für meine auch nicht«, steuerte Favoloso bei. »Aber ich bin Katholik und sündenfrei, und ich liebe meinen Nächsten wie meinen Hund.«

»Du hast doch gar keinen Hund«, versuchte ihn jemand zu korrigieren.

»Das Leben ist Dunkelheit, Herr, wo ist dein Licht?« klagte Favoloso dramatisch und japste nach jedem Wort. »Süchtige sind ekelhaft! Wie kann man nur rauchen? Das ist rücksichtslos. Ich habe Asthma!« Er pumpte sich ein Spray in den offenen Mund. »Ihr Amerikaner seid sentimental, habt aber kein Mitgefühl«, beklagte er sich. »Ich habe im Fernsehen eine Tutsifrau gesehen. Die hat gesagt, wäre es um Gorillas in den Bergen von Ruanda gegangen, wären mit Sicherheit mitleidige Amerikanerinnen gekommen, um sie zu retten. Beim Mord an Schwarzen haben die UNO und Amerika einfach weggesehen!«

»Und du?« warf Jennifer ein, »du hast nur Mitgefühl, wenn du mit dem Arsch auf einem Kissen vor dem Bildschirm hockst. Das kannst du dir sparen! Die Evolution kennt auch kein Mitleid. Was soll's? Die Welt ist doch kein Museum. Was sich nicht wehren kann, wird weggeräumt!«

»Ach, sind wir endlich beim Thema Holocaust?« stöhnte Edmond.

»Ich weiß nur eines«, meldete sich Jennifer, »wenn man sich verliebt, ist das Leben zu Ende! Meine dumme Mutter tat es, und alles war vorbei. Mein Vater tat es und lebt seitdem nur noch für das Abzahlen von Krediten. Abzahlen, abzahlen für das Scheißleben, das er seiner süßen Familie und der Gesellschaft schuldig ist. Wozu überleben in einer Welt von Killern? Männer müssen sich Waffen kaufen und ihren Frauen Brillanten, wenn sie respektiert werden wollen in diesem schönen Supermarkt!«

»Die größten Brillanten tragen schwarze Hip-Hopper«, meldete sich Edmond.

»Ja, so demonstrieren sie ihre Solidarität mit den schwarzen Brüdern, die in den Diamantenminen in Afrika schuften. Es wird sie trösten, daß die Dinger an schwarzen Hälsen baumeln! Oder etwa nicht, Jennifer?« fragte Favoloso, der plötzlich gelassen wirkte: »Ich habe auch immer Paranoia und Panikattacken. Das ist normal, wenn man in New York lebt. Nimm eine Xanax, sonst kollabierst du!«

Hatte es an der Tür geklopft?

»Da ist ja Giuliani!« rief Favoloso.

Plötzlich stand Skyler im Raum. Ohne zu grüßen kam er näher. Er trug dieselben Sachen wie vorhin. Vorhin? Wann war das gewesen?

Er hielt eine Gitarre in der Hand, die er jetzt an die Wand lehnte. Wolf glaubte ihn sagen zu hören: »... ich habe sie noch geholt.«

Woher war er gekommen? Wer hatte ihn gerufen?

»Kommt, rückt etwas raus für unseren Gast«, forderte Jennifer.

Edmond kramte ein paar Scheine aus der Tasche, die Skyler einsteckte.

»Du siehst ramponiert aus. Erfrisch dich erst mal!« Jennifer deutete auf den Rest Drogen.

»Danke.« Skyler bediente sich hastig.

Was dann geschah, hätte Wolf später nicht erklären können. Es mag an seiner verzögerten Aufnahmefähigkeit gelegen haben – plötzlich waren Skyler, Edmond, Brian und Michele nackt, oder fast nackt. Favoloso war abrupt verschwunden. Wolf war geblieben. Oder, wie meistens, nicht gegangen. Seltsam unbeteiligt, noch immer gefangen in seiner Isolation, sagte er sich: »Na und, es gibt ja keine Zeugen für das, was hier geschieht. Also geschieht eigentlich gar nichts.«

Der Wolf wird kein Fleisch berühren.

War es nicht lebendig oder nicht tot genug?

Es war nicht die Lust des Voyeurs, die ihn zuschauen ließ, wie Skyler sich vor Jennifer stellte. Wolf sah ihre Hände auf Skylers Hüften. Dann stürzte sein bleicher Körper über Edmond, der sich ausgestreckt hatte, und sein Kopf landete in Jennifers Schoß. Skyler ließ sich willenlos herumreichen. Lag er wieder auf Edmond, der stöhnte, oder waren es Kevin, Brian oder Michele? Das Ganze glich einem absurden, modernen Ballett zum Kreuzigungsthema.

Skylers nackter, weißer Rücken erinnerte ihn an das Ritual einer Opferung, die ihn kalt ließ.

Wie Spiele, die in seiner Kindheit andere Kinder gespielt hatten – deren Regeln er zwar verstand, nicht aber deren Sinn. Wie damals wollte er weder mitspielen noch als Spielverderber gelten. Fast gelangweilt beobachtete er Handlungen, die seine Gefühle normalerweise verletzt hätten.

Hätte man ihn gefragt, er hätte keinen Grund für sein Verhalten nennen können. Vielleicht fühlte er den Spießer in sich, der eine Einladung zu einer spießigen Veranstaltung angenommen hatte. Einer Orgie der Verklemmung. Typisch für Männer und Frauen, die es modern finden, sich selbst zu verachten. Ist Verachtung für Männer stimulierend? Und wenn ja, warum spielen Frauen dasselbe Spiel?

Ehrlicherweise stellte sich Wolf keine dieser Fragen.

Plötzlich hatte er genug!

Er rappelte sich auf und ging steif ins Badezimmer. Fremd und hohlwangig erschien ihm sein Gesicht im Spiegel. Wolf suchte nach Ähnlichkeiten mit dem Gesicht, das er kannte. Plötzlich tauchte neben seinem Gesicht das von Skyler auf. Nebeneinander stehend, starrten sie sich an. Dann drehte sich Skyler zu Wolf, sie standen nun voreinander.

Skyler legte die Hände auf Wolfs Schultern und sagte:

»Ich liebe dich!«

Wolfs Gesicht zuckte, als er antwortete: »Das darfst du mir nicht sagen!«

»Doch, ich liebe dich!«

Und Wolf tauchte ein in die Nacht dieser Augen und spürte, er würde lange nicht mehr erwachen.

Als Wolf gegen die Palisander-Panzertür des ›Paramount‹ drückte und auf der Straße stand, empfing ihn der frühe Tag in milchigem Weiß. Ihm war, als habe er gerade ein großes Raumschiff verlassen und sei auf einem fremden, vereisten Planeten gelandet. Er hatte sich aus dem Hotelzimmer gestohlen, so wie man sich aus dunklen Kinos stiehlt, während der Film noch läuft. Er kniff die Augen zusammen. Das weiße Licht des Tages schmerzte, und Rauhreif legte sich auf seine Wimpern. Er fühlte, wie sich das Fleisch seines Gesichts über seinem Schädel zusammenzog und es im Kopf eng wurde für Gedanken.

Vorübereilende Menschen, die sich durch den Tag mit seiner Kälte quälten, schienen keine Spuren eines siegreichen, nächtlichen Kampfes zu tragen. Keine Spur von Glück, kein Lächeln. Die Dämonen der Nacht waren nicht in den engen Wohnungen zurückgeblieben, saßen jedem unsichtbar im Genick oder auf den Schultern. Und jeder ging vornüber gebeugt und schaute finster und entschlossen drein.

Weshalb war Wolf aufgebrochen? Und wo wollte er hin?

War ohne Gruß gegangen, wie ein Dieb, der etwas aus einem Hotelzimmer gestohlen hat.

Drei magische Worte hatten ihn zum Aufbruch getrieben. Drei magische Worte, die den Lauf jeder Geschichte verändern.

»Ich liebe dich!« kann klingen wie ein Startschuß zum Rennen um Erlösung oder in den Wahnsinn. Er hatte den Satz aufgefangen und aus der Enge des Raums ins Freie geschmuggelt. Er wollte nach Hause, um ihn dort, am sicheren Ort, selbst laut auszusprechen, wollte wissen, ob er wie ein Blindgänger zu Boden fallen oder einer Bombe gleich explodieren und sein bisheriges Leben mit einem Schlag zum Einsturz bringen würde. Sein altes Leben erschien ihm plötzlich so überholt wie dem Anarchisten seine gutbürgerliche Herkunft, jenes Gebilde aus monotoner Wiederholung und angestaubten Déjà-vus.

›Bevor das Herz erfriert, muß es noch mal gebrochen werden‹, sagte sich Wolf und schaute durch die vereiste Scheibe des Taxis, das ihn nach Hause brachte.

Kapitel 14

»*Punishment is a vital need of the human soul.*«
(Simone Weil)

Wolf schrak hoch, als es klingelte und Puppenspieler-Kollegen mit ihren Assistenten lärmend in seine Wohnung drängten. Sie hatten frisch gewaschene Gesichter und waren entsetzlich motiviert.

»Kaffee?« fragte Wolf in der Hoffnung, sie in seine Küche zu locken und dort einzusperren.

»Nein danke, wir haben im Flugzeug gefrühstückt.«

»Gebt mir einen Moment.« Wolf versuchte ein Lächeln.

Er schloß sich im Badezimmer ein und betrachtete sich im Spiegel. Erstaunlicherweise hatte die Nacht ohne Schlaf kaum Spuren hinterlassen. Er fühlte eine unerwartete Energie.

Als er zu den anderen zurückkam, hatten sie Stoff- und Farbproben auf dem Fußboden ausgebreitet. Daniela, blond und entschlossen, mitten im Winter zu fühlen, was Puppen im kommenden Sommer tragen würden, stemmte die Hände in die Taille und verkündete: »Wir sind spät dran!«

Und zu Wolf gewandt: »Sicher bist du meiner Ansicht, daß wir uns nach dem uniformen Purismus mit einem neuen, verletzten Romantizismus auseinandersetzen sollten. Blumenkinder nach einem Reaktorunfall – sozusagen! Oder neuer Glamour nach dem Super-GAU! Kannst du uns das vielleicht kurz skizzieren? Ich sehe diesen ganzen Utility-Chic nicht mehr, wenn du weißt, was ich meine!«

Wolf wußte es zwar nicht, wollte aber weder fragen, noch hatte er die Kraft, ihrem Befehlston etwas entgegenzusetzen.

Es schien ihm leichter, sich zu fügen. Er betrachtete Stoffproben und Farbmuster wie eine vergiftete Mahlzeit, dann saß er vor einem Stapel Papier und griff nach einem Filzstift.

Das erste leere Blatt schmerzte seine Augen, und die Striche und Kurven waren wie Zeichen, die er selbst nicht deuten konnte.

»Konrad!« hörte er plötzlich Daniela rufen. »Konrad, du kaust schon wieder!«

Der Getadelte saß auf dem Sofa und schaute mit runden Augen seine Vorgesetzte an. Sein Mund stand halboffen und man konnte deutlich einen Bissen Blaubeer-Muffin sehen. Konrad war ein großer junger Mann mit weicher Haut und langen, dunklen Wimpern. Er stammte von einem großen Bauernhof in Bayern und hatte in New York bei dem berühmten Puppenspieler Geoffrey Beene ein Praktikum gemacht. Jetzt hatte er ein *Harper's Bazaar* auf den Knien. Sein Daumen hielt eine Seite aufgeschlagen, auf der in großen Lettern stand: »Addicted to Plastic Surgery«.

»Konrad, warum quälst du deinen Körper mit einem Blaubeer-Muffin? Du bist Ästhet und würdest jeden hassen, der deine Physis hätte. Wie kann jemand Leichtes oder Transparentes fühlen, wenn er seinen eigenen Körper verstecken muß? Es ist bald Sommer und du bist jung. Aber deinen Nabel wirst du nicht zeigen können!«

Daniela zog ihren Pulli etwas hoch und den Rockbund etwas nach unten. »Das Dekolleté der Saison ist der Bauchnabel!«

Konrad ließ wortlos das Heft fallen und zog den Reißverschluß einer großen Reisetasche auf.

»Ja gut«, kommentierte Daniela. »Hol sie raus, die Samples, die wir Wolf mitgebracht haben. Zeig ihm den Kimono aus London!«

Kleidungsstücke quollen aus der Tasche. Konrad reichte Daniela einen blaßrosa Kimono mit schwarzem Überkaro und Chrysanthemenblüten. Daniela warf ihn sich über eine Schulter und drapierte den unteren Teil des Kimonos straff um ihre Figur.

»Sieh mal, für das erste Kollektionsthema habe ich an skin, black mit koralle gedacht. Wenn du weißt, was ich meine, Wolf!«

Der schaute sie ratlos an.

»Das alles hier machen wir nur für dich und deine Karriere!« jaulte sie plötzlich. Sie hatte wohl gemerkt, daß Wolf nicht mehr derselbe war.

›Miß Piß‹, dachte er, ›ich weiß etwas, was du nicht weißt. Und habe etwas gehört, was du nicht hören wirst. Und was ich hier machen soll, hat gar keinen Sinn – höchstens für eine Miß Piß und für die, die bei der Arbeit mit Leichtem, Transparenten, Süßem immer saurer werden. Warum soll ich dir helfen, mir einen Job, eine Position zu sichern, die ich nicht mehr haben will? Miß Piß, warum verpißt du dich nicht?‹ hätte Wolf am liebsten gefragt und sah plötzlich, daß er ein Puppenkleid und eine Jacke gezeichnet hatte.

»Das ist ungefähr das beschissenste Revers, das deine Hand jemals geschaffen hat«, kommentierte Daniela den Entwurf.

»Vergebung der Sünden heißt: opfere dein altes Leben!« hörte sich Wolf plötzlich mit der theatralischen Stimme eines Fernsehpredigers sagen.

»Wie bitte?« fragte Daniela.

»Durchgeknallt«, ächzte Konrad.

Als das Telefon klingelte, glaubte Wolf zu wissen, wer dran war. »Ja?« fragte er.

Es war der Doorman. »Favoloso ist da. Kann er hochkommen?«

Favoloso trat achtlos auf die Stoff- und Farbproben und gab jedem einen nassen Kuß auf die Stirn, riß die restlichen Kleidungsstücke aus der Reisetasche und warf sie an die Decke. Ein Teil segelte auf seinen Kopf und über seine Schultern. Sofort spielte er die dicke Soul-Sister, faltete die Hände vor der Brust und begann zu singen: »What becomes of the broken hearted?«

Wolf war aufgestanden und in den Flur gegangen.

Von dort winkte er Favoloso zu; der unterbrach seinen Gesang und kam zu ihm. Wolf flüsterte: »Schaff mir das Pack vom Hals. Dann erzähle ich dir ein Geheimnis.«

»Ich will aber lieber essen gehen. Italienisch!« forderte Favoloso.

»Okay!«

Favoloso wußte, was zu tun war.

»Und«, bellte er, »schon Research gemacht, ihr Provinzler? Los, ab zu Bergdorf und Barneys. Ich begleite euch!«

Dazu wackelte er mit dem Kopf, wie es nur schwarze Hip-Hopper können. Er duldete keinen Widerspruch, und erleichtert sah Wolf, daß alle dem Rattenfänger folgten.

Wolf lehnte sich mit geschlossenen Augen an die Wand gegenüber der Wohnungstür. Er befühlte den Putz, ertastete eine Konsole. Er wollte den Lohn für seine Arbeit spüren. Das Tauschgeschäft, das er gemacht hatte.

Er wußte, daß er die Mitarbeiter, die gekommen waren, um mit ihm um Trends und Schönheit zu ringen, nur für kurze Zeit abgeschüttelt hatte. Offensichtlich erzieht die Beschäftigung mit Schönheit zur Boshaftigkeit. Warum sonst tragen Leute, die in der Mode arbeiten, schwarze Brillen? Wollen sie nicht sehen, was sie sehen müssen?

Wolf starrte auf das Porträt einer schönen Frau, das in einem silbernen Rahmen an der Wand hing. In ihrem Blick glaubte er, einen Vorwurf zu erkennen: Warum hast du mich gekauft, anstatt mich selbst zu malen?

Ja, meine Liebe, wollte er antworten, ich habe meine besten Jahre damit verbracht, nicht mein Bestes zu geben. Ich habe es vorgezogen, Dinge ohne Leidenschaft zu tun. Habe Inszenierungen hingelegt, zu denen ich nicht eingeladen werden wollte; Partys geschmissen, zu denen ich nicht ging. Ich habe Puppenkleider entworfen und fand, daß sie nach Mottenkugeln rochen, noch bevor sie fertig waren. Weil mich nichts befriedigte, habe ich weitergemacht. Hin und wieder mit Ehrgeiz. »Ehrgeiz ist wichtiger als Talent« hatte seine wunderbar glamourlose Freundin Irene Dische geschrieben. »Talent ohne Ehrgeiz ist wie ein Rennpferd ohne Jockey. Wenn es eine Weile mitläuft, einfach so, weil das in der Herde eben Spaß macht oder weil das Pferd denkt, daß die anderen aus gutem Grund galoppieren und es besser mitlaufen sollte, dann gerät es nur allen anderen in die Quere und gibt schließlich auf.«

Jetzt ist es soweit, dachte Wolf, jetzt sollen mich Zuschauer und Bewunderer, um deren Gunst ich buhlte, wieder in Ruhe lassen. Ich weiß nicht mehr, wie Ehrgeiz sich anfühlt, oder gar Eifersucht, die mich früher so quälte.

Ihm wurde kalt. Der Kreislauf? Kreislauf ist nur etwas für alte Leute, dachte Wolf.

Er war alt genug, um sich an große Strecken seines Lebens nicht mehr erinnern zu können, aber noch jung genug, um sich unerfahren und unreif zu fühlen. Er war reif genug, Prominente und andere Fashionistas zu übersehen, und kindisch genug, um Sätze zu sagen wie: »Für Unsterblichkeit muß man sterben. Ich bin bereit. Aber nicht sofort!«

Das Telefon klingelte. »It's me, Ann Christensen!

Ich bereite ein Shooting mit Albert Watson vor. Urban Warriors! Wir haben dieses neue, coole Girl aus Santo Domingo. Die mit dem goldenen Schneidezahn! Du hast doch so einen Armee-Rucksack aus dem Ersten Weltkrieg in der Orchard Street gekauft. Ich weiß, er kostete ein Vermögen. Aber kann ich den leihen?«

»Wann brauchst du ihn?«

»Wenn's geht, noch heute! Weißt du, ich muß das Shooting gut vorbereiten. Eine perfekte Balance finden zwischen Primitivismus und modern chic!«

»Meinetwegen.«

Wolf war müde.

»Der Zufall ist ein zuverlässiger Begleiter«, hatte Irene oft behauptet. – Warum klingelte dann das Telefon nicht?

> *»It aint over 'til it's over.«*
> *(Lenny Kravitz)*

Wolf ließ sich auf das Sofa fallen, blätterte blicklos in *Harper's Bazaar*. Eigentlich habe ich noch nie den all-american Typ gesehen, der überall promotet wird, überlegte er. Welche Frau hat schon diesen starken Unterkiefer mit circa sechzig gleich großen, weißen Zähnen, den in tausend Jahren Archäologen finden und dann verkünden werden: »Das muß der Kiefer von Whitney Houston sein!« Wer hat schon einen Teint wie Sahnebonbon und eine Mähne wie ein Island-Pony? Mit einem Scheitel, der direkt über der Nasenwurzel entspringt?

Auf den Straßen von Manhattan hatte er die sogenannte Street-Fashion jedenfalls noch nie gesehen, dafür aber Leute, die laut mit sich selbst sprachen und dabei Gesten machten wie in einem Stummfilm.

»America – the only country to go from barbarism to decadence without touching civilization«, hatte er auf einer Männertoilette gelesen. Er wußte, daß sich nirgends in der Welt mehr Menschen unterschiedlicher Herkunft miteinander gemischt hatten als in New York, aber jeder wirkte allein und ohne Wurzeln. Häufig eilten Leute an ihm vorbei, ganz in Schwarz, die ein Gesicht machten, als kämen sie zu spät zu ihrer eigenen Vernissage oder Beerdigung. Sprach man sie an, waren sie sofort so freundlich, als hätten sie einen seit Jahren vermißt.

Am liebsten beobachtete Wolf am Washington Square junge Asphalt-Akrobaten oder merkwürdige alte Leute, die in Diners stundenlang vor einer Tasse Kaffee und einem Stück Kuchen saßen. Geduldig warteten sie, daß der Kellner ihnen von selbst Kaffee nachschenkte. Überlegen lächelnd betrogen sie schon seit langer Zeit in einem stummen Handel den Tod um seine Beute. Seine Helfer, die dunklen Engel, hatten sie immer noch nicht geholt.

Wahrscheinlich hatte niemand Nerv für die langen Geschichten der Alten. Diese Alten, manchmal ungeschickt geschminkt und wirr gekleidet, erinnerten Wolf an Menschen in Berlin, die ebenfalls bei einem Stück Kuchen in Cafés darauf warteten, daß die Zeit verging. Käsekuchen allerdings schmeckt in Berlin anders als in Amerika. Er klebt nicht am Gaumen wie der aus Cream cheese, erinnerte er sich plötzlich. Absurd. In Amerika gibt es keinen Quark, daran lag es wahrscheinlich. Die deutschen Einwanderer hatten vergessen, ihn mitzubringen. Und Wolf hatte plötzlich, mitten in Manhattan, intensives Heimweh. Heimweh, das nach Quark schmeckte.

Er hätte sich dieser Sehnsucht gerne von ganzem Herzen hingegeben, hätte draußen, vor der Tür seiner Wohnung, nicht die Stadt auf ihn gelauert. Mit ihren immerwährenden Versprechungen auf das Neue. Die Unruhe der andauernden Verheißung, die kein Verweilen, kein Atemholen, kein Einrichten in der warmen Behaglichkeit kindlicher Erinnerungen zuläßt.

Wolf hatte die Witterung in der Nase. Er war hellwach.

Als es endlich klingelte, riß er den Telefonhörer an sich.

Sein »Ja, bitte!« klang nicht cool.

›Chill out!‹ warnte sein Herz, das sich zu alt fühlte, um sich jagen zu lassen.

»What's up? Hier ist Skyler.«

Wolf fühlte, daß er Hilfe brauchte.

> »*Denn siehe, es ist kein Wort auf meiner Zunge,
> das du, Herr, nicht schon wüßtest.*«

Wolf hatte Psalm 139 aus dem evangelischen Gesangsbuch im Religionsunterricht nachsprechen müssen. Den Terror der Schule hatte er zwar vergessen, nicht aber, daß man fragen soll: »How are you?«

»Okay!«

Schweigen. Stille. – Waren jetzt keine Fragen mehr gestattet? Na gut.

> »*Führe ich gen Himmel, so bist du da, bette ich mich
> bei den Toten, so bist du auch da.*«
> (Ende von Psalm 139)

Nach einer Pause sagte Wolf: »Du erinnerst dich an letzte Nacht?«

»Ja.«

»Du erinnerst dich an das, was du zu mir gesagt hast?«

»Natürlich.«

»Was sollte das bedeuten?«

»Das, was ich gesagt habe.«

– Schweigen.

»Ich habe gesagt, ich liebe dich.«

»Ja.«

»Was ist, findest du dich nicht liebenswert?«

»Doch – aber das war schon ein eigenartiger Augenblick. Ich weiß nicht, ob man das jetzt noch …«

»Soll ich dir helfen?«

»Ja, vielleicht. Du weißt, was diese Worte bedeuten?«
»Darum habe ich sie ausgesprochen.«
»Aber sind wir nicht wie zwei Ertrinkende, die nach demselben Strohhalm greifen?«
Wolf fand, daß ihm dieser Satz gelungen war.
»Nein! Aber wenn du dich so fühlst …«
Wolf schwieg.
»Du wirst sehen – ich liebe dich!«
›Okay‹, dachte Wolf. War das nicht genau das, was er immer hatte hören wollen? Und es stimmte, er brauchte Hilfe. Schon sehr lange. Warum nicht von diesem Skyler? Nur ein Verlorener weiß, was Verlorenheit ist. Er hatte keine Wahl.

> »*Diese Erkenntnis ist mir zu wunderbar und zu hoch,*
> *ich kann sie nicht begreifen!*«
> (Psalm 139)

»Findest du nicht, wir sollten das in Ruhe besprechen? Von Angesicht zu Angesicht. Nüchtern?«
»Okay, wann willst du?« fragte Skyler.
Diese Ruhe macht ihn überlegen, dachte Wolf.
»Wo bist du denn?«
»Ach, in einem Hotelzimmer.«
»Hast du keine Wohnung, kein Zuhause?«
»Nicht hier, ich wohne bei meinen Eltern in Flemington, New Jersey. Ich gebe dir meine Nummer. Bradley, so heißen meine Eltern. Joe und Cathy Bradley.«
»Du, wie alt bist du?«
»Einundzwanzig.«
»Ach – da bin ich ja …«
»Ich finde dich cool, okay?«
Wolf hätte lieber etwas anderes gehört.
»Was ist mit heute abend?« hörte er sich forsch fragen.
»Wo?«

»Ich bin zum Essen verabredet. Beim Italiener. ›Da Silvano‹, Broadway, downtown. Kennt jeder. Um neun Uhr.«
»Gut. Kann sein, daß ich etwas später komme.«
»Macht nichts. Aber ich gebe dir auf alle Fälle die Nummer.«
»See you!«
Als Wolf aufgelegt hatte, dachte er an das Sprichwort, daß es nur zwei Tragödien im Leben gibt. Die erste: man bekommt nicht, was man will; die zweite: man bekommt es.

Plötzlich freute er sich, daß er mit Daniela, Favoloso und Konrad verabredet war. Zur Not könnte er sich mit denen in Belanglosigkeiten verwickeln. Wie in etwas, das einen beschützt.

»Ich sitze oder stehe auf, so weißt du es;
du verstehst meine Gedanken von ferne.«
(Psalm 139, zweite Strophe)

Kapitel 15

»*All I want is stillness of heart when I start out of the dark.*«
(Lenny Kravitz)

Okay dann. So beginnt also eine Liebesgeschichte, dachte Wolf. Eine Geschichte mit einem Mann. Mit einem jüngeren Mann. Einem wesentlich jüngeren Mann – verbesserte er sich. Warum nicht mit diesem Mann? Hatte sein Herz denn die Wahl?

Er spreizte die linke Hand und begann, mit dem Zeigefinger der rechten abzuzählen. Beim dritten Finger, dem Mittelfinger, hörte er auf. »Man muß den Weg gehen, auf den das Leben einen führt«, hatte Oscar Wilde gesagt. Wolf war bereit, sich führen zu lassen.

Er fühlte, die Unsicherheit und die Feigheit früherer Jahre waren verschwunden. ›Meine Stirn ist so kühl, als wäre ich gerade getauft worden‹, stellte er fest. ›Ich bin ohne Wissen, ohne Erfahrung, ohne Neugier‹. Tatsächlich wußte er nicht mehr, was Begehren bedeutet, nur, daß daraus schnell der Wunsch nach Beherrschen werden kann. Und daß aus diesem Wunsch Schmerzen entstehen.

Er stand vor dem Spiegel. Eigentlich sah er gar nicht dem Bild ähnlich, das er von sich selbst hatte. Er betrachtete die strähnigen, glatten Haare und den Mund, der sonderbar beleidigt aussah.

Und diese Augen! Als hätten sie das Elend der Welt schon mehrmals gesehen. Er schob den Pulloverärmel hoch und betrachtete die Falten in der Armbeuge. »What you see is what you get«, dachte er. Warum ekelt man sich eigentlich so vor Falten? Und warum ist man sich ständig bewußt, daß der andere ein Publikum vertritt, dem man gefallen will? Wie alle Leute hatte er sich eine Liebe vorgestellt, die aus zwei Personen eine neue macht. Diese neue Einfaltigkeit sollte sich in endloser Ekstase und Harmonie über alles Banale der Welt erheben. Oder aber gerade im Banalen Erfüllung finden.

In der Realität aber war es ihm ebenso ergangen wie allen anderen: die, die Liebe anboten, wären Händler einer falschen Ware gewesen. Oder umgekehrt: die Ware war richtig, der Händler war falsch.

Seine Seele war immer noch nicht wirklich berührt worden. Er konnte unbeschwert sein, wollte man ihn als Freund. Verunsichert, ja gehetzt, fühlte er sich, wenn man ihn als Geliebten wollte. Immer sehnte er sich nach dem Geschlecht, das gerade nicht da war oder zur Verfügung stand. Bot sich ihm weibliche Hingabe an, wünschte er sich einen Kameraden. Männern, die ihm imponierten, wollte er sich nicht unterordnen. Schwächeren brachte er eher Mitleid als Zärtlichkeit entgegen. Und Mitleid ist kein erregendes Gefühl. Hinzu kam: Alte waren ihm zu alt, Junge zu jung und Gleichaltrige zu fertig.

Verachtung als erotische Stimulanz war ihm zuwider, besonders, seit er miterlebt hatte, wie populär sie beim männlichen Geschlecht ist.

Eifersucht fürchtete er. Sie konnte wie ein Gefängnisgitter vor ihm herunterfallen und ihn wegschließen von dem unbeschwerten Leben, das andere führen durften. Unter den meisten Menschen fühlte er sich heimatlos. Deshalb suchte er immer neue. Aus diesem Grund hielten ihn manche für oberflächlich. Dem ewig unentschiedenen Spiel gleichgeschlechtlicher Rivalen hatte er sich stets genauso entzogen wie den Ritualen der Eroberung. Nach Zärtlichkeit sehnte er sich, tat sich aber schwer damit, sie anzunehmen oder zu geben, wenn es Zeit gewesen wäre. Die Natur, das hatte er seit frühester Kindheit beobachtet, kennt keine Zärtlichkeit, wenn sich Tiere in ihrer Hitze begegnen. Das, was sie tun müssen, tun sie schnell und geben dann wieder Ruhe. Wolf empfand sich immer noch als Jugendlicher.

Und Jugend neigt dazu, liebevoll Dinge zu zerstören, die ihr vertraut sind.

›Als alle Spaß an neuer Freiheit mit Sex und Drogen hatten, hatte ich Verantwortung und Mühsal‹, dachte Wolf. ›Jetzt ist alles anders …‹

Als der Doorman Ann Christensen anmeldete, erwachte Wolf aus einem Traum. Inzwischen war es dunkel geworden, und Wolf hatte Mühe, sich zu orientieren. Die Traumbilder waren ihm vertraut, weil sie sich regelmäßig wiederholten:

Er war durch eine Straße gelaufen, die der, in der er wohnte, glich. Irgendwas hatte sich verändert; was, wußte er nicht. Endlich stand er vor seinem Haus. Hatte er hier gelebt oder nicht? Vor dem Haus fegte ein Mann die Straße.

Wolf fragte ihn: »Können Sie mir sagen, ob ich hier wohne?«

»Ja, haben Sie denn einen Schlüssel?« antwortete der Mann.

Wolf faßte in seine Taschen, fand aber keinen Schlüssel. Ratlos schaute er den Mann an.

»Da sehen Sie doch, daß Sie hier nicht wohnen.«

»Ja, aber wo wohne ich dann?« bettelte Wolf.

»Woher soll ich das wissen«, sagte der Mann unwirsch und fegte weiter. Wolf schaute sich um. Das Licht war diffus, er hatte keine Ahnung, wie spät es war, und machte sich schnell auf den Weg aus seinem Traum.

Er hörte, wie das Scherengitter des Lifts zur Seite geschoben wurde und der Doorman klingelte. Anns Gesicht war von einer Kapuze umrahmt, die zu einem olivgrünen, vom Militär inspirierten Parka gehörte. Um den Hals trug sie ein rot-weißes Palästinensertuch. Ihr ungeschminktes, sommersprossiges Gesicht war rot gefroren, und sie spitzte die Lippen zum rituellen Luftkuß. Wolf, dessen Gesichtszüge noch nicht wieder funktionierten, versuchte ebenfalls die obligatorische imaginäre Stelle knapp neben ihrer Wange zu treffen. »Mah«, machten beide. Ann trat in den Flur und bemerkte, daß Wolf das Metall-Dreieck auf ihrer riesigen, schwarzen Nylontasche anstarrte. Prada. Rasch bedeckte Ann das Emblem und sagte entschuldigend: »Tut mir leid, ich weiß, aber ich hab keine andere Tasche mit diesem Volumen.«

»Da!« Sie öffnete eine Schnalle und zog eine zusammengefaltete *New York Times* heraus. »Amy Schnitzler hat geschrieben, dein Geschmack ist wie Sauerkraut mit Palatschinken!«

»Wie meint sie das?« fragte Wolf.

»Na ja, daß deine Art von Stilbruch schwer konsumierbar ist. Aber ich glaube, wenn du deine Message durchhältst, wirst du dein Publikum finden.«

»Das wird dann zu fast einhundert Prozent aus dir bestehen«, versuchte Wolf zu scherzen. »Ich bin bei ›Silvano‹ zum Essen verabredet. Komm doch mit!«

»Willst du etwa so gehen?« fragte Ann mit einem Blick auf Wolfs Obdachlosen-Look.

»Und du?« fragte Wolf zurück.

»Ich habe immer mein kleines Schwarzes in der Tasche. Für alle Fälle!«

»Ach! Ich dachte immer, das sei Sammy Davis Junior.«

Ann ignorierte Wolfs Versuch, ironisch zu sein. »Wo kann ich mich umziehen?«

Wolf zeigte ihr das Badezimmer und ging dann zum Kleiderschrank, dessen Inhalt er lustlos inspizierte. Er wählte eine Secondhand-Levis-Jeans aus den Siebzigern, einen Rolli und einen violetten Hausmantel mit winzigen Tupfen und Seidenpaspelierung. Ann kam aus dem Badezimmer und hatte sich in Minuten aus einer Wildente in einen Schwan verwandelt. In ihr nacktes Gesicht hatte sie einen roten Mund gemalt und ihre grünen Augen waren umrandet von einem dünnen, schwarzen Brillengestell im Butterfly-Stil der 50er Jahre. Das kleine Schwarze war wirklich klein, zeigte schöne, lange Beine und entblößte weiße Arme.

Die Kälte draußen schien Ann gleichgültig zu sein. Als sie sah, was Wolf sich zusammengestellt hatte, lächelte sie wie eine Mutter, die ein schwererziehbares Kind hat: »L' amour, la gloire et la beauté sont tes amis! Pourquoi cette revanche?« sagte sie. »›French Seasoning‹ war gerade modern.«

Während beide auf den Fahrstuhl warteten, verstaute Ann Wolfs Armee-Rucksack, dessentwegen sie gekommen war, in ihrer Prada-Tasche.

›Sie scheint nicht zu wissen, wie schön sie ist‹, dachte Wolf, als beide nebeneinander im Taxi saßen. Mit ihrem transparenten Teint, den schräggestellten Augen und dem naturroten Haar sah sie den Frauengestalten von Lucas Cranach ähnlich.

Das Palästinensertuch hatte sie zum Kopftuch gebunden, den Parka über die Schultern gelegt. Ihre nackten Arme umschlangen die schwarze Tasche. Sie schaute weiter geradeaus, als Wolf sagte: »Du bist schön.«

»Ich habe tagelanges Fitting hinter mir«, war ihre Antwort.

»Amy und Naomi brachten jeweils ihre Dealer mit. Die hingen die ganze Zeit herum. Egal in welchem Beruf, jeder führt sich auf wie ein Rockstar. Und wenn du denkst, in den Evian-Plastikflaschen, die sie bei sich haben, sei ›holy water‹, dann hast du recht. Es ist Wodka-Tonic. Werfen sie dir einen Kuß zu, fällst du um!«

»Ich bin auch total dafür, daß ab sofort Models Urinproben mitbringen müssen, die backstage getestet werden. Wer clean ist, fliegt raus. Gna-den-los!«

»Ich finde deinen Vorschlag überhaupt nicht komisch, Wolf. Aber wenn jemand meine Meinung wissen will, soll er vorher mit meiner Agentin über das Honorar verhandeln. Was gut oder schlecht ist, ist eine Frage des Preises. Ich fürchte, auch Gott trägt inzwischen Armani.«

Kapitel 16

»All employees must put their dick back in their pants.«

»Hast du gelesen, was ein anonymer Poet auf die Toilettentür geschrieben hat?« fragte Favoloso Daniela. Er saß mit ihr und Konrad schon am Tisch, als Wolf und Ann das ›Da Silvano‹ betraten.

»Was?«, fragte Daniela.

»Geh dir doch mal die Hände waschen«, schlug Favoloso vor.

Daniela, ganz in Dunkelblau, sah aus wie ihre eigene Flugbegleiterin. Sie stand auf und bahnte sich den Weg in Richtung Toiletten.

»Les bonnes manières rendent les hommes sexy«, sagte sie schnippisch, als sie zurückkam. Sie war ein Jahr Assistentin bei der *Vogue* in Paris gewesen und gab sich gern polyglott.

»Trés imposant!« meldete sich Favoloso. »Hast du das an der Université Condome gelernt?«.

»Da drüben sitzt Liz Summerville!« zischte Konrad über den Tisch.

»Wer?« fragte Daniela.

»Na, die Chefin der amerikanischen *Vogue*. Hier ist quasi ihre Kantine«, klärte Konrad die Runde auf. »Mal sehen, ob ihr heute wieder ein radikaler Tierschützer einen toten Waschbären auf den Teller schmeißt wie neulich im Waldorf-Astoria.«

»Und was sollte das?« fragte Wolf.

»Das war ein Protest gegen Pelz-Orgien im Heft. Und sieh

mal«, Konrad machte einen langen Hals in Richtung Liz Summerville, »jetzt sitzt sie gerade wieder auf einhundert toten Nerzen von Fendi. Und vor sich auf dem Teller hat sie ein Steak, so groß, als hätte es Damien Hirst direkt aus einer Kuh gesägt.«

»Nur kein Neid«, meinte Wolf, »denkst du, dein Hähnchen ist vom Himmel gefallen?«

»Ich finde das Thema postmodern«, zischte Daniela.

»Ihr seid Heuchler! Ist Tiere fressen etwa moralischer als ihr Fell zu schleppen? Deine Lederjacke hatte auch mal Haare!«

»Der Mensch ist ein hungriges Tier und steckt sich alles in den Mund, was nicht weglaufen kann«, fing Wolf an zu philosophieren.

»Ich esse am liebsten Sushi!«

»Da bist du ja richtig beim Italiener!« rief Favoloso dazwischen. »Wir Italiener sind Katholiken. Wir lassen Sushi weiterschwimmen. Wir sind keine gefräßigen Japaner, wir haben Respekt vor der göttlichen Kreatur!«

Konrad klagte: »Fleisch gibt es abgepackt und vom Fließband. Früher hat man Tiere noch geachtet, auch ihren Tod. Nach dem Schlachten hat man gebetet, geopfert und die Götter um Verzeihung gebeten! Heute kennen Kinder ein Tier nur als Comicfigur aus dem Fernsehen!«

»Dann überrede deine Katze doch, Vegetarierin zu werden«, fauchte Favoloso, der gerade sein Schnitzel Milanese zerteilte. »Chill out, Konrad, bald gibt es auch menschliche Einzelteile zu kaufen. Eingeschweißt in Folie. Menschliche Wesen, von denen man sicher sein kann, daß sie keine Seele und kein Bewußtsein haben, werden auf Farmen gezüchtet. Als Ersatzteillager für fine young cannibals, verstehst du?«

Favoloso kaute.

»Ich glaube, ich werde ohnmächtig«, murmelte Ann Christensen.

»Ohnmacht und Tod sind immer eine Möglichkeit, sich vor der Rechnung zu drücken«, antwortete Favoloso.

»Ich glaube, daß das menschliche Wesen eine göttliche Seele mitbekommen hat, ich möchte nur wissen, ab wann, ich meine, in welchem Stadium seiner Entwicklung vom Fötus zum ...«, sinnierte Daniela.

»Vor allem hat das menschliche Wesen oben und unten ein Loch bekommen, durch das alle anderen Lebewesen hindurchmüssen. Gekocht, gebraten oder püriert«, krähte Favoloso.

»Bei dir bleiben die meisten stecken, so fett, wie du bist«, konterte Konrad.

»Deshalb sind mir dünne Leute auch sympathischer ...«, stichelte Daniela.

»Nicht jeder kann von Geburt an so schön sein wie du, Daniela«, sagte Favoloso.

»Joan Collins hat gesagt«, unterbrach Ann Christensen, »schön geboren werden ist so, wie reich geboren werden und dann langsam verarmen.«

»Es muß schrecklich sein, seine Schönheit zu verlieren ...«, sagte Daniela und fixierte dabei Ann. »Ab einem gewissen Alter bleibt man besser zu Hause und schließt sich ein ...«

»Da weiß ich doch, wie gut ich's habe. Ich war niemals eine Schönheit und werde ausgehen bis zum Tag meines Todes«, triumphierte Favoloso, »und keiner wird mich vermissen. Man wird denken, ich sei uptown zu Bloomingdale's shopping gegangen und nicht mehr zurückgekommen ...«

Daniela war inzwischen dreimal zum Klo gegangen und jedesmal mit noch röterem Gesicht zurückgekehrt. Als sie jetzt wieder aufstand, schaute Favoloso fragend Wolf an. Tonlos die Lippen bewegend fragte er Wolf: »Hat sie was dabei?«

Mit einem langsamen Kopfnicken deutete Wolf ein »Ja!«

an. Favoloso schaute begeistert und folgte Daniela in Richtung Toiletten. Kurz danach kam Daniela zurück und setzte sich leicht verstört. Dann kam Favoloso wieder.

Daniela sprang auf und ging erneut zur Toilette. Favoloso hinterher. Das wiederholte sich so zwei-, dreimal. Als Daniela jetzt wiederkam, nahm sie neben Wolf Platz.

»Du, kann ich dich mal was fragen?«

»Ja klar.«

»Ist Favoloso pervers?«

»Was meinst du damit?«

»Weißt du, der Weißwein hier ist mir nicht bekommen. Ich habe schrecklichen Durchfall und schaffe es gerade immer noch bis zur Toilette.«

»Ja, und?«

»Also, immer wenn ich auf der Schüssel sitze und mich bemühe, kein Geräusch zu machen, du weißt, was ich meine, immer dann klopft Favoloso an die Tür und flötet: Da-ni-ela, ich bin's, laß mir was lie-gen!«

»Ach was!«

»Ja, eben hat er sogar gesagt, Da-ni-ela, bitte, ich will auch mal ziehen! Du kannst dir nicht vorstellen, wie peinlich mir das ist!«

»Das ist wirklich eigenartig«, sagte Wolf und freute sich, daß Favoloso ihm in die Falle gegangen war.

»Das Leben ist wie ein Gurkenglas«, sagte Konrad plötzlich. »Wir sind alle noch grün, aber schon ganz schön sauer!«

»Wulf-gäng!« rief plötzlich eine Frau.

Sie trug eine Art schwarzer Fechtmaske, auf der kleine Glitzersteine wie Eiskristalle funkelten. An ihren freiliegenden, abstehenden Ohren war sie leicht zu erkennen.

»Isabella«, rief Wolf zurück. »Nice to see you!« Und zu den anderen gewandt, sagte er: »Das ist Isabella Blow aus London!«

»Wulf-gäng«, setzte Isabella wieder an, »kommst du mit

zur Fashion Week nach London? Mein Freund Alexander, Alexander McQueen, heiratet seinen Freund. Kate Moss ist Trauzeugin! Alexander ist jetzt clean, hat neue Zähne und hat abgenommen!«

»Ach, wieder ein Slim-Fast-Doping-Fall!« mischte sich Favoloso ein und brach Isabella beinahe den Hals, als er sie an sich zog, um sie auf die Fechtmaske zu küssen. »Setz dich Isabella!« Sie nahm Platz und schaffte das Kunststück, Grissini unter ihre Fechtmaske zu schieben und an ihnen zu knabbern.

Plötzlich wurde es still. Irritiert blickten alle in eine Richtung. Wie der Leibhaftige höchstpersönlich war eine große, düstere Gestalt hereingekommen und schaute sich suchend um. Es war Skyler.

Favoloso entdeckte ihn zuerst und rief: »Den kenne ich!«

»Nein!« fauchte Wolf, »du kennst ihn nicht«, stand auf und ging Skyler entgegen, der keine Anstalten machte, näher zu kommen. Wolf führte ihn mit einem gemurmelten »Wie geht's?« an den Tisch. Skyler setzte sich stumm.

»Äh, das ist Skyler, ein alter Freund. Das sind Daniela, Ann, Konrad, Favoloso ...«

Favoloso streckte die Hand aus, Skyler übersah sie. Die Stimmung am Tisch war schlagartig verändert.

»Willst du was essen?« versuchte es Wolf.

»Nein danke«, antwortet Skyler mit starrem Blick.

»Einen Shot Wodka bitte«, sagte er über die Schulter zu dem Kellner, der sich genähert hatte. Skyler wirkte nervös.

»Ich kann nicht bleiben«, sagte er leise zu Wolf und blieb regungslos sitzen, ohne sich an der Unterhaltung zu beteiligen.

»Soll ich dich nach draußen begleiten?« fragte Wolf.

»Ja, ich fühl mich nicht so wohl hier.«

»Du«, sprach Favoloso Skyler an, »du siehst jemandem verdammt ähnlich, den ich kenne!«

»Na und«, antworte Wolf an Skylers Stelle, »Tom Cruise hat neulich beim Look-alike-Wettbewerb den zweiten Platz belegt – und war ganz schön deprimiert.«

»Komm, laß uns gehen«, bot Wolf an. Skyler stand ruckartig auf.

»Wohin wollt ihr? Kann ich mitkommen?«, fragte Favoloso.

»Nein! Wir haben etwas zu klären«, sagte Wolf schon im Gehen.

»Ich warte auf dich, bei dir zu Hause! Gib mir deinen Schlüssel!« befahl Favoloso.

Wolf drehte um und übergab den Wohnungsschlüssel.

›Vielleicht eine gute Idee‹, dachte er.

Kapitel 17

*»Schau nicht hin, schau nicht her, schau nur geradeaus.
Und was dann noch kommt, mach dir nichts daraus.«*
(Marika Rökk)

›Gib mir Zeit, laß mich nicht gleich wieder an Abschied denken‹, bat Wolf seinen Schutzengel, als er mit Skyler im Schnee auf ein Taxi wartete.

Er war wie berauscht und stellte sich vor, sie beide seien desertierende Killer-Queens einer gefährlichen Spezialeinheit. Deadly in battle, desperate with desire. Sie hatten die Truppe verlassen, um sich zu unbekannten Abenteuern durchzuschlagen. Am Ende würde grenzenlose Freiheit die Trophäe sein. Wolf griff nach Skylers Hand. Die war kalt und feucht und ohne Gegendruck. Was war in ihn gefahren, daß er sich plötzlich dicht vor Skyler stellte und ihm mit geschlossenen Augen sein Gesicht darbot?

Als Wolf allmählich spürte, daß Skyler von seinem Angebot keinen Gebrauch machte, schlug er die Augen wieder auf und sah, daß Skyler ihn gar nicht ansah.

›Meine Vorstellung von Romantik ist wohl etwas konventionell‹, dachte Wolf und wandte sich der Straße zu. Wer den Himmel auf Erden sucht, hat im Erdkundeunterricht nicht aufgepaßt.

»Wohin wollen wir eigentlich?« fragte er Skyler.

»Ich kenn eine Bar im East Village, ›Save the Robots‹, da können wir uns unterhalten.«

Im Taxi fielen sie beinahe durch das durchgerostete Chassis auf die Straße. Wolf schnappte nach Luft. Nach einer Weile des Schweigens erlaubte er sich zu fragen: »Bist du glücklich?«

»Ja, sehr«, war die Antwort.

Ohne einander anzusehen, fuhren sie durch die Straßen, hielten an Ampeln, fuhren weiter. Die Gegend sah aus wie nach einem Luftangriff. Endlich stiegen sie aus. Am Eingang von »Save the Robots« standen zwei schwarze Hünen, die die Eintreffenden nach Waffen und anderem abklopften. Unfreundlich ließen sie Wolf und Skyler passieren.

Auf dem Boden der Bar lag Sägemehl, wohl um das Schneewasser aufzusaugen.

Die Beleuchtung war mehr als mangelhaft; Leute schoben sich auf einer schmalen Treppe nach unten oder wieder nach oben.

Aus dem Basement drang ein dumpfes »dum-dum-dum«.

›Das ist also die Bar, in der man sich ruhig unterhalten kann‹, dachte Wolf und versuchte, den Raum zu erfassen; ein Ding der Unmöglichkeit. Ein Gang führte zu einem anderen Raum. Wohl die Aufreißzone.

Skyler hatte Wolf einen Barhocker hingeschoben und selbst Platz genommen. Er hob die Hand und spreizte Zeige- und Mittelfinger. Das genügte. Zwei Wodka in Plastikbechern wurden serviert. Plötzlich hob Skyler den Kopf und lächelte Wolf an. Wolf entdeckte wieder die Zahnlücke. Skyler war Wolfs Blick nicht entgangen. Er deutete mit dem Finger auf die Stelle und erklärte: »Hat man mir ausgeschlagen.«

»Das kann man richten«, beeilte sich Wolf zu sagen, der kein Social-Snob sein wollte.

»Meine Mutter sagt immer, mein Gott, wie kann man in deinem Alter schon so schlechte Zähne haben?« lachte Skyler und Wolf staunte über seine plötzliche Aufgeschlossenheit.

»Das kann man in Ordnung bringen!«

»Ach ja, und wer zahlt das?«

»Ich schenke dir einen Zahn, wenn du willst!«

»Wirklich, Mann, du willst mir ein Lächeln schenken?« fragte Skyler. Die ungewohnt poetische Wortwahl überraschte Wolf.

»Ich habe seit einer Ewigkeit nicht mehr gelächelt und deshalb auch niemanden mehr richtig angesehen. Ich dachte schon, ich werde wohl im Dunkeln sitzen, wenn es Frühling wird, und mir erzählen lassen, wie es draußen blüht.«

»Du hast gesagt, wir sind uns begegnet, um uns zu helfen. Laß mich damit anfangen«, schlug Wolf begeistert vor.

»Ja, hilf mir bitte«, sagte Skyler. Das klang jetzt flehend. »Ich kann so nicht mehr leben! Ich muß raus aus allem! Ich kann nicht mehr!«

Seine Hand zitterte unter der von Wolf.

»Ich habe Schulden. Meine Eltern haben Schulden. Den Job, den ich hier mache, die Tanzerei, das hasse ich! Ich schäme mich, wenn Leute mich anglotzen. Und das bißchen Geld, das ich mache, nehmen meine Eltern mir weg, wenn ich am Wochenende zu ihnen komme, um mal zu schlafen.«

»Was machen deine Eltern?« wagte Wolf zu fragen.

»Meine Mutter ist Krankenschwester. Und mein Vater hatte eine Apotheke. Die mußte er verkaufen. Jetzt ist er dort angestellt. Und das Haus, in dem sie wohnen, ist voller Hypotheken.« Skyler war jetzt kaum zu stoppen.

»Hast du eine Zigarette?« unterbrach Wolf seinen Redefluß.

»Hier!« Skyler zog eine zerdrückte Packung Marlboro Lights aus der schwarzen Lederjacke.

Während Wolf den Rauch ausstieß, fragte er: »Was würdest du denn gern machen? Was interessiert dich?«

Skyler musterte sein Gegenüber. »Fashion! Coole Mode, Design! Mir ist gleich aufgefallen, daß du einen voll schlechten Geschmack hast – so, wie du dich anziehst. Das hat schon was. Sag mal, kommst du aus der Garmento-Szene? Ist ja total schwer, da reinzukommen. Die Typen sind doch alle verkackte Ästheten und lassen keinen rein! Da läuft man voll auf, besonders, wenn man nicht ihren ständig wechselnden Launen entspricht. Und wie soll man Design lernen, wenn man schon in der Schule abgekackt hat.«

»Hast du schon mal zu modeln versucht?« fragte Wolf, der von der Richtung, die das Gespräch genommen hatte, etwas irritiert war. Obwohl er jetzt den Überlegenen spielen konnte, fühlte er sich nicht wohl.

»Ja. Schon. Ging aber in die Hose.« Skyler schaute wieder zu Boden. Dann hob er den Kopf und seine Augen leuchteten:

»Wie findest du Bell-bottom-Hosen? Ich finde die cool! Und Jacken mit so eklig breiten Revers? Hemden mit überlangen Manschetten und superlangen Kragenecken? Ich kenne ein paar Secondhand-Läden. ›Cheap Jack‹ zum Beispiel. Da ziehe ich mir immer mal was raus, für nothing. Hier …« Er hob den Fuß und führte sein Hosenbein vor.« Acht Dollar! Total geflickt, aber alles in Handarbeit!«

»Da können wir doch mal zusammen Research machen«, schlug Wolf vor, der sich langsam einstimmen ließ. ›Vielleicht sitzt ja vor mir ein unentdecktes Design-Talent‹, dachte er. ›Erneuerung kommt immer aus dem Underground.‹

»Wo schläfst du heute nacht? Wir könnten doch morgen zusammen …«

»Ich weiß nicht«, antwortete Skyler. »Vielleicht fahre ich noch zu meinen Eltern. Oder soll ich mit zu dir kommen? Jetzt, wo ich dich kenne, will ich nicht mehr dahin zurück!«

»Wohin?«

»Na ja, ins ›Naked Gun‹. Tanzen.«

»Aha. Aber heute nacht schläft schon jemand bei mir. Wir könnten ja …«

»Wolf, kann ich dich, ich meine, das ist mir jetzt unheimlich peinlich, zu fragen. Shit ...«

»Was denn?« fragte Wolf.

»Kannst du mir ein paar Dollar leihen? Dahinten steht einer, dem ich Geld schulde. Ich habe Angst, daß er mir die letzten Zähne ausschlägt. Shit, ist mir das peinlich!«

»Ach was! Hier! Nimm!« Wolf kramte Scheine aus der Tasche und drückte sie Skyler in die Hand, der jetzt sehr nervös war und wieder unzugänglich wirkte. An der Wand schien jemand auf ihn zu warten. Skyler stand auf und bahnte sich einen Weg durch die Menge. Wolf beschloß, ihm nicht nachzugehen. Jeder bekommt seine Chance, wenn er Geduld hat. Hatten ihn die Jahre nicht gelehrt, sich Neugier zu verkneifen? Zu einem neuen Horizont kommt man nicht in einem Tag!

Wolf wartete eine, wie er fand, ausreichende Weile, ließ den Blick in eine andere Richtung schweifen und spielte mit seinem Plastikbecher.

Schließlich stand er auf, um Skyler zu suchen. ›Aber nicht lange‹, beschloß er. ›Man darf kopflos sein, aber nicht würdelos.‹ Fast kindliche Enttäuschung begann, sich in ihm breit zumachen. Dazu Verlorenheit.

Tränen stiegen ihm in die Augen und er schämte sich.

Wolf schubste und drängte sich nach draußen. Unheimliche Typen lehnten an den Hauswänden. Ein Taxi wartete.

Wolf hatte im Erdkundeunterricht nie aufgepaßt!

Als Wolf verkleidet hatte sich das dumme Schaf. Seine Herde verlassen und sich weit fortgewagt, um mit fremden, wilden Tieren zu spielen. Es hatte geglaubt, die Täuschung würde unbemerkt bleiben. Es hatte geglaubt, zusammen mit den Wölfen den Mond anheulen zu können. Aber sein Blöken hatte verraten, daß unter dem Wolfsfell nur ein Schaf steckte. Nun mußte es zusehen, daß es zu seiner Herde zurückfand.

Es hatte genug vom Abenteuer. Sehnte sich zurück zu seinesgleichen. Hatte genug von Betrug, Verstellung und waghalsiger Grenzgängerei.

Wolf fühlte sich verraten. War der Satz »Ich liebe dich!« mit dem süßlich-fauligen Atem gesprochen worden, den Köder ausströmen, um ein Tier in eine tödliche Falle zu locken? Oder hatte Wolf in seiner Einsamkeit das Echo seines eigenen Heulens für das Heulen eines anderen gehalten?

Er hatte genug von Fluchtversuchen. Genug davon, am Rand einer Gruppe herumzustehen.

Er sehnte sich plötzlich nach der Ordnung bürgerlicher Grenzen, in denen Verrat, Betrug, Lüge, Diebstahl – auch der des Herzens – mit lebenslanger Haft geahndet würden.

Er warf sich ins Taxi, den gelben Rettungswagen.

Die Fahrt war lang und führte durch eine surreale Welt. Wohin sollte er? Von der Zukunft fühlte er sich ausgeladen, und die Vergangenheit schlug die Türen zu.

Was war eigentlich geschehen, außer, daß das Wort »Liebe« gefallen war – so unerwartet, daß die Wünsche daraufhin von absurder Größe waren.

Das Taxi fuhr mit Wolf durch die Fifth Avenue, vorbei an der gigantischen, neugotischen St. Patrick's Cathedral. Wolf erschauerte bei ihrem Anblick. Wohnen nicht Vampire in den dunklen Klöstern, Kirchen, Tempeln und Moscheen? Wie Fledermäuse verstecken sie sich in den Gewölben und in den Kleiderfalten der Heiligen aus Stein. Wer mit pochendem Herzen in ihre Nähe kommt, auf den stürzen sie sich.

Wolf schloß die Augen. So wie als Kind, wenn ihn die Fahrt in der Geisterbahn zu sehr ängstigte, obwohl er für den Schrecken Eintrittsgeld bezahlt hatte.

Er glaubte, Engel zu sehen. Sie irrten durch die Straßen, saßen auf Abfallbergen oder den Dächern der Häuser und Kirchen, die sich in die Straßen preßten.

Die Engel frohlockten nicht. Sie breiteten die Flügel aus und schwebten schweigend fort zu Orten, wo sich der Schrecken und die Schönheit der Welt offenbaren.

»Vergiß nicht, jemand hat dich gerufen!« sagte der Engel, der neben ihm auf dem Rücksitz des Taxis saß. Sein Gesicht war ernst und seine Hand, die er auf Wolfs Hand gelegt hatte, war eiskalt. »Willst du so weiterleben und von der Zeit vernichtet werden, ohne jemals zu erwachen?« fragte der Engel. »Entscheide dich!«

Wolf war eingeschlafen, als der Wagen vor seinem Haus hielt.

Er stieg aus und schaute dem Taxi hinterher, das in die York Avenue einbog.

Kapitel 18

*»Come on God,
make a move.«*
(Patti Smith)

Der Doorman hatte hinter der Tür geschlafen. Als Wolf klingelte, rieb er sich die Augen und lächelte respektlos. Wolf hatte ihn immer nett behandelt, deshalb hielt der Doorman ihn für nichts Besonderes, und sah in ihm einen Fußsoldaten, der an seinem Gepäck genauso schwer trug wie er selbst.

Zusammen erreichten sie das letzte Stockwerk und Wolfs Wohnung. Favoloso stand in der Tür mit einem Glas in der Hand, und Musik war zu hören. »*I wish I could fly …*«

»Gott sei Dank, du bist da«, sagte Wolf und fiel ihm entgegen, als sei er hinterrücks erschossen worden.

»Gott hat damit nichts zu tun«, erklärte Favoloso milde. Dann trat er einen Schritt zurück und musterte sein Gegenüber. »Du siehst aus, als hättest du den Teufel persönlich am Schwanz gezogen und er hätte dir dafür das Gesicht geleckt!«

»So war es eigentlich nicht.«

»Nun komm schon! Du hattest doch dein Rendezvous mit dem Leibhaftigen. Ich hab's gesehen!«

»Ist das hier die Inquisition?«

»Ja, spuck's aus!« kreischte Favoloso und produzierte ein Fauchen aus der Tiefe seiner Bronchien. Dabei erhob er die Hände zu Krallen und verdrehte die Augen wie Linda Blair in »Der Exorzist«. Diese Rolle hatte er oft geübt.

»Paß auf, daß du nicht dein Schnitzel Milanese hochwürgst«, warnte Wolf und schob Favolosos Bauch zur Seite.

»Nun sag schon, habt ihr euch auf dem Chemistry-A-Level getroffen?« Favoloso ließ sich nicht abschütteln.

»Die Episode ist zu Ende! Aus! Das war's!«

»Ich will mein Geld zurück! Sofort!« Favoloso stampfte mit dem Fuß auf. »Ich habe ein Recht auf Unterhaltung. Die Diva hat wohl ihren Text vergessen?«

»Da gibt es nichts zu erzählen. Ich hab mich zweimal verhört. Kein Stoff für ein Gedicht.«

»One man's poetry is another man's poison! – Na gut, du hast noch ein paar Stunden bis zum ersten Sonnenstrahl. Leg dich ins Bett, ich nehme das Sofa.«

Wolf warf einen Blick auf die hölzernen Cupidos, die sich in permanenter Verzückung anlächelten. Im vom Künstler festgelegten Abstand voneinander waren sie über den Kamin montiert. Ihre Flügel hatten goldene Ränder. Sie konnten weder näher zueinander kommen, noch voneinander fortfliegen.

Favoloso entkleidete sich bis auf Unterhose und Leibchen und warf sich ohne jegliche Abendtoilette gegenüber den Engelsfiguren aufs Sofa. Augenblicklich begann er zu schnarchen. Begleitet wurde er vom leisen Fauchen der Heizkörper. In seinem Cranberry-Wodka schmolzen die Eisstücke.

Wolf fiel in einen komatösen Schlaf.

Die Nacht war vorüber, aber Favoloso trug noch immer die Linda-Blair-Grimasse – jetzt allerdings mit einer Variante: Als er wie ein Kugelblitz in Wolfs Schlafzimmer einfiel, waren seine Augen zu bösen Schlitzen geworden. »Frühstück«, schnauzte er.

Noch immer trug er die Unterhose und das Baumwollleibchen, das gefährlich über seinem Bauch spannte. Seine fleischigen Füße steckten in japanischen Holz-Koturnen, auf denen er erstaunlich geschickt herumbalancierte. Mit den hölzernen Stelzen glaubte er, nicht nur an Körpergröße gewonnen zu haben, sondern auch an Autorität. »Steh auf«, befahl er.

In Rückenlage fühlte sich Wolf ihm irgendwie ausgeliefert.

»Ich habe keine Lust, einen Liebeskranken zu pflegen! Außerdem hast du mich gestern abend übel reingelegt! Als du dich verpißt hattest, saß ich da mit der pikierten Daniela. Die hat sich benommen, als wäre Durchfall so tragisch wie eine Frühgeburt! Aber das größte Problem ist einfach dein verschlagener Charakter!«

»Tut mir leid«, versuchte Wolf sich zu entschuldigen, was Favolosos Unmut nicht mildern konnte. Mißmutig riß er die Fenster auf, wollte wohl mit heißem Kopf den kalten Krieg erklären. An Flucht oder Rückzug zu denken, war müßig. Favoloso hatte Wolfs Wohnung besetzt.

Wolf hatte sich Favoloso immer unterlegen gefühlt und das als nicht unangenehm empfunden. Favoloso war von hysterischer Intelligenz. Sein Herz war stark, weil immer nur ein Schinkensandwich vom Infarkt entfernt. Er brauchte nicht viel zum Überleben. Nur Liebe. Und die hatte er stets von Wolf gefordert und auch bekommen.

»Was soll ich denn tun?« fragte er.

»Aufstehen und etwas unternehmen!«

»Was denn?«

»Du kannst eine Vernunftehe mit Daniela eingehen. Das hilft deiner Karriere und damit auch mir. Du kannst mir sagen, was mit dir los ist, das hilft dann vielleicht dir. Du kannst aber auch in der Küche Kaffee trinken. Mehr fällt mir nicht ein!«

»Also gut. Ich trinke Kaffee.«

Wolf wickelte sich in ein Handtuch und schleppte sich in die Küche. Er nahm auf einem Hocker Platz und verkündete, als er in die Kaffeetasse schaute: »Ich glaube, ich bin verliebt.«

»Heißt das, wir sind in ein Melodrama geraten?« fragte Favoloso.

»Ich glaube, ja.«

Favoloso blickte Wolf lange in die Augen und sagte plötzlich: »Aber ich liebe dich doch. Weißt du das nicht?«

»Doch natürlich weiß ich das ...«, antwortet Wolf vorsichtig.

»Und?«

»Nichts und. Das, was ich meine, ist etwas anderes. Ich will dich nicht verletzen, aber ...«

»Stell dich nicht so an! Ich weiß selbst, daß ich nicht deinem trendorientierten Geschmack entspreche, aber ich liebe dich aufrichtig. Wenn du überhaupt weißt, was das ist!«

»Favoloso, das Thema strengt mich an, so früh am Morgen.«

»Na gut. Hier ist ein Telefon«, sprach Favoloso und drückt ihm das Küchentelefon in die Hand. »Sei nicht so feige!«

»Ich muß die Nummer suchen«, antwortete Wolf gequält und fühlte sein Herz. Er fand den Zettel mit der Telefonnummer schneller als gewollt und begann zu wählen.

»Hi, hier ist Jennifer. Wer spricht?«

Wolf verschlug es die Sprache. Als er sich gefangen hatte, sagte er: »Kann ich Skyler sprechen?«

»Skyler, wer?«

»Na ja, Skyler Bradley. Hier ist Wolf!«

»Ach ja, natürlich. Einen Moment!«

»Ja?« Das war die Stimme von Skyler.

»Hier ist Wolf.«

»Ja, wie geht's?«

»Da war eben eine Jennifer!«

»Ja, Jennifer, das ist die Freundin von meinem Bruder Stanley.«

»Ach so. Du, wir haben uns gestern verloren.«

»Ja, ich weiß. Tut mir leid«, sagte Skyler ruhig. »Es gab da ein Problem.«

»Ein Problem?«

»Ja, ein Problem. Das kann ich dir jetzt nicht erklären.«

»Diese Erkenntnis ist mir zu wunderbar und zu hoch, ich kann sie nicht begreifen. Wohin soll ich gehen vor deinem Geist, und wohin soll ich fliehen vor deinem Angesicht?«
(Psalm 139)

»Ich verstehe«, sagte Wolf, der fühlte, wie er in eine Sackgasse lief. Auch spürte er geradezu körperlich die plötzliche Verbindung der beiden freien Radikalen: Verliebtheit und Verblödung.

»Wann wollen wir darüber sprechen? Ich meine, uns sehen?« fragte er.

»Heute abend. Ich muß jetzt noch etwas erledigen. Mein Bruder hat Geburtstag. Ruf noch mal an wegen der Uhrzeit. Bis dann.«

Erschöpft ließ Wolf den Hörer sinken. Favoloso hatte inzwischen ein Spiegelei von beiden Seiten gebraten und zwischen zwei ungetoastete Muffin-Hälften gelegt. Wolf beobachtete, wie er das Ganze, offensichtlich ohne zu kauen, verschwinden ließ. »Was ist?« fragte er mit vollem Mund.

»Ich habe Angst, daß du mit den Muffins deinen Selbstmord planst.«

»Jeder hat seine Art, sich umzubringen. Du hast deine anscheinend gefunden.«

»Es ist nicht so, daß ich mich für irgendwas entschieden hätte. Irgendwas hat sich für mich entschieden.«

»Es ist erstaunlich, daß jemand wie du dadurch reich und berühmt werden kann, daß er hauptberuflich Opfer ist«, sagte Favoloso mit Verachtung in der Stimme.

»Reich ist man nur, wenn man das, was man hat, tauschen kann gegen etwas Besseres! So wie Hans im Glück!«

»Ich weiß, was ich will. Essen! Und ich danke dir, daß du es bezahlst!«

»Auch ich sollte alt genug sein, um zu wissen, was ich will ...«

»Jedenfalls bist du so alt, daß du dich vor der Liebe nicht mehr verstecken darfst, weil sie dir wohl nicht noch mal begegnen wird.«

Wolf griff erneut zum Telefon und wählte Skylers Nummer.

»Hi, hier ist Jennifer. Wer spricht?«

»Ach Jennifer, hier ist Wolf. Du bist also die Freundin von Skylers Bruder Stanley. Ich wußte nicht, daß Skyler einen Bruder hat.«

»Doch, den hat er. Aber ich bin nicht seine Freundin. Ich bin Skylers Freundin. Was willst du eigentlich von ihm?«

»Oh, verzeih, das habe ich nicht gewußt. Warum hat Skyler mir das nicht gesagt?«

»Du kannst ihn selbst fragen. Er kommt gerade herein!«

»Skyler?«

»Ja, was ist?«

»Ich bitte dich, sofort mit diesem Spiel aufzuhören.«

»Welchem Spiel?«

»Du sagst mir ›Ich liebe dich!‹ Und lügst damit mich und Jennifer an.«

»Aber ich liebe dich! Das ist die Wahrheit! Es stimmt, ich war mit Jennifer befreundet. Aber warum soll ich dir das sagen, wenn es doch aus ist? Ich schmeiße sie sofort raus. Meine Eltern lassen sie immer wieder rein. Sie ist einfach böse, weißt du. Böse!«

»Nein, ich will das nicht! Laß mich zufrieden! Ich habe genug!«

Wolf hoffte in diesem Moment, daß seine Worte der

Wahrheit entsprächen. Sie klangen so gut und so richtig. Er legte auf.

Während er sich mechanisch anzog, wartete er auf das Gefühl der Erleichterung, das sich nach einem Entschluß, einer Entscheidung einzustellen pflegt. Es kam nicht.

›Der Gegenpol von Schmerz ist nicht Freude oder Vergnügen, sondern Apathie‹, dachte er. ›Aber lieber versteinert als würdelos.‹

Er ging zu Favoloso zurück und verkündete: »Ich muß weg hier! Raus! Ich fahre zum Flughafen, du kannst meinetwegen in der Wohnung bleiben. Hier, ich gebe dir meine Scheckkarten. Friß, soviel du willst. Wenn du platzt, werde ich nicht dabei sein. Warte nicht auf mich!«

Wortlos nahmen Favoloso und Wolf Abschied.

Im Taxi erkundigte sich Wolf nach dem nächsten Flug nach Miami und überlegte dann, ob er das kleine, silberne Nokia-Handy aus dem Fenster werfen sollte. Das Ding in seiner Hand war eine Verbindung zur eisigen Welt, die er abstreifen wollte, so wie man Handschellen abstreift.

Kapitel 19

*»Geh aus mein Herz und suche Freud
in dieser lieben Sommerzeit.«*
(Paul Gerhardt, 1653)

Bei seiner Ankunft in Miami überzog schwül-warme Luft augenblicklich Wolfs Körper wie warme Schokoladensauce Halbgefrorenes.

›Der Ort hat etwas Demokratisches‹, dachte Wolf. ›Wer ausgezogen am besten aussieht, bekommt die meisten Stimmen. Vielleicht hat sich sogar der Heiland mit einiger Verspätung längst aus der Ewigkeit in die Kurzweil irdischen Lebens zurückgestohlen? Lebt anonym unter denen, die geistig arm, aber reich an physischen Vorzügen sind? Wandelt mit einen Versace-Handtuch um die Lenden und Gucci-Sandalen an den Füßen am Strand von Miami entlang und verteilt Sunblocker an die Sorglosen und Unwissenden?‹

Wolf ließ sich in die Collins-Avenue zum ›Delano‹-Hotel bringen. Paß und Platin-American-Express-Karte öffneten ihm die Tür zu einer weiß gestrichenen Klause. Eine Waschschüssel stand auf einem weißen Hocker, weiße Vorhänge hingen über einer weiß bezogenen Pritsche, und feiner Sand knirschte auf dem weiß gestrichenen Zementboden, den er betrat, um sich aus einer Schale einen grünen Apfel zu nehmen. Dann entkleidete er sich und ließ die Tasche mit den wenigen Sachen neben dem Bett liegen.

Das klösterliche Design des Raumes lud zum Meditieren ein.
Wolf lag auf dem Rücken und Tränen rollten ihm die Schläfen hinunter.

Später saß Wolf auf der Hotel-Terrasse, wo Kellner ein Barbecue vorbereiteten. Sie versuchten, ihren Bewegungen und Blicken etwas Aufreizendes zu geben; sie betrachteten ihren Kellnerjob nur als Zwischenstadium, als Metamorphose, aus der sie von einem Fotografen, Model-Agenten oder Designer erweckt werden würden, und waren offen für Avancen. Das schwüle Klima von Miami machte zwar paarungswillig, das Überangebot an Fleisch aber appetitlos.

Kleidung und Moden hatten Wolf immer nur als Mittel zur Täuschung interessiert. Mit der Wahl einer bestimmten Garderobe kann man so tun, als ob – reich, jung, schlank, intelligent, bescheiden oder avantgardistisch-unangepaßt wirken, ohne es tatsächlich zu sein. Die Kleidung, die er hier sah, war reduziert auf Accessoires der Entblößung. So wie das Radieschen im Maul des Spanferkels mit Knackigkeit und Frische den Appetit auf die gegrillte Leiche anregen soll.

Gerade an Orten, wo Leben und Sex wie schnell verderbliche Waren zelebriert werden, ist der Tod oft Kunde. Früher kamen alte Leute aus kalten Gegenden Amerikas nach Miami, um in der Wärme auf den Tod zu warten. Heute kommen Leute, weil sie glauben, ihm ausweichen zu können. Dabei haben viele seine kalte Hand schon gespürt.

Wolf wurde aus seinen Gedanken gerissen, als der Schatten eines Mannes auf ihn fiel. »Welche Überraschung! Das letzte Mal haben wir uns in Paris gesehen, ich habe dich fotografiert, erinnerst du dich? Es ist Jahre her – ich bin David!«

»Ja, natürlich, David. David Seidner! Was machst du hier?«

»Ich lebe jetzt hier. Paris wurde mir zu stressig. Zu aggressiv. Du weißt. Schön, dich zu sehen. Du siehst gut aus!«

»Danke, du auch«, log Wolf, der Mühe hatte, sich an jenen

David zu erinnern, jenen Fotografen aus Paris. Er war schmal und elegant gewesen, damals. Jetzt stand ein Muskelberg in Badehose vor ihm. Auch sein Gesicht war gröber geworden. Das Kinn schwerer, der Hals kurz und stämmig.

»Total beeindruckend, was du aus dir gemacht hast. Kaum wiederzuerkennen!« Wolf versuchte, seine Verwirrung in den Griff zu bekommen.

»Ja, das machen Sport und Steroide! Du weißt ja, ich bin seit Jahren positiv und entwickele ich mich halt parallel zu den Viren, hoffe, da kommen die Dinger nicht mit! Oder daß ich sie überhole«, lachte David.

»Das ist ja toll«, sagte Wolf, den es plötzlich fröstelte.

»So machen das viele hier. Proteine, Gewichte stemmen, Liegestütz; so rettet man seinen Arsch!«

David hatte die amerikanische Kunst gelernt, Schreckliches mit unbekümmertem Optimismus zu verkünden.

»Was ist, hast du Lust, mit an den Strand zu kommen und dich fotografieren zu lassen? Ich habe meine Ausrüstung dabei, meinen Assistenten und Zeit!«

Wolf willigte ein. Widerstrebend, aber ihm fiel keine Ausrede ein. ›Es ist schon besonders zynisch, daß positiv denken, der verzweifelte Wunsch, das Beste aus seinem Leben zu machen, und die tödliche Diagnose denselben Namen haben: Positiv‹, dachte Wolf, als er David zum Strand folgte.

Die Erinnerung überkam ihn: David hatte den Bildern ähnlich gesehen, die er seinerzeit gemacht hatte: mystisch anmutende Gestalten, die sich wie der Halbgott Narziß nackt und selbstvergessen in zerbrochenen Spiegeln betrachteten. Damals hatte David im Profil ausgesehen wie eine Zeichnung von Jean Cocteau. Das kurze, blonde Haar war jetzt einer Glatze gewichen, die seinen schönen Schädel umso mehr betonte. Fotograf und Modell wußten nicht, daß David in zwei Jahren sterben würde.

»Gib mir deinen Blick, Wolf«, forderte David. Sein Assistent hatte Wolf mit Meerwasser die Haare aus der Stirn gestrichen und ihn vor einem zeltähnlichen Windschutz postiert. Die allmählich im Meer verschwindende Sonne pinselte Wolf mit Goldbronze an. Er versuchte, die Augen offen zu halten.

»Du hast Augen wie ein Wolf«, sagte David. »So gelblichgrün. Das paßt zu deinem Namen.«

Wolf ließ sich nicht gern fotografieren. Widerwillig folgte er den Anweisungen, verlor schnell die Geduld und die notwendige Konzentration. Er fühlte sich vom Objektiv beobachtet und hatte keine Lust, sich der Vorstellung des Fotografen anzupassen. Lächeln konnte er nicht und Sonnenuntergänge deprimierten ihn.

Irgendwann sagte David: »Das war's! Ich bin zufrieden!«

In dem Moment kreuzte ein lärmendes Rudel auf. »Was für ein Zufall«, kreischte der Anführer. Er hieß Daar-ling, war Modefotograf amerikanisch-philippinischer Abstammung und sprach und gestikulierte übertrieben feminin wie ein Transvestit. Seine exotische Erscheinung versuchte er mit übertriebener Herzlichkeit zu kommerzialisieren, betonte seine Zwischengeschlechtlichkeit aber gleichzeitig mit der Länge seiner langen, glatten schwarzen Haare. Wenn er es mit einem Kopfschütteln nach hinten warf, sah er aus wie ein hübscher Schrumpfkopf aus Papua-Neuguinea, der im Wind schaukelt. Er trug einen indischen Seiden-Sari und hautenge, handgenähte Lederhosen.

Zu seinem Gefolge gehörte die Crew einer deutschen Modezeitschrift; Wolf entdeckte Edmond, der zwei gelangweilte Schönheiten vorstellte: »Das ist Trish, das ist Georgina!«

Beide lächelten kurz statt einer Begrüßung.

»Wir haben toll gearbeitet«, erklärte Edmond. »Daar-ling ist so easy! Wir haben volle Power auf Easy-going gesetzt. Keiner fühlt Folklore besser als Daar-ling. No fashion police, unexpected combinations. Cross-fertilisation. Und colourcomebacks!« Edmont schien Applaus für seinen Vortrag zu erwarten, sagte dann aber zu schnell: »Party ist heute nicht. Leider! Wir müssen morgen voll durchziehen! Aber du, Wolf, du mußt dir unbedingt Daar-lings Mappe ansehen. Er ist die Verheißung von morgen!«

»Schick sie mir aufs Zimmer, wenn du willst«, sagte Wolf zu Daar-ling gewandt.

»Bye, bye!« Edmond genoß es, wie in Eile zu wirken.

Die Sonne war untergegangen. Ein leichter Wind deutete an, daß es Zeit war für Après Soleil und Verabredungen für die Nacht.

Ein paar Wanderkröten glaubten immer noch nicht, daß sie bis zum nächsten Morgen ungeküßt bleiben würden.

Kapitel 20

»Desire without an object is empty of imagination ...«
»... beauty and reality are identical ...«
(Simone Weil)

Daar-lings schwarze Mappe mit Beispielen seiner Arbeit lag bereits in Wolfs Hotelzimmer – was bewies, daß Daar-ling noch ohne Staralllüren war. Wolf schlug gerade den Plastikdeckel auf, als das Telefon klingelte.

»Wie findest du mein Buch?« fragte Daar-ling mit seiner Stimme ohne Höhen und Tiefen.

»Ich bin beeindruckt!« antwortete Wolf prompt.

»Also, ich bin auf dem radikalen Beauty-Trip. Flawless beauty ist schockierender als ein Vagina-Shot von Helmut Newton. So etwas ist sehr gestern. Sehr für kleine Leute. Schönheit erzeugt Scham. Man empfindet mehr Scham beim Betrachten von Schönheit als beim Anblick der postkoitalen Depression von Nan Goldins Schmuddel-Junkies. Und die next-door Armut von Jürgen Teller! Diese Polaroids könnten die Models ja gleich selbst machen. Die pubertäre Poesie der gespreizten Beine mit dieser I-don't-give-a-shit-Attitüde, das ist zu sehr 90s. Das ist bereits Mainstream-Ästhetik. Bei mir muß alles noch mal durch den Computer, weißt du? Da wird Schönheit noch mal geschönt bis zur fast perversen Perfektion. Das ist Avantgarde! Candy-Colours, Cadillacs im Morgenrot, Sweet Amnesia statt Reality!« Daar-ling hatte kaum Luft geholt.

»Das hört sich gut an. Spannend«, sagte Wolf. »Aber ich

glaube, wir haben schon einen Fotografen für die nächste Kampagne gebucht.«

»Darf ich fragen, wen? Ich will ja nicht neugierig sein, aber findest du nicht, daß es Zeit ist für etwas wirklich Neues?«

Wolf hatte inzwischen in der Mappe geblättert und eine Doppelseite aufgeschlagen, auf der zwei Mädchen auf einer Harley-Davidson saßen. Der Fahrtwind war ins Bild hineinretuschiert.

»Ja, schon. Was ist denn neu?« fragte Wolf. Das Desinteresse in seiner Stimme war unüberhörbar.

»Visionaries sind überzeugt, daß die Gewalt des Krieges eine neue ästhetische und kulturelle Epoche einleiten wird. Die neue Ästhetik basiert auf der Dynamik der Geschwindigkeit. Die Schönheit der Welt ist um eine Dimension reicher geworden. Ein Maserati ist schöner als die Venus von Milo. Nick Knight bei seinen Anzeigen für Dior und ich haben die Technik, ein Foto über das reine Still hinaus bearbeitet, manipuliert wie die Bilder vom Golfkrieg im Fernsehen.«

Wolf fühlte sich überfordert. »Tut mir leid, aber ich muß jetzt dringend einen Freund in New York anrufen ...«

»Sorry, wir können uns ja später weiter unterhalten. Es ist so interessant, mit dir zu diskutieren. Wir gehen zu ›Tony-Sushi‹. Komm doch auch!«

»Gern, aber ich sagte ja schon, daß wir jemand für die Kampagne ...«

»Ja, wen habt ihr denn gebucht? Etwa wieder Inez van Gogh? Ist ja toll, was die macht, wenn sie mal die 80s vergißt. Und willst du etwa wieder eine Woche lang makrobiotisches Catering ordern, bis die Künstlerin endlich so high ist, daß sie ihren Konflikt zwischen Kunst und Kommerz vergißt?« Daar-ling lachte ein heiseres Lachen.

Wolf lachte mit und sagte: »Kann sein, daß es Albert Watson ist.«

»Dann grüß mir sein Jurassic-Studio. Bis später!«

Daar-ling hatte aufgelegt. Wolf wollte seine Ruhe, doch Gelassenheit stellte sich nicht ein. Vielleicht sollte er doch einen Freund anrufen? Wolf blätterte in seinem blauen Livre de Téléphone von Hermès, staunte, wie leer die Seiten waren. Kannte er so wenige, oder hatte er nur so wenige für würdig genug befunden? Unter »W« hatte er seine eigene New Yorker Nummer eingetragen. Unter »A« Anderson, Mike. Er wählte sie. Buschtrommeln erklangen. Wolf wollte schon auflegen, als das Getrommel unterbrochen wurde.

»Mike Anderson. Wer spricht?«

»Ich bin's. Wolf.«

»Was ist? Du klingst traurig.«

»Ich sitze in Miami.«

»Ist das alles, was du machst? Sitzen?«

»What becomes of the broken hearted?«

»Wer hat dir das Herz gebrochen? Nenn mir das Schwein!«

»Das weißt du doch!«

»Meinst du etwa Skyler? Das kann der doch gar nicht, der arme Junge. Er war bei mir und wirkte ganz verändert. So glücklich. Das muß dein Werk sein!«

»Ich verstehe nicht ...«

»Doch, er hat gesagt, er will mit dir ein neues Leben anfangen. Ich find's großartig, daß du ihm dabei helfen willst. Der Arme war immer so konfus und chaotisch. Manchmal brauchte er Stunden, um sich seine Schuhe anzuziehen. Er war in einer schrecklichen Sackgasse!«

»Ich weiß nicht, ob ich ihn da herausholen kann. Ich fühle mich selbst wie verirrt.«

»Wolf, weißt du, was hier in meiner Wohnung in Harlem an der Wand hängt? Ein Bild vom Schloß Sanssouci!«

»Wie seltsam!«

»Ja, und kennst du die Geschichte von Friedrich dem Großen und seinem Liebsten Katte?«

»Ja, natürlich«, antwortete Wolf tonlos.
»Da staunst du, was?«
»Ja.«
»Also, Skyler wartet auf dich. Er sagt, ihr seid verabredet.«
»Und was ist mit Jennifer?«
»Ach, sei nicht blöd. Wer ist schon Jennifer? Skyler ist mein Freund, er ist nicht schlecht. Er lügt nicht, wenn er sagt, daß er dich liebt. So wie jetzt habe ich ihn noch nie gesehen. Er hat wieder Hoffnung!«
»Gut. Ich werde ihn anrufen. Ich meine, ich überleg's mir. Danke, Mike, du bist wirklich ein Freund. Bis bald!«

Wolf schaute sich im Zimmer um. Auf einmal schien jeder Gegenstand mit Leben erfüllt. Wie im Märchen hatte eine gute Fee allem eine Seele eingehaucht.

»Geh aus mein Herz und suche Freud ...« Wolf hatte plötzlich Lust, unter Menschen zu gehen. ›Die Kakophonie von Daar-ling ist doch eine lustige Musik‹, dachte er und fühlte sich überraschend alterslos. ›Wie alle Männer, die ins Klimakterium kommen‹, kommentierte er seinen Gefühlsumschwung. ›Frauen haben kein Exklusivrecht auf die Hysterie der Wechseljahre. Die alte Unruhe wandert aus dem Unterleib ins Herz und in den Kopf, wo sie nach Freiheit und Veränderung drängt. Das alte Ich ist abgenutzt, und ein neues schlüpft wie ein Schmetterling aus seiner Verpuppung.‹

Achtlos zog Wolf sich an. Auf dem Weg zu ›Tony-Sushi‹ hielt er zuerst an einem kubanischen Friseurladen. Durchs Fenster sah er drei Männer in Muscle-Shirts, die im Neonlicht ihren willenlosen Kunden virtuos durch die Haare fuhren. Er nahm auf einem freien, plastikbezogenen Sessel Platz und sagte: »Kurz!« und sah den Haarsträhnen nach, die zu Boden fielen. Als der Friseur vorschlug, ihm einen Stern in die Stoppeln zu scheren, dankte er, stand auf und bezahlte. Einen Block weiter fand er einen Secondhand-Laden. Für 50

Dollar erstand er einen 50er-Jahre-Nadelstreifenanzug, dessen Hosenbeine und Ärmel zu kurz waren. Der Modemutige kennt keine Probleme. *Turn failure into art,* heißt die Devise. Wolf verlangte nach einer Schere und schnitt die Hosenbeine auf Wadenlänge zurecht. Die Hose zog er auf die Hüften herunter und fixierte das Ganze mit seinem schwarzen Gürtel, der eine silberne Skelett-Hand als Schließe hatte. Der Gürtel stammte von Alex Streeter in Soho, und Wolf hatte ihn immer mitgeschleppt, wie einen Talisman. Als nächstes suchte er ein Polohemd in Kindergröße, das ihm zwar in den Achselhöhlen kniff, dafür aber den Bauchnabel freiließ. Seine alten Sachen ließ er im Sammelsurium des Ladens zurück und betrat forscher, als es sonst seine Art war, das ›Tony-Sushi‹-Restaurant.

Daar-ling und seine Entourage hatten schon Platz genommen, und Edmond verschluckte sich an seiner Miso-Suppe, als er Wolf sah.

»Bist du sicher, daß du den Look durchhältst?« fragte er grinsend. »Ohne Nabel-Piercing wirkst du doch recht provinziell. Aber setz dich erst einmal! Mal sehen, wie du im Sitzen rüberkommst.«

»Schön, daß du da bist. Ich finde, du siehst fierce aus«, freute sich Daar-ling.

Trish telefonierte, hing dabei über ihrem Teller und balancierte rohen Fisch mit Stäbchen zum Mund.

»Sie telefoniert mit ihrem Freund. Ein Hollywood-Hottie«, erklärte Daar-ling.

Trish ließ in Abständen ein »No!« hören.

»Sie hat endlich jemand gefunden, dem sie sich noch verweigern kann«, witzelte Daar-ling.

»Du verweigerst dich doch auch immer, hab ich gehört. Oder hast du gerade einen Lover?« fragte Edmond Daar-ling, der zierlich an einem Porzellanbecher mit kaltem Sake nuckelte.

»Oh no«, näselte Daar-ling, »isch bin so zart und boys sind so grob!« Dabei strich er sich mit beiden Händen über die Haare, als sei er Rapunzel. »Männer bringen nur Unglück, n'est ce pas? Anderen Männern, Frauen sowieso, ihren Müttern und der ganzen Welt. Vater und Mutter ziehen sie groß, sparen für sie, essen kaum Fleisch, fahren nicht in den Urlaub. Und wenn sie dann groß sind, werden sie als Soldaten totgeschossen oder schießen selbst jemanden tot. Wenn nicht, lügen, betrügen und stehlen sie ihr Leben lang und zerstören alles, was schön ist!« Daar-ling goß sich Sake nach und seufzte.

»Ich mag an Männern nur das, was sie zwischen den Beinen haben«, erklärte jetzt Georgina. »Damit kann ich umgehen. Das ist das Stimmungsbarometer, an dem ich alles ablesen kann«, lachte sie und warf die feinen, blonden Haare zurück. Mit betont ernstem Gesicht sagte sie dann: »Dein Wert als Frau hängt davon ab, wie sehr du das Ding zum Stehen bringst. Das ist schön übersichtlich und der geeignete Moment, um Einblick in das Bankkonto der Männer zu bekommen. Sie texten einen mit komplizierten Vorträgen zu, da ist es wichtig zu wissen, ob sie Geld haben, und wie du sie dazu bringst, daß sie es für dich ausgeben!«

»Wäre Sex wichtiger als Geld, wären Sozialhilfeempfänger die besten Lover«, erläuterte Edmond und zu Wolf gewandt: »Woher hast du eigentlich dein Geld? Du mußt doch welches haben, so ärmlich, wie du immer angezogen bist!«

»Ach, ich bin ganz krank von dieser Celebrity Insanity«, sagte Wolf. »Also meine Geschäftspartner haben mich großzügigerweise an ihrer Geldgier teilnehmen lassen. Dafür sollte ich dann aus Dankbarkeit ihre Mittelmäßigkeit anbeten. Mediocracy kills creativity! Man kann nicht ernten, ohne zu säen. Jetzt muß ich diese Dinosaurier mit ihrem schlechten Atem loswerden. Ich muß raus aus dieser Seifenblase, in der sich ein vollgefressener Hauskater aufführt wie der König der Löwen. Meine Partner haben geglaubt, ich sei dumm genug, ihnen zu vertrauen – und recht hatten sie. Aber durch ihre großmäulige Mittelmäßigkeit habe ich meine Heimat verloren! Ich wußte nicht, ob es mich mehr kosten würde, in alten Beziehungen zu bleiben oder sie zu beenden. Wie meistens habe ich mich tot gestellt und gehofft, daß sich alles von selbst löst.«

»Solche Probleme kenne ich nicht«, sagte Edmond. »Ich bin durch und durch treu. Zum Beispiel der Farbe Schwarz. Da bin ich klassisch. Black is the new black. Das sage ich auch immer in der Redaktionskonferenz. Und bei der Hochzeit trugen Maggy und ich schwarz. Beide. Alles von Giorgio. Die neue Seriousness ist kein Joke! Das ist high-concept!«

»Mein Konzept ist, wir gehen alle noch ins ›Warsaw‹!«, schlug Daar-ling vor. »Die Mädels können ja ins Bett gehen. Die brauchen morgens immer so lange, bis sie abgetaut sind.«

Kapitel 21

»It's dark before dawn.«
(Amerikanische Weisheit)

»Was meinst du, wenn du das Wort Heimat sagst?« fragte Daar-ling Wolf, als sie draußen auf der Straße standen.

»Ach, Heimat, das ist etwas, woran ich mich manchmal kaum erinnern kann.«

»Ich weiß, was du meinst«, entgegnete Daar-ling und jede Manieriertheit schien aus seiner Stimme verschwunden. »Ich war vielleicht zu jung, um New York zu lieben wie eine kleine Stadt, die mir gehört oder der ich gehöre.« Er machte eine Pause. »Ich kam in den frühen Achtzigern nach New York, als man als armer Mensch noch in Soho leben durfte. Aber dann hat der Kapitalismus New York das Herz herausgerissen.«

»Ja«, sagte Wolf, »es bleibt einem nur Anbiederei an die Herzlosen oder man scheitert.«

Wolf und Daar-ling folgten Edmond, der ein Paar überschwenglich begrüßte.

»Sieh mal nach oben«, sagte Wolf, »der Himmel ist so tiefschwarz und sternenlos.«

»Der Himmel ist ein Ort, der zerstört werden sollte«, erwiderte Daar-ling überraschend bitter. »Der Himmel ist ein strategisches Konzept, das die Zerstörung der Erde denkbar macht.«

»Ich weiß, was du meinst. Ich komme aus Berlin«, sagte Wolf.

»Du Glücklicher! Damals sind ja noch ein paar Ruinen und Bäume stehengeblieben, in denen Vögel im Frühling ihr Nest bauen konnten.«

»Ich glaube«, sagte Wolf, »ich kann dir jetzt sagen, was Heimat bedeutet. Für mich ist Heimat da, wo Schneeglöckchen nach der Schneeschmelze blühen, wo Frösche nach dem Regen über die Straße wandern, wo man mit dem Fahrrad in sandigen Wegen steckenbleibt. Wo es Frühling, Sommer, Herbst und Winter gibt, und mir in diesem Rhythmus alle Fragen beantwortet werden.«

»Dann bist du hier im Swampland Florida aber falsch ...«, stellte Daar-ling fest.

»Und was suchst du hier, Daar-ling?«

»Ich verbringe meine Zeit damit, hinter geschmacklosen Celebrities und Wannabes hinterherzulaufen.«

»Jean Cocteau hat schon recht: Widersprüche sind der Stoff unserer Existenz«, sagte Wolf.

Edmond und seine Begleitung waren inzwischen vor dem »Warsaw« angekommen, einer Disco in einem weißen Artdéco-Gebäude.

»Darf ich euch Rosalina und Giacomo aus Como vorstellen? Das sind Daar-ling und Wolf!«

Rosalina, eine blondierte, kleine Italienerin, war als Alibi für Giacomos mißtrauische Eltern mit ihm unterwegs. Wer Giacomo Metro war, wußte Wolf. Seiner Familie gehörten Seidenwebereien in Italien. Er war untersetzt, aber hübsch und gekleidet wie alle jungen Italiener aus gutem Hause: braune Lederslipper ohne Socken, Jeans, weißes Hemd und marineblauer Kaschmir-Sweater, über die Schultern gelegt. Rosalina trug ebenfalls Jeans, Manolo-Blahnik-Pantoletten, echte Perlen und ein rosa Chanel-Jäckchen mit passender Handtasche an Goldkette. Zu ihnen hatte sich eine Gruppe arrogant blickender Latinos gesellt. Alle warteten auf Einlaß, den ein riesiger, schwarzer Mutant nur zögerlich gewährte.

»Seht mal«, bellte Edmond und deutete auf die Latinos, »Stone-washed-Jeans! Trägt man die noch oder schon wieder?«

»Das einzige, was ich stone-washed kenne, sind Diamanten!«, sagte Rosalina, ohne hinzusehen. »Ich bin sehr konservativ.«

In der Vorhölle zum Ort der Ekstase war die Kasse. Es entstand ein Stau. Schwarzlicht ließ Schuppen und Staub auf den Schultern der Wartenden aufleuchten wie kostenloses Kokain.

»Kommt, ich habe schon bezahlt!« Giacomo winkte sein Rudel zusammen. »Wir gehen zur V.I.P.-Lounge!«

Die Gruppe bahnte sich ihren Weg an der Tanzfläche entlang, von der ihnen eine Mischung aus eiskalter Luft und Schweiß entgegenschlug.

An der Wand hinter den Tanzwütigen standen auf einem Podest Käfige, in denen Jungs, nur bekleidet mit Kampfstiefeln und goldener Lederschamkapsel, rhythmisch zuckten, als wollten sie sich samt Käfig von der Wand losreißen. Die Goldbeutel mit ihrem Geschlecht schleuderten sie dabei wie Barmixer ihre Cocktails. An der langgestreckten Bar entlang führte ein Pfad hinauf zu einer Treppe, deren letzter Absatz mit einer Kette versperrt war. Dahinter befand sich ein dunkler Raum mit Sofas, Sesseln und Tischen. Wolf nahm neben Rosalina und Giacomo Platz. Edmond saß neben Daar-ling.

Giacomo verkündete, er wolle Champagner bestellen, sprach mit einem Kellner, verschwand mit ihm und kam nicht mehr zurück.

»Rosalina«, wandte sich Wolf an seine neue Gefährtin, »was machst du hier in Miami?«

»Ich bin seit Jahren mit Gianni Versace befreundet. Er will, daß ich mich auch mit seiner Schwester anfreunde, aber wir passen nicht zusammen. Er sagt, Donatella bekommt jetzt ein eigenes Gym in ihr Apartment. Ich sage, Girls wie ich haben keinen Platz für ein Gym in ihrem Apartment. Da ist zuviel Kunst! Ererbte natürlich! Du verstehst?«

»Trägst du seine Sachen?«

»Nein, Girls wie ich tragen Chanel. Wir sind klassisch.«

»Arbeitest du in Mailand?«

»Wie bitte? Ich weiß weder, was das Wort Arbeit, noch was das Wort Ambition bedeutet. Stell dir vor, du hast gerade einen neuen Liebhaber – so was habe ich öfter – wie kann man in der ersten Zeit der Verliebtheit an Arbeit denken? Oder du liest ein Buch. Dann sollst du es, wenn es gerade spannend ist, aus der Hand legen, um zur Arbeit zu gehen? Impossible!«

»Aha! Das stimmt«, sagte Wolf. »Was machen denn deine Eltern?«

»Mein Vater züchtet exotische Vögel und hält sie in Käfigen.«

»Und deine Mutter?«

»Meine Mutter hat Migräne. Ich nehme auch Tabletten.«

»Hast du auch Migräne?«

»Nein, ich nehme Schlaftabletten. Ich hasse Träume!«

Ein neuer Kellner kam und erkundigte sich nach den Wünschen der Gäste.

»Tequila!« rief Daar-ling, »Tequila für alle!«

Wolf fand die V.I.P.-Lounge zwar kühl, aber auch langweilig. Eine Unterhaltung konnte nicht gelingen. Der Lärm war zu groß. Der Tequila wurde gemeinsam gekippt, das Ritual dann sofort wiederholt.

»Na, wen haben wir denn da?« übertönte eine Männerstimme auf deutsch mit bayrischem Akzent den gleichmäßig lauten Sound.

Wolf blickte in frisch sonnenverbrannte Gesichter, in denen die typisch deutsche Freude stand, einen Landsmann im Ausland entdeckt zu haben.

»Welche Überraschung, unser berühmter Wolf«, beantwortete sich der Typ, der aussah wie Roy aus Las Vegas, selbst seine Frage. Ein Siegfried, der aussah wie Siegfried von Siegfried und Roy, stand, etwas weniger hysterisch erfreut, neben ihm. Dazu zwei Frauen, ebenfalls frisch verbrannt und eingegelt.

Sie stellten sich vor, aber Wolf verstand die Namen nicht, nur so viel wie: »Jo mei, das is aber a Freud, dich hier zu sehn. Wir kennen uns nämlich noch nicht. Dabei ham wir in München einen großen Laden mit deinen Kleidern. Alles, wo ›Wolf‹ drinsteht, läuft wie geschmiert. Früher hatten wir einen Blumenladen. Den ham wir für dich aufgegebn. Is alles prima jetzt! Aber gut, daß wir dich hier treffen! Dein Partner war bei uns im G'schäft. Hat sich umgeseh'n! Ja, und da hab'm wir gehört, du machst Probleme. Willst nimmer! Da hab'n wir zu deinem Partner g'sagt, das geht jetzt fei net! All die Investitionen! Und dann hab'm ma noch das Haus gekauft. Hier in Sunset Island. Und neue, große Palmen vorgepflanzt. Und ein Speedboat auch. Brauch' man ja! Und des alles setzt du uns jetzt auf's Spiel. Bloß, weil dich nimmer verstehen willst? Da hab' ma aber zu deinem Partner g'sagt, g'sagt hab' ma, laßt den Wolf doch Kleidchen machen, wie der will! Is ja egal, ob mer die verkaufen oder net. Ins Fenster hängen mer die. Und wegschmeißen tun mer die hinterher. Macht ja nichts! Das muß drin sein! Und dann hab' ma noch gesagt, der Wolf, der kann doch hübsch malen. Der soll doch ma bei uns im Fenster Bilder malen! Was meinst du, wie viele Leute da stehen bleiben! Da muß man doch was tun, damit du net so frustriert bist, Wolf!«

»Ja, da muß man was tun«, antwortete Wolf, von soviel Anteilnahme und Goodwill in die Flucht geschlagen.

»Ich muß Rosalina zur Toilette bringen«, sagte er und zog sie am Arm hoch.

»Da isch aber kein Bindeneimer«, hörte er in seinem

Rücken, betrat mit Rosalina die Tanzfläche und begann, hin und her zu hüpfen. Rosalina hatte Mühe, ihm zu folgen. Sie rutschte immer wieder aus ihren Pantoletten. Daarling tauchte auf und rieb seinen zierlichen Körper abwechselnd an Wolf und Rosalina. Sein Gesicht war blaß und schweißbedeckt. Nach kurzer Zeit tauchte er ab.

›Vielleicht ist ihm schlecht geworden‹, dachte Wolf.

Daar-lings Platz nahmen eine Latina und ihr Tanzpartner ein. Sie legten die Arme auf Rosalinas und Wolfs Schultern und brachten die beiden mit heftigen Hüftstößen in Schwung. Die Körper kamen sich dabei so nahe, daß jeder Tänzer die Ausdünstungen des anderen einatmen mußte.

Während Rosalina Wolf ins Ohr rief: »Hier sucht Gianni immer seine Puppen! Ich nenne sie seine Soft-Targets ...«, fühlte Wolf Berührungen an Körperstellen, die nicht zu üblichen Choreographien gehörten. Das Mädchen griff in seinen Nacken und leckte ihm den Schweiß von der Stirn. Seit ihm der Bart und anderes gewachsen war, wußte er, daß er genau diesem Mädchentyp gefiel. Daß es immer noch so war, überraschte ihn dennoch.

Er spürte, wie Lust in ihm aufstieg. Paradoxerweise hatte er immer dann besonders Lust auf sexuelle Abenteuer und Betrug, wenn er sich von jemandem geliebt, begehrt und erwartet fühlte. Er floh. Als er vor der Tür stand, fühlte er einen lächerlichen Stolz, weil er über die Versuchung gesiegt hatte. Im Hotelzimmer legte er sich nackt aufs Bett und dachte über sein erotisches Repertoire nach. Nach eigener Einschätzung hatte er keine übermäßig ausgeprägte Sexualität. Eher eine Taktilität und bildete sich ein, daß alles, was er berührte, zu leben begann.

Übergab er Teile seines Körpers, hatte er dabei das Talent, die Lieferung so zu verzögern, daß der jeweilige Empfänger glaubte, er bekäme eine Praline in Goldpapier. Tatsächlich wußte er, daß sich seine Haut ganz gut anfühlte. Vielleicht fehlte ihm deshalb der erotische Ehrgeiz, den er bei Freunden erstaunt notiert hatte.

Als er so dalag und in die Dunkelheit starrte, wußte er plötzlich, weshalb er Skyler noch nicht angerufen hatte. Bevor diese Beziehung überhaupt verdiente, so genannt zu werden, hatte sie schon jenes Stadium von Schwere und Mühseligkeit erreicht, das normalerweise erst nach langer Zeit eintritt.

Noch wollte sich Wolf an die Illusionen klammern, die jedem zustehen, der wagt, nicht nur zu träumen.

Kapitel 22

*»Nicht das Beginnen wird belohnt, sondern einzig
und allein das Durchhalten.«*

(Katharina von Siena)

Am Morgen hatte Wolf seine Rückkehr nach New York nicht nur Skyler, sondern auch Favoloso und Mike Anderson angekündigt. Er wollte sich ihres Beistandes sicher sein, für alle Fälle.

Ja, natürlich freue er sich, hatte Skyler am Telefon gesagt und gefragt, weshalb er denn weggelaufen sei.

»Eines muß klar sein zwischen uns«, hatte Wolf gefordert, »wir müssen absolut ehrlich zueinander sein. Und Sex oder so etwas kann es nur geben, wenn wir beide wirklich nüchtern sind. Sonst wissen wir nicht, ob unser Gefühl echt oder synthetisch ist.«

Das sei klar, völlig in Ordnung, hatte Skyler geantwortet.

Als Wolf New York im Wasser liegen sah, fühlte er sich wieder berührt von der Schönheit seiner Stadt. Wie ein riesiger umgestürzter Kristall, schmutzig, zerbrochen, scharfkantig und ab und zu spitz aufragend lag sie glitzernd da. Wolf hatte vergessen, daß der Winter diesen Teil der Welt noch nicht verlassen hatte.

Skyler stand am Gate. Wolf überlegte, ob er ihn eigentlich jemals bei Tageslicht gesehen hatte, und studierte ihn beim Näherkommen wie einen Fremden.

Skyler wirkte wie ein Schlafwandler. Sein Blick war stumpf

wie sein Haar. Die Schultern hingen in der braunen Kordjacke. Wolf spürte, wie Mitleid die erwartete Wiedersehensfreude verdrängte. Trotzdem oder gerade deshalb kam ihm die Fahrt nach Hause über die Queensborough-Bridge wie ein Triumphzug vor. Er fühlte sich erstmals überlegen und fast allem, was kommen würde, gewachsen.

Vor dem Flughafengebäude hatte zu seiner Überraschung eine kleine schwarze Limo, ein Sedan, gewartet. Ein Fahrer in dunklem Anzug hatte die Wagentür geöffnet, Wolf die Reisetasche abgenommen und gesagt: »Mein Name ist Bob. Favoloso hat mich geschickt.« Abgedunkelte Fensterscheiben machen Sinn, dachte Wolf beim Einsteigen. Junges Glück oder Unglück bleibt vor der Neugier Vorbeifahrender geschützt. Wolf und Skyler saßen auf dem Rücksitz schweigend nebeneinander. Skyler hatte ein Knie umfaßt, und Wolf betrachtete ihn, wie er starr geradeaus schaute.

In der Überzeugung, ab jetzt der Regisseur des Filmes zu sein, sagte Wolf: »Wollen wir uns küssen?«

Erste und letzte Küsse sind immer ein Bekenntnis. Dieser erste Kuß von Wolf und Skyler war höchstens aufschlußreich für Bob, der die beiden im Rückspiegel beobachtete. Dieser linkische und irgendwie vorpubertäre Kuß ging daneben. Als Wolf die Sache intensivieren wollte, erreichte seine Zunge nichts außer der Zahnlücke Skylers.

Wolf war irritiert. Für Sekunden tauchte in seiner Erinnerung das Bild von Skyler als nächtlichem Sexakrobaten auf. ›Ist das ein und derselbe Mensch? Alles soll neu, ja unschuldig sein. Erst muß die Scheu einer behutsamen Vertrautheit weichen. Außerdem müssen wir auf der Hut sein vor Zeugen. In Amerika kann ein öffentlicher Kuß zweier Männer als Vorgriff auf Anarchie gedeutet werden. Zum Glück ist New York nicht Amerika.‹ Wolf entspannte sich wieder.

»Bist du glücklich?« fragte er Skyler. Der nickte stumm wie ein Kind, das weiß, daß es etwas falsch gemacht hat.

Wolf sagte: »Wir sollten die nächsten Tage planen. Ganz cool. Prioritäten setzen. Was denkst du, Skyler?«

»Würdest du bitte nicht mehr Skyler zu mir sagen? Ich heiße Josh. Skyler hieß ich da, wo ich getanzt habe.«

»Ja, aber ...« Wolf wollte möglichst gelassen wirken: »Ja, aber natürlich. Also: Josh.«

»Seit wir uns kennen, bin ich da nicht mehr hingegangen. Ich möchte das vergessen. Okay?«

»Kein Problem.«

»Doch, da gibt's eins. Ich ...« Josh schlug sich mit der Faust an die Stirn.

»Was denn?« Wolf bereitete sich darauf vor, den nächsten Schock abzufedern.

»Ich habe Schulden. Das bringt mich um. Bei dem Typ, den du gesehen hast, du erinnerst dich? Das Geld, das du mir gegeben hast, hat natürlich nicht gereicht.«

»Verstehe!«

»Nein, das glaube ich nicht. Außerdem hab ich Schulden bei meinen Eltern!«

»Wie viel ist es denn?«

»Ich brauche sofort achttausendfünfhundert Dollar. Scheiße!«

»Ja, das ist tatsächlich viel. Aber, okay, das kriegen wir schon hin! Ich gebe dir einen Scheck, sobald wir zu Hause sind, okay? Du wohnst doch jetzt bei mir?«

»Ja, ich habe alles mit«, sagte Josh und hob einen Rucksack an, der auf dem Boden zwischen den Füßen lag.

Sie waren in der 57th Straße angekommen. Bob stieg als erster aus und öffnete die Wagentüren. Vor dem Haus wartete ein bläßlicher Junge, kaum zwanzig Jahre alt.

Freundlich lächelnd streckte er Wolf und Josh die Hand entgegen. Wolf hatte ihn noch nie gesehen. Er war daran gewöhnt, daß Leute intensiv freundlich taten. Selten nur wurde er völlig ignoriert. Was aber wollte der da?

»Oh, das ist ein Freund von mir«, beeilte sich Josh zu erklären.

»Ich habe ihm gesagt, daß ich heute abend hier bin. Wir sind seit einiger Zeit verabredet. Er kommt auch aus New Jersey. Mein Bruder macht mit ihm Musik. Er heißt Tim. Er kann doch mit hochkommen?«

»Ja«, sagte Wolf mißmutig. Er fühlte sich an Mädchen erinnert, die zum ersten Date eine unscheinbare Freundin mitbringen.

Der Junge machte ein Gesicht, als hätten sie sich an der Kinokasse verabredet, um gemeinsam einen Film zu sehen, von dem sie schon viel gehört hatten.

Wolf begann zu begreifen, daß wohl einiges anders laufen würde, als er es sich vorgestellt hatte. Also gab er in diesem Moment seine Erwartungen auf.

In der Wohnung angekommen, warf er seine Tasche aufs Bett und begann auszupacken. Wie kleine Bastarde griffen Josh und Tim nach den Sachen, hielten sie hoch und schnüffelten an ihnen herum.

»Ich hab noch mehr. Wollt ihr mal sehen?« fragte Wolf und öffnete seinen Kleiderschrank. »Das ist eine Überraschungs-Teenie-Party hier«, stellte er fest, als er sah, mit welch kindlichem Vergnügen die beiden ihre Sachen fallen ließen, um Zeug, das ihnen nicht gehörte, anzuprobieren.

»Seht mal, wir haben dieselben Maße, aber nicht dieselbe Größe ...«, erklärte Wolf mit hängenden Mundwinkeln.

Er kam sich vor, wie auf einem fremden Planeten gelandet. Bei Druckverlust müßten jetzt Sauerstoffmasken herunterfallen und No-Smoking-Zeichen aufleuchten. Die Bewohner dieses Planeten riefen »Je-sus-wow!« Wolf fühlte sich zu ihrem Spaß nicht eingeladen.

»Was hast du da?« fragte er Skyler, der nicht mehr Skyler war. Er stand nackt bis auf Unterhose und Socken vor Wolfs Kleiderschrank und hielt gerade ein Requisit aus Wolfs Fundus hoch. Auf der weißen Haut seines Bauchs hatte sich ein frisches Tattoo rund um den Nabel entzündet. »Ach«, sagte Josh und hielt die Hand schützend vor sein Fetisch »das tut höllisch weh. Ich hab's mir gestern stechen lassen. Hast du vielleicht eine Salbe?«

»Mal seh'n«, antwortete Wolf und war erleichtert, daß ein Bauch-an-Bauch-Experiment vorläufig verschoben sein würde.

Er empfand keinerlei Neugier darauf, wer eventuell wen umarmen würde. Was hatte er sich von der Wiederbegegnung versprochen? Es klingelte.

Der Doorman meldete Besuch: »Favoloso will Sie sprechen, bevor er hochkommt.«

»Du, Wolf, ich bin es. Wir sind zu dritt! Ich habe deinen Anwalt Bill bei mir und eine Überraschung! Bist du bereit?«

»Ja, kommt hoch!« antwortete Wolf. Sein Schicksal bekam ein Tempo, dem er sich nicht gewachsen fühlte. Aber der Weg zum Gipfel ist steinig – dem Gipfel, von dem aus er den ersehnten Überblick bekommen würde. Noch einmal ermahnte sich Wolf, kühl zu bleiben. Der Kuß im Auto hatte eigentlich wie eine Taufe sein sollen. Naßkalt war er gewesen!

»Hallo, mein Junge! Was machst du?« begrüßte in üblicher Jovialität Bill Mabuse, Wolfs Anwalt, seinen langjährigen Freund und Klienten.

»Ich höre, du treibst dich schon wieder ungebührlich lang in New York herum! Vergißt deine Pflichten und vor allem deine Aufenthaltserlaubnis. Du weißt, die Behörden sind hinterlistig, verrechnen sich gern zu deinen Ungunsten und schnapp! – fällst du unter das Doppelbesteuerungsgesetz!

Ich geb dir noch eine Woche hier und dann ab nach London! In dem Großstadtdschungel findet dich so schnell keiner. Nimm dir ein Apartment. Ich hab mich erkundigt, du könntest auf dem Royal College of Art Zeichenunterricht geben!«

»Kommt gar nicht in Frage! Er bleibt hier!« unterbrach Favoloso.

»Ja, nein, ja, ich meine, ich kann auch nicht«, stotterte Wolf.

»Ich habe jemanden kennengelernt. Du verstehst?« Wolf hatte diesen Satz leise und beinahe beschwörend ausgesprochen.

»Na und? Den nimmst du mit! Wo ist er denn?«

»Einen Augenblick!« Wolf rannte in sein Schlafzimmer. Dort fand er Tim.

»Wo ist Josh?« fragte er. Tim zuckte mit den Schultern.

»Wolf! Du mußt jemand begrüßen!« Favoloso bog mit schnellen Trippelschritten um die Ecke und hielt mit ausgestreckten Armen eine kleine schwarze Tasche an zwei Henkeln. Er öffnete den Reißverschluß und holte einen kleinen Hund heraus.

»Der gehört dir!« jubelte er.

»Wie bitte? Bist du verrückt?«

»Nein. Ich hab ihn von deinem Geld gekauft! Zweitausend Dollar! Ich hab alle Papiere. Er heißt Wolf!«

Er setzte den Hund auf den Boden, das Tier machte unerschrocken einen See.

»Siehst du nicht, daß hier genug junge Hunde herumlaufen, die noch nicht stubenrein sind? Du kannst ihn behalten! Ich will ihn nicht!«

»Ich auch nicht! Aber zurückbringen geht nicht. Er heißt schließlich Wolf. Verstehst du nicht?« Favoloso machte ein weinerliches Gesicht.

»Wie kommst du darauf, ihn so zu nennen?« Wolf war ärgerlich und kurz vor einer Panikattacke.

»Ich war das nicht! Laß mich doch erzählen, wie alles kam. Dann verstehst du, daß ich nicht anders konnte!«

Wolf hockte sich hin, um den Welpen zu betrachten. Tatsächlich hatte er solch ein Wesen noch nicht gesehen. Es war circa drei Monate alt und füllte zwei Hände. Drei glänzende schwarze Punkte markierten das kleine Dreieck seines Gesichts. Sein Schöpfer hatte wie mit schwarzem Lack ein Lächeln unter seine Brombeernase getuscht.

»Warum hast du ihn nicht Fendi genannt? Schließlich trägt er einen Zobelmantel.«

»Mach dich nicht lächerlich. Das ist ein Wolfspelz! Ein Baby-Wolf in seinem Pelz! Er ist ein kluges Tier! Komm, Wolfi, komm!«

Erstaunlicherweise trippelte der Welpe folgsam hinter Favoloso her aus dem Zimmer, über den langen Flur bis hin zu Wolfs Arbeitszimmer. Dort hatte Favoloso schnell ein provisorisches Zuhause gebaut, einen Napf mit Wasser hineingestellt und einen von Wolfs alten Pullovern dazugelegt.

»Sie sagte, ich würde dich nicht mehr wiedersehen«, sagte Favoloso auffallend langsam zu Wolf.

»Wer hat das gesagt?«

»Als du fort warst, bin ich spazieren gegangen. Es wurde dunkel, da stand ich plötzlich in der Second Avenue vor einer Tierhandlung. Ich bin rein. Einfach so. Da sah ich den kleinen Hund in seinem Käfig. Er lief hin und her. Dann setzte er sich und schaute mich an. Ich schaute zurück. Da nahm ihn der Verkäufer, ein Puertoricaner, heraus und legte ihn mir in die Hände. Glaub mir, ich wollte ihn gerade zurückgeben, da standen plötzlich eine Frau und ein Mann neben mir. Die Frau meinte: ›Sie haben aber einen niedlichen Hund. Wie heißt er denn?‹

Ich sagte: ›Das ist nicht mein Hund, und er hat auch keinen Namen.‹

›Warum nennen Sie ihn nicht Wolfgang?‹, fragte sie.

Du weißt, daß in New York niemand so heißt. Ich sagte: ›Nein, das geht nicht!‹ Da meinte sie ganz ernst: ›Dann werden Sie Wolfgang nie wiedersehen!‹«

Favoloso machte eine Pause. Auch Wolf schwieg.

»Ja, dann habe ich ihn gekauft. Ich hatte ja deine Kreditkarte. Ich mußte es einfach tun, verstehst du? Ich dachte, es sei ein Zeichen! Und nun seid ihr beide da!«

»Den Hund kannst du behalten. Aber hier kann er nicht bleiben! Das ist doch wohl klar!«

»Danke, danke! Ich liebe dich!« rief Favoloso.

Wolf drehte sich weg. ›Wo steckt Josh?‹ fragte er sich.

Bill saß wartend auf dem Sofa. »Was ist, gehen wir essen?«

»Ich weiß nicht. Mal seh'n«, antwortete Wolf vom Flur aus.

›Was geht hier vor? Skyler gibt es nicht mehr, dafür aber jemanden, der Wolfgang heißt wie ich. Wo ist nur der, der Skyler hieß?‹

»Josh ist im Badezimmer«, rief Tim. »Er hat sich eingeschlossen.«

Wolf klopfte an die Badezimmertür.

»Was machst du da drin seit einer Stunde?«

»Ist er noch da?« fragte Josh durch die verschlossene Tür.

»Wer?«

»Dein Doktor Mabuse?«

»Ja, wieso?«

»Ich komme nicht raus, bevor der weg ist.«

»Sei nicht albern und mach die Tür auf.«

Skyler, Josh, kam heraus. Er hatte seltsam aufgerissene Augen. Sein Blick flackerte.

»Er ist böse«, flüsterte er. »Ich hab mich versteckt, weil er ein Messer hat. Merkst du nicht, daß er böse ist? Und was er vor hat?«

»Nein! Er ist Anwalt. Aber böse? Wer ist schon ausschließlich gut oder ausschließlich böse? Wenn du willst, schick ich ihn weg.«

»Ja, bitte.«

Kapitel 23

»Ain't misbehavin' – I'm savin' my love for you.«
(amerikanischer Schlager)

Wolf hatte erwartet, daß Tim, der bislang kaum ein Wort von sich gegeben hatte, irgendwann verschwinden würde. Aber er blieb.

›Na gut, er kann ja als Au-pair beim Essen dabeibleiben. Danach werden wir ihn verlieren‹, überlegte Wolf.

Bill war er schon losgeworden mit der Erklärung, es könnte ewig dauern, bis die Jungs ihr Outfitproblem geklärt hätten. Dann rief Mike Anderson an, und sie beschlossen, sich im ›Odeon‹ zu treffen. Favoloso liebte es, Tische zu bestellen, im Befehlston, der keinen Widerspruch duldete. Er hatte außerdem Bob, den Fahrer, für den Abend open end gebucht. Wolf mußte warten, bis sämtliche Kleidungsstücke probiert, verworfen und wieder neu zusammengestellt worden waren. Erst als das Chaos vollständig war, konnte die Wohnung verlassen werden. Sie sah aus, als sei eine chemische Reinigung explodiert.

Zwischendurch war Josh immer wieder im Badezimmer verschwunden. Angeblich um sein Haar und sein Gesicht zu richten. »Wissen eure Eltern eigentlich, daß ihre Baby-Boys kleine Schwuchteln sind?« fragte Wolf Tim, während sie auf Joshs endgültigen Auftritt warteten.

»Schwuchteln? Wie meinst du das? Wir sind doch nicht gay!« entgegnete Tim empört.

»Na ja, Sissies sind wir schon!« mischte sich Josh, wieder erschienen, ins Gespräch. Wolf glaubte zu verstehen, was eine »Sissy« ist. In England nennt man die Gattung »Nancy-Boys«: Junge Männer ohne eindeutige Neigung oder Absicht, ohne Orientierung sexueller oder erotischer Art. Sie sind beseelt von einer Selbstverliebtheit, die durchaus unglückliche Züge haben kann, wenn das Spiegelbild nicht ihrer eigenen Idealvorstellung entspricht. Diesem Ideal zu entsprechen, fordert ihre ganze Aufmerksamkeit und Anstrengung. Da hat weder das eigene noch das andere Geschlecht eine Chance.

Sissies, äußerlich niedlich maskulin, öffentlich promotet durch Fotografen wie Bruce Weber, empfinden andere Jungs, große Hunde, Mädchen – und zwar genau in dieser Reihenfolge – nur als Accessoire für ihr zerbrechliches Ich, das mit Mode und Muskeln beschützt werden muß. Vage Angst ist ihr unsichtbarer, ständiger Begleiter. Angst, daß die Zeit ihrer Blüte nur kurz sein könnte. Was sie dann auch ist. Denn in dieser Phase sind alle ihre Sinne nur auf eines gerichtet: ihre Schönheit. Sie lernen, den Wert ihrer Haut zu erkennen. Mit Worten wie Liebe, Betrug, Untreue, Verrat können Sissies nicht viel anfangen.

Wolf freute sich, daß das Spiel des Verkleidens, die Lust am Grooming Josh von der düsteren Maske der Depression, die er im Wechsel zu fast kindlichen Grimassen trug, befreit hatte. Irgendwann hatte sich Josh für eine Lederjacke mit Fransen und bunter Glasperlenstickerei entschieden, die vor ungefähr 45 Jahren einer der Geburtshelfer des Rock ’n’ Roll getragen hatte.

›Vielleicht ist unser Herz ein dadaistisches Kunstwerk‹, dachte Wolf. ›Im Unsinn liegt der wahre Sinn.‹

»Ihr Jungs aus der Neuen Welt seid komische Wesen«, versuchte er im Wagen eine Unterhaltung in Gang zu bringen.

»Ihr wollt plastic-faced beefcakes sein und habt das Herz eines Kaninchens!«

Die Jungs nickten zu Wolfs Provokation. Favoloso allerdings drehte sich um und sagte zu Wolf: »Was weißt du Jungfrau Maria schon von amerikanischen Jungs? Ihr Europäer glaubt, daß Kinder in Amerika freier aufwachsen. Dabei haben Eltern hier eine strenge Glücksplanung, besonders für ihre Boys. Wer da nicht pariert, fällt mächtig auf den Arsch. Alles ist vorgeschrieben und organisiert. Die Zahnspange, der Sport, das erste Date, das College, alles. Und machst du nicht mit und bist du nicht dankbar und glücklich dabei, dann bist du fällig für die Analyse. Woodstock ist vorbei, Wolf! Hallo! Wach auf!« Favoloso schaute wieder nach vorn.

»Meinem Vater zuliebe habe ich Football gespielt. Spielen müssen! Jahrelang! Das habe ich gehaßt. Aber trotzdem getan«, sagte Josh.

»Weiß er denn, was du sonst noch so tust?« fragte Wolf.

»Meine Eltern wissen, daß ich in New York getanzt habe.«

»Ach, dachten sie, du tanzt den Prinz in Cinderella? Off Broadway? Haben sie dich nicht um Freikarten gebeten? Für sich und vielleicht die lieben Nachbarn?«

»Nein. Ich glaube, sie wollten nichts wissen«, sagte Josh ernst. »Aber das Geld, sie brauchten immer Geld. Wenn ich kam, um mich auszuschlafen, haben sie es aus meiner Tasche geholt.«

»Und gefragt, warum du so fertig bist, warum dir zwei Zähne fehlen, das haben sie nicht?«

Wolf fühlte Empörung. Josh verstummte.

›Das war nicht fair von mir‹, dachte Wolf und fühlte die Scham Skylers wie seine eigene. Er schwieg. Er wollte ja Josh denjenigen wegnehmen, die ihn verletzt hatten. Daß man das nicht ungestraft tun kann, wußte er noch nicht.

Inzwischen versuchte Favoloso, Bob mit intimen Fragen zu provozieren.

»Bob, hat dir schon mal ein Beifahrer einen Blow-Job während der Fahrt verpaßt?«

Bob blieb gefaßt. »Leider nicht!«

»Träumst du davon?«

»Nein, ich denke an meine Verlobte. Sie ist eine Tochter von Anthony Quinn.«

»Du Motherfucker! Willst du durch sie zum Film?«

»Ach was, sie hat einen normalen Beruf. Sekretärin. Ihr Vater hat so viele Kinder. So groß ist Hollywood nicht, daß alle beim Film arbeiten könnten.«

»Hoffentlich sieht sie ihm nicht ähnlich!«

»Doch, ein wenig. Sie ist auch schon fast vierzig.«

»Ich hab es ja gesagt, du bist ein Motherfucker! Sag mal, bist du Vegetarier?«

»Nein, wieso?«

»Du hältst an jeder Kreuzung, auch wenn grün ist!«

Bob nahm auch das gelassen hin.

»Wartest du auf uns? Wir bleiben nicht lange!«

Bob hielt den vier Männern die Tür des ›Odeon‹ auf und setzte sich wieder in seinen Wagen.

Wolf ging dicht neben Josh, und als er sein ernstes, fremdartig schönes Gesicht von der Seite betrachtete, sagte er: »Ich finde nicht, daß du eine Sissy bist. Für mich bist du ganz anders als alle anderen.«

Josh erwiderte nichts. Aus der Tiefe des Restaurants winkte Mike Anderson. Wolf und Favoloso bahnten sich einen Weg. Mike erhob sich, um beide zu begrüßen. Er trug einen konventionellen Anzug mit Hemd und Krawatte und blinzelte freundlich und kurzsichtig durch seine Brillengläser. Wolf wollte sich gerade Josh zuwenden, da sah er ihn und Tim in Richtung Toiletten verschwinden. Sie hatten es nicht einmal für nötig befunden, mit an den Tisch zu kommen! Wolf war empört.

»Entschuldigt bitte einen Moment«, sagte er und folgte den beiden. Wut pochte in seinen Schläfen.

»Was ist das bitte schön für ein Benehmen?« schnauzte er die Jungs an, die nebeneinander vor einem Spiegel standen. Josh erschrak, und auch Tim war anscheinend überrascht.

»Wir müssen etwas besprechen«, erklärte Josh. »Ich hab da ein Problem mit meiner Mutter ...«

»Na und, hat dieses Problem nicht Zeit bis nach dem Essen? Ich finde, Ihr habt kein Recht, uns so zu snobben!«

»Gib uns noch eine Minute!« bat Josh.

»Nein! Ich sage nein!« Wolf wandte sich abrupt ab und dachte: ›Bin ich eigentlich total gaga, für diese Hündchen den Aufpasser zu spielen? Sollen sie doch hinpissen, wo sie wollen. Was geht mich das an. Und als gutes Beispiel tauge ich auch nicht.‹

Er setzte sich verstimmt zu Mike und Favoloso an den Tisch und bestellte lustlos Crab-cake.

»Komm, trink mal einen Schluck!« Favoloso hielt ihm seinen obligatorischen Cranberry-Wodka entgegen. Mike hatte Weißwein bestellt. Josh und Tim tauchten auf. Josh drückte sich zu Wolf auf die Lederimitat-Bank und legte ihm etwas in die Hand.

»Ich habe das abgemacht. Es hatte mal eine Bedeutung für mich. Jetzt nicht mehr.«

Wolf öffnete die Hand und sah ein dünnes, ledernes Halsband mit einer Glasperle zwischen zwei Knoten. Er hatte das Halsband zuvor nicht bemerkt. Aber was hieß das schon? Wolf glaubte zu wissen, was Josh mit seiner Geste meinte: Das Halsband hatte jemandem gehört, der Skyler hieß. Und den gab es ja nicht mehr. Also hatte der Fetisch keinen Besitzer, keine Bedeutung mehr. Wolf zerrte einen dünnen Silberring vom Ringfinger der linken Hand. Auch der war eine Verbindung zu einer Zeit, die vergangen war.

Er nahm Halsband und Ring und warf beides hinter sich, ohne sich umzusehen.

»Hat jemand eine Zigarette?« fragte Wolf, um die Aufmerksamkeit zu zerstreuen, die seine theatralische Aktion ausgelöst hatte.

»Hast du das immer noch nicht aufgegeben?« fragte Mike. »Hier wirst du damit zu einer verfolgten Spezies!«

»Ja, ich weiß. Aber ich spiele einen Charakter, der raucht. Im Moment noch, jedenfalls.«

Josh kramte eine verdrückte Schachtel Marlboro Lights aus der Hosentasche und steckte sich auch eine Zigarette an. Er trank einen Wodka und erklärte, er habe keinen Appetit.

Wolf schaute ihn an und fühlte sich seiner Schönheit ausgeliefert. ›Jeder muß sie erkennen‹, dachte er.

Gegen große Vorzüge eines anderen gibt es keine Rettung außer der Liebe. Hatte Irene Dische gesagt. Doch wer kann wen retten? Das hatte sie nicht verraten.

Wie plötzliches Fieber glühte der Wunsch nach Zärtlichkeit auf Wolfs Haut. »Bist du denn immer noch kein bißchen glücklich?« fragte er vorsichtig. Ohne daß sich Joshs Gesichtsausdruck verändert hätte, antwortete dieser: »Doch. Ja. So glücklich, wie ich mit Jennifer war. Als es anfing. Am Anfang war ich da auch glücklich.«

»Doch die Stunde kommt«, sagte der Racheengel, der unsichtbar neben Wolf Platz genommen hatte, *»die Stunde kommt, da er dir all seine Geheimnisse anbieten wird. Und du wirst ihre Annahme verweigern wie einen Brief, der allzu lange unterwegs gewesen war.«*

Mit einem überdehnten »Noo-h« als Begrüßung tauchte plötzlich Daar-ling auf. Ihm war sicher nicht bewußt, daß sein grüngefärbter Ziegenpelzmantel, die schwarzen Nappalederhosen, die wie ein Sternenhimmel mit unzähligen, glitzernden Nieten besetzt waren, und sein langes, offenes Haar ihn nicht wie ein Glam-Rock-Star, sondern wie eine kleine Waldhexe wirken ließen. Hinter ihm erschienen Daniela und ein verwegen aussehendes Mädchen.

»Ich bin Patty!« stellte sie sich vor und schob die Hand durch eine Lichtung im grünen Pelzdickicht.

»Patty Wilson, die Stylistin!« ergänzte Daar-ling und trat zur Seite.

»Was trägst du denn für eine Hose?« lärmte Favoloso, »tut die nicht weh?«

»Ach, was erfolgreich sein will, muß weh tun«, schnappte Daar-ling. »Kein Erfolgskonzept kommt ohne SM-Effekte aus. Es muß weh tun – beim Hinsehen, Tragen oder spätestens beim Bezahlen! Können wir uns setzen?«

»Ja, wenn du kannst!« Favoloso machte eine einladende Handbewegung.

Patty, ein Mischling aus Brooklyn, starrte Josh unverholen an. Die Hände in die Hüften gestemmt, rief sie: »Skyler!«

Dann sah sie zu Wolf und rief: »Ich kann's nicht glauben, you picked him!« Sie schien begeistert.

»Wie oft hab ich zu Steven Meisel gesagt: ›Schau doch mal! Der da. Der hat doch was!‹ Erinnerst du dich etwa nicht, Skyler? Im ›Naked Gun‹ hab ich dich Steven gezeigt und dir gesagt, hier, das ist ein Fotograf, Mann! Aber Steven hat gemeint, man weiß gar nicht, wie der aussieht, der schaut ja nie hoch! Und du, Wolf, du hast ihn gesehen! Keiner von all den Garmentos, die da rumhängen! Nein, nur du! Phantastisch!«

Sie setzte sich und stützte die Ellenbogen auf den Tisch, als wolle sie Wolf zum Armdrücken auffordern. »Also, nimmst du ihn für deine Kampagne?«

Daniela musterte Josh und ihr Abscheu war unübersehbar.

»Wieder so eine absurde Idee«, stöhnte sie.

Josh rutschte unsicher auf seinem Sitz hin und her, den Blick auf irgendeinen Punkt unter dem Tisch gerichtet.

»Ich finde, Patty hat recht! Ein völlig neues Gesicht!« Daar-ling schien überzeugt. »Wenn du ihm eine Chance gibst, will ich auch eine!« fügte er hastig hinzu. »Wann kann's losgehen?«

Daniela sagte: »Die Planung war – in einer Woche. Aber du, Wolf, du mußt Albert absagen. Es ist spät. Vielleicht zu spät! Versuch doch, um das Ausfallhonorar rumzukommen.«

»Okay, ich geh morgen zu ihm. Du kommst doch mit, Josh, nicht wahr?«

Josh nickte.

Kapitel 24

»Wenn ich mir was wünschen sollte,
käm ich in Verlegenheit,
was ich mir dann wünschen sollte,
eine gute oder schlechte Zeit?
Wenn ich mir was wünschen könnte,
möcht ich etwas glücklich sein.
Denn wenn ich allzu glücklich wär,
hätt ich Heimweh nach dem Traurigsein.«
(Friedrich Hollaender)

»Ich freu mich für euch«, hatte Mike Anderson zum Abschied zu Josh und Wolf gesagt. Und: »Paßt auf euch auf! Ich bin da, wenn ihr mich braucht!«

›Wer ist dieser Mike Anderson wirklich?‹ überlegte Wolf. ›Ein Doppelagent? Oder ist er, selbst zweifach, dreifach Außenseiter, Anwalt für das Glück von Außenseitern?‹ Die konservative Kleidung schien eine Maskerade zu sein. ›Wieso hängt das Bild von Schloß Sanssouci in Mikes Wohnung? Warum hat er davon erzählt? Was verbirgt er? Die Wahrheit über einen Mann ist doch nur die, die er zu verbergen versucht.‹ Und Josh? Hatte der sich ihm nicht schon im allerersten Moment buchstäblich in aller Nacktheit gezeigt?

Wolf merkte, daß er den Racheengel sitzengelassen hatte. Keine Wahrheit reinigt sich dadurch, daß sie ans Licht kommt. Schaut man ihr ins Gesicht, spiegelt sie nur das eigene Entsetzen.

Auch Daar-ling und Favoloso waren zurückgeblieben. Keiner fragt sie nach ihrer Wahrheit, weil keiner sie begehrt. Vielleicht sind sie gerade dadurch beschützt. Ihr Äußeres und ihr komplexes Wesen entsprechen nicht den überkommenen Geschlechtermodellen. Haben sie stellvertretend für zukünftige Generationen das Abenteuer Sex hinter sich gelassen, in dem Frauen und Männer einander bisher suchten, fanden und vernichteten? Sind vielleicht transsexuelle Seelen auf dem Weg in eine neue oder uralte paradiesische Zeit und frei von Schuld und Reue? Sind sie immun gegen die Verurteilung durch eine Gesellschaft, die noch immer von alten Männern beherrscht wird, für die es leicht ist, moralisch zu sein?

Wolf hatte an sich selbst erfahren, wie der menschliche Körper zuerst Gefäß für die Seele, dann für Begierden und Sex und schließlich leer wurde, ein Ort, an dem Sehnsucht und Hoffnung, Angst und Leere ihr Spiel trieben.

Für ihn war die Erinnerung an Sex wie die Erinnerung an ein früheres Leben. Suchte er vielleicht nur einen Ausweg aus selbstverschuldeter Einsamkeit und Isolation? Allein mit Josh ging er in die erste Nacht, erfüllt von dem Gefühl, ohne Erfahrung und ohne erprobtes Handwerkszeug zu sein.

Die meisten Menschen wollten unablässig kommunizieren und wurden immer lauter, weil sie sich nicht verstanden fühlten. In Joshs Schweigen meinte Wolf die Suche nach den richtigen Worten zu erkennen, es erschien ihm wie ein Lockruf. ›Vielleicht ist es die Sprachlosigkeit angesichts des Wunders, das uns beiden geschieht und durch jedes laute Wort verjagt werden könnte.‹

Ein Wunder war tatsächlich geschehen. Welches jedoch, das hatte Wolf noch nicht erkannt. ›So‹, sagte er sich, bevor ihre nächtliche Heimfahrt beendet war, ›schau nicht zurück, schau nicht nach vorn. Frage nichts und hör immer auf dein Lied. Wie Orpheus in der Unterwelt, laß dich nur leiten von der Melodie deines Herzens.‹

Im Auto schwiegen beide. Aber diesmal nahm Josh Wolfs Hand und hielt sie fest.

Und Bob, der ihnen beim Aussteigen die Wagentür aufhielt, sagte: »Ich habe selten zwei so glückliche Menschen gesehen. Gute Nacht!«

Wolf schloß die Wohnungstür auf. »Ich werde dir einen Schlüssel machen lassen«, war der Satz, der das Schweigen beendete. Josh ging ins Arbeitszimmer, um den kleinen Hund zu begrüßen. Er preßte ihn an sich. Wolf begab sich ins Wohnzimmer und stellte sich vor die hölzernen Cherubim. Er sah, daß das Lächeln der Engelsfiguren holzgeschnitzt und starr war. Das Engelspaar, Illona und Jeff, hatte keinen Himmel, nur eine blau gestrichene Wand gefunden. Jeff Koons' Traum war geplatzt, weil er ihn in die Realität hatte transportieren wollen.

Wolf ging ins Schlafzimmer und zog sich langsam aus. Er ließ das Licht brennen und legte sich auf die linke Seite des Bettes.

»Kommst du?« rief er, doch es kam keine Antwort.

Dann schlief er ein.

Ein Wolf wacht aber, auch wenn er schläft. Und so schlug er die Augen auf und sah in das Gesicht von Josh, der auf dem Bettrand saß und ihn betrachtete.

»Was ist?« fragte Wolf.

»Ich kann es nicht glauben.«

»Was kannst du nicht glauben?«

»Daß ich dich gefunden habe.«

»Es ist aber so. Komm, laß uns schlafen.«

Josh zog sich aus und legte sich auf die andere Seite des Bettes. Wie ein Kind schlief er sofort ein. Wolf löschte das Licht.

Träume kamen mit ihren Suchbildern, die Wolf schon kannte. Aus ihnen wurde er herausgerissen, weil Josh schrie.

›Was ist ihm im Traum begegnet?‹ fragte sich Wolf und beschloß, Wache zu halten. Das Morgenlicht stahl sich durch die Fenster. Wolf sah Josh daliegen, die Arme links und rechts von sich gestreckt, als hätte man ihn vom Kreuz genommen. Er atmete jetzt ruhig. Schnee türmte sich in den Fensterrahmen.

Einzelne Schneeflocken, so groß wie Apfelblüten, flogen an die Scheiben, hielten sich für einen Moment fest, um dann langsam zu sinken. Vorsichtig legte Wolf seinen Kopf auf den Arm von Josh. Er wußte, daß dieser Augenblick endlos sein würde.

Kapitel 25

*»Brich an, du schönes Morgenlicht
und laß den Himmel tagen!«*
(Johann Rist, 1641)

Wolf hatte sich geirrt. Das mußte er sich eingestehen, als das Telefon im Arbeitszimmer klingelte. Gerade hatte er sich vorgestellt, ein Regenwurm zu sein, der im gefrorenen Erdreich auf den Frühling wartete. Da traf ihn der Spaten des Gärtners und teilte ihn mitten entzwei. Ein kurzer Schmerz – und die Wunde war verheilt, jeder Teil wieder vollständig.

Das Klingeln wollte nicht aufhören. Er stand vorsichtig auf, wollte Josh nicht wecken. Wer hatte die Rohheit, die friedliche Stille des verschneiten Vormittags zu stören?

»Kann ich Skyler sprechen?«

Die Männerstimme klang fremd und unfreundlich.

»Wer ist da?« fragte Wolf barsch. Statt einer Erklärung hörte Wolf das Atmen des Fremden.

»Hallo?« rief Wolf in den Apparat.

Keine Antwort.

Der andere hatte aufgelegt. Wolf begann zu frieren. Er war nackt.

»Skyler?«

Wolf stand am Bett.

»Skyler gibt es nicht«, antwortete Josh leise und hielt die Augen geschlossen.

»Ich glaube, doch! Man sucht hier nach ihm!«

Josh antwortete nicht.

»Wer war das? Woher weiß der, daß du hier bist?«

»Du hättest ihn fragen sollen. Nicht mich!«

Josh stand auf, ging, ohne Wolf anzusehen, ins Badezimmer und verschloß die Tür.

Wolf hatte das Gefühl, jemand wäre eingebrochen, hätte etwas gestohlen und verfüge nun über ein Geheimnis, das er selbst nie erfahren würde.

Er wußte, daß Josh ihm nicht helfen würde, dieses Rätsel zu lösen, und ging in die Küche, um Kaffee zu machen.

Plötzlich stand Josh in der Küchentür und sagte in offensichtlich bester Laune: »Das kann man doch jeden Tag tragen! Oder?«

Er trug einen ärmellosen, apfelgrünen Rippenpulli, der sein Nabel-Tatoo freiließ, dazu eine beige Wildlederhose und Schlangenlederschuhe.

»Ja, aber hoffentlich kommt der Tag nie wieder!« Wolf versuchte zu lächeln.

»Meinst du, Daar-ling hat das ernst gemeint, als er sagte, ich könnte als Model arbeiten?«

»Ja, warum nicht. Wir müssen sehen, wie du auf einem Foto rüberkommst. Man weiß nie ... Ich werde dich Albert Watson vorstellen.«

»Wann?«

»Ich rufe ihn gleich an. Albert Watson ist ein großer Künstler. Er bildet sein Model nicht eins zu eins ab. Wie Picasso zerschlägt er es erst, um es dann nach seiner Vorstellung neu zusammenzusetzen.«

»Wie?«

»Das war bildlich gemeint! Du sitzt da, entspannst dich und kannst dich fragen, was aus seinem schwarzen Kasten geflogen kommt: is it a bird, a missile, a bullet? Nein! It's Zeitgeist!«

Wolf amüsierte sich über Joshs Ratlosigkeit.

»Und – wenn ich lachen soll?«

»Gute Fotografen lassen dich nicht lachen. Mit der Model-Karriere ist es wie beim Bergsteigen. Man grinst erst beim Abstieg. Vorher gehen wir zum Zahnarzt, das habe ich dir versprochen. Ich mach heute einen Termin bei Doktor Rosenthal. Er hat auch Daar-lings Eßzimmer möbliert!«

»Und was kostet das?«

»Das werden wir wissen, wenn er dir in den Mund geschaut hat.«

»Ich danke dir wirklich.«

Josh setzte sich zu Wolf an den Küchentisch und trank Kaffee. Nachdenklich und irgendwie liebevoll sah er Wolf an: »Du siehst so verdammt jung aus, Wolf. Wenn ich dich mit meinem Vater vergleiche ...«

»Vielleicht ist er ja auch reifer als ich. Weißt du, daß der Stör, der Fisch, der den Beluga-Kaviar liefert, hundert Jahre alt wird? Weil seine Geschlechtsreife erst mit zwanzig Jahren einsetzt! Vielleicht habe ich ja aus demselben Grund noch fünfzig Jahre vor mir?«

»Was ist Ka-viar?«

»Das sind Eier, Mann!«

»Und seit wann heißen Eier Be-lug-a?«

»Das ist Russisch!«

»Ich spreche nur Englisch. Das aber besser als du!«

»Ich weiß.«

So war das Spiel, das Josh mit Wolf spielte: Die Entfremdung, die eben noch dagewesen war, übersah er einfach. Schien ganz er selbst und ganz da zu sein, um sich plötzlich in ein Anderswo zu entziehen, zu dem Wolf keinen Zugang hatte. Dieses Spiel war Ritual, hatte aber keine Regeln. Dennoch wollte Wolf es gewinnen.

Außerdem mußte er sich eingestehen, daß Joshs Eitelkeit und geradezu kindliche Putzlust begannen, ihn anzustecken.

Er entdeckte den pubertären Spaß wieder, sich in Positur zu stellen und Verkleidungen auszudenken, die Josh jenes

Staunen entlocken sollten, das ein Laie einem Profi entgegenbringt. Was der eine an Jugend besaß, würde der andere an Raffinesse wettmachen.

»Hättest du nicht Lust, meinen Beruf zu lernen?« fragte er Josh.

»Ja, ist das denn ein Beruf?«

»Na, für mein Theaterspielen habe ich etwas Kleingeld eingesammelt! Wie das geht, könnte ich dir beibringen. Und etwas Zeichnen auch.«

»Du willst mich verscheißern?« Josh spielte Mißtrauen.

»Nein. Aber ich dachte, ich meine, ich wollte dich fragen, ob du, wenn ich nach London gehen muß, ob du dann mitkommen würdest?«

Josh wartete mit einer Antwort.

Wolf sagte: »Ich meine, da kennt dich keiner. Ja, und mich ...«

»Ich verlasse dich nicht mehr. Es sei denn, du schmeißt mich raus! Wann fahren wir? Ich werde es meiner Mutter sagen. Meinem Vater ist es egal, wo ich bin. Aber ich will mich von beiden verabschieden.«

»Mußt du dir das nicht noch überlegen?«

»Nein!«

Was machte Josh plötzlich so sicher?

Ein vager Verdacht befiel Wolf: War es die neue Nüchternheit oder die alte Droge, von der Josh sich beschützt fühlte? Wie verabredet, hatte es bisher keine körperliche Annäherung zwischen ihnen gegeben. War Josh nüchtern oder nicht?

War da noch eine Heimlichkeit, etwas Uneingestandenes, weshalb Josh den Pakt nicht brechen wollte?

›Aber was ist, wenn Josh tatsächlich kein Verlangen verspürt, mich zu berühren? Mich vielleicht sogar abstoßend findet?‹

Das Telefon klingelte. In einem Anflug von Panik ergriff Wolf den Hörer. War da wieder dieser Fremde?

»Hier ist Favoloso! Ich komme, um meinen Hund zu holen!«

Wolf sah sich ratlos um.

»Mein Gott, der Hund! Den haben wir ganz vergessen!«

»Ich schau nach ihm!« Josh ging ins Arbeitszimmer.

Zärtlich hielt er den kleinen Wolf noch in den Armen, als Favoloso zur Tür hereinkam.

»Habt ihr ihn gefüttert und ihm Wasser gegeben?« schnauzte Favoloso.

»Komm, komm zu mir«, lockte er den Hund und streckte die Arme nach ihm aus.

»Ich nehm ihn mit!«

Favoloso schien sofort wieder gehen zu wollen.

»Wir könnten doch alle mit ihm einen Spaziergang machen. Im Schnee«, schlug Wolf vor.

»Wie bitte? Ich habe keine Zeit, und du bist ja noch im Bademantel! Du denkst wohl, du bist ein Porno-Star in der Drehpause? Geh dich erst mal waschen!«

»Ich danke dir für deine Offenheit!«

»Bitteschön! No guts – no glory!«

›Was hatte Favoloso so zornig gemacht‹, fragte sich Wolf und ging ins Badezimmer, um rasch zu duschen. Tropfnaß stand er da, als Josh in Wolfs Mantel die Badezimmertür aufmachte und erklärte: »Ich begleite Favoloso nach unten. Er sagt, er kann nicht warten, er kriegt sonst seine Periode. Bis gleich!«

Auch gut, dachte Wolf. Während er sich – nun langsamer – rasierte, plante er die Reihenfolge der Anrufe, die nötig waren. Albert Watsons Frau, Elizabeth, war am Telefon, als Wolf anrief. Ja, natürlich hätte Albert einen Termin frei, er sei schließlich gebucht. Ob Wolf das vergessen hätte? Nein, das habe er nicht, er wolle nur noch mal besprechen, was zu fotografieren sei. Nein, keine Kleider, sondern ein Porträt!

Das sei doch Alberts Stärke, hatte Wolf geschmeichelt.

»Ein Porträt von dir?« fragte Elizabeth.

»Nein. Ich habe da ein neues Gesicht entdeckt. Was nimmt Albert eigentlich dafür?«

»Das weißt du doch, Wolf! Immer noch denselben Tagessatz. Fünfzigtausend. Fünfundzwanzig für den halben! Dabei ist es egal, ob er ein neues oder altes Gesicht fotografiert.«

Elizabeth lachte. Dann fragte sie: »Brauchst du Mandy für's Make-up? Wer macht das Styling?«

»Ach, das ist nicht nötig. Elizabeth, was ist heute für ein Tag?«

»Freitag, my dear! Bis morgen dann!«

»Aha, heute ist Freitag.« Wolf war plötzlich aufgefallen, daß er jede Orientierung und Zeitrechnung verloren hatte.

Einen Zahnarzttermin würde er nicht vor Montag bekommen. Daß er einen bekommen würde, das wußte er. Er war schließlich Barzahler. Am Schreibtisch sitzend, machte er eine Kostenaufstellung. Sein Helfersyndrom war nicht ohne Eigennutz, attestierte er sich. Stück für Stück kaufe er sich sein Selbst zurück – eine gute Investition, wenn man den Lohn für viele Demütigungen dazu benutzt, sich einen Silberstreif am Horizont zu kaufen.

›Geld gegen Fröhlichkeit, das ist doch ein guter Tausch‹, sagte sich Wolf. Ihm fiel ein, wie die Menschen seiner Heimat, dem Osten Deutschlands, dort, wo Schloß Sanssouci steht, nur kurz nach dem Fall der Mauer fröhlich waren. Dann nicht mehr.

›Hatte ihnen das uneingelöste Versprechen grenzenloser Freiheit und Möglichkeiten die Fröhlichkeit wieder genommen?‹

Wolf mußte an einen Spruch denken: ›Grau hat Rot verdrängt und Lila hat sich aufgehängt.‹

Und sind die Menschen hier, im Land der angeblich unbegrenzten Möglichkeiten, wirklich fröhlich? Die Glückschancen waren in der DDR gering, aber meßbar. Lag darin das Geheimnis einer Zufriedenheit, die jetzt verschwunden war? Braucht Glück den engen Raum und eben nicht den Silberstreif am Horizont?

Irgendwann wurde Wolf unruhig. Wo steckte Josh?
Es waren Stunden vergangen. Er rief Mike Anderson an.
»Ist Josh bei dir?«
»Nein. Woher soll ich wissen, wo er ist? Ich bin im Büro. Gibt es Probleme?«
»Ich weiß nicht. Aber ich mache mir Sorgen. Er wollte nur kurz mit Favoloso auf die Straße gehen – aber das war vor langer Zeit.«
»Ja, er kann sich ganz schön verlaufen. Das bedeutet nichts, laß dich nicht irritieren! Ruf doch Favoloso an!«
»Darauf bin ich noch gar nicht gekommen. Natürlich, er hat ja ein Handy!«
›Gott sei Dank, Favoloso ist mein Freund‹, dachte Wolf, noch nicht wirklich erleichtert. ›Hätte er Josh verloren, hätte er mir Bescheid gegeben.‹
»Favoloso, bist du es? Wo ist Josh?«
»Chill out, alles ist cool! Was hast du?«
»Was ich habe? Da fragst du?«
»Ich gebe dir Josh!«
»Wo seid ihr? Hast du vergessen, daß ich auf dich warte?«
»Ich bin in New Jersey. Zu Hause.«
»Was – ich dachte, du bist jetzt hier zu Hause!«
»Das dachte ich auch.«
»Ja, und?«
»Ich mußte doch meinem Vater den Scheck bringen. Nochmals, danke.«
»Und wann kommst du?«
»Bald.«
Josh hatte aufgelegt. Wolf fühlte sich gedemütigt und entmutigt. Josh schien seine Nähe nicht zu wollen.

Kapitel 26

»Bad luck starts with bad ideas.«
(Robert Evens, »Hollywood Legend«)

Wolf stand am Fenster. Um die Ausreißer zu sehen, hätte er das Fenster öffnen und sich weit hinauslehnen müssen.

Dämmerung kroch ins Zimmer. Um diese Uhrzeit hatte er sich als Kind oft zur Mutter geflüchtet, die scheinbar gelassen auf die Heimkehr ihres Mannes wartete. Sie mußte Wolf von seinem Vater erzählen, denn er hatte ihn noch nie gesehen.

In diesen Stunden hatte er sich geborgen gefühlt. Jetzt war er empört und fühlte sich gefangen. Nahmen sich etwa Favoloso und Josh ein Recht heraus, das Wolf exklusiv für sich beanspruchte – zu Verabredungen entweder überpünktlich oder gar nicht zu erscheinen? Was wollten sie ihm heimzahlen? Die Wände des Zimmers schienen näherzurücken. Er mußte raus!

Das Opfer sucht immer seinen Täter. Jetzt wollte das Opfer die Täter finden, um sie zu Opfern zu machen. Das Opfer fragt nicht: ›Warum tust du das?‹, sondern: ›Was hab ich getan, daß du das mit mir machst?‹

Wolf wollte sich nicht fragen, wodurch er Josh und Favoloso zu Verrätern an seinem Vertrauen, seiner Liebe gemacht hatte.

Er lief durch die 57th Straße, überquerte die First Avenue und bog dann links ab in die Second Avenue, Ecke 55th Straße. Erst als er vor dem Laden stand, in dem Favoloso den Hund gekauft hatte, spürte er die Kälte. Er klappte das Revers seines Anzuges hoch und umarmte sich selbst, versuchte, sich zu wärmen.

Er hätte nicht sagen können, was ihn hierher geführt hatte. Wollte er den Dieb stellen, der sich unerlaubt und von seinem Geld einen Liebesspender gekauft hatte, der ihn jetzt wärmte, während Wolf in der Kälte stand? Hatte Favoloso etwa nicht vor, die Hand, die das Tier streicheln wollte, auf sich selbst umzulenken – auf den Besitzer, der weiß, daß er weit weniger liebenswert und niedlich ist? War es nicht symbolischer Diebstahl, daß Favoloso den Hund ungefragt Wolfgang genannt und sich damit ein Stück des Menschen, der ebenfalls so heißt, angeeignet hatte? Die Geschichte von Wolfis Namensgebung glaubte er nicht mehr! Er wußte nur, daß seine Großzügigkeit falsch verstanden worden war – als Schlampigkeit oder als Demütigung. Dieser Beschenkte hatte weder die Absicht zu danken, noch war er großherzig genug, um etwas zurückzugeben. ›Wollte ich ihm einen Hamburger kaufen, wollte er das Restaurant! Wünschte er sich ein Fahrrad, mußte ich aufpassen, daß er nicht im Cabriolet vorfuhr! Jetzt hat er sich Josh gestohlen‹, bilanzierte Wolf.

Er betrat das Geschäft. Wie ein Detektiv schaute er sich um. Es roch nach Sägemehl und warmem Tierurin. Der Puertoricaner grinste ihn mit seinem runden Gesicht an wie ein von innen beleuchteter Halloween-Kürbis.

»Kann ich Ihnen helfen?«

»Ja, ein Freund hat hier mit meiner Kreditkarte einen Hund gekauft ...«

»Den kleinen Pommeranien. Den Pommerschen Zwergspitz. Ist etwas nicht in Ordnung?«

»Doch. Ich möchte nur wissen, ob der Käufer heute hier war.«

»Nein. Warum?«

»Wissen Sie, das Tier war ein Geschenk von mir. Nun

glaube ich aber, daß Herr und Hund nicht zusammenpassen. Schon rein optisch, wissen Sie! Außerdem gibt es ein Platzproblem.«

»Wieso? Ist die Wohnung zu klein für zwei?«

»Nein, im Gegenteil. Zu groß! Das Tier verläuft sich andauernd und es dauert Stunden, ihn zu finden. Haben Sie nicht etwas Größeres? Ich meine zum Tauschen?«

»Umtauschen? Das geht eigentlich nicht!«

»Ich bin natürlich bereit, draufzuzahlen!«

»Woran haben Sie denn gedacht?«

»An einen Hippo, ein Nilpferd. Es fühlt sich sowohl im Feuchten als auch auf dem Trockenen wohl. Und es frißt einfach alles.«

»Da müßte ich mich erkundigen ...«

»Ja, dann fragen Sie bitte auch gleich nach seinem Charakter. Es sollte ein ausgeglichenes, unterwürfiges Temperament haben. So zwischen Idi Amin und Saddam Hussein. Bitte liefern Sie es an: Favoloso France, Perry Street. Und buchen Sie das Geld von meiner Karte ab. Sie haben ja noch eine Kopie!«

Wolf verließ den Laden. Er fühlte sich etwas besser. Kaltblütig genug, die Delinquenten ohne Verhör zu verurteilen! Wenn er sie denn finden würde. Langsam ging er die Second Avenue zurück zur 57th Straße. Er stand gerade an der Ampel Ecke First Avenue und 57th, als er auf dem gegenüberliegenden Gehweg ein bizarres Pilgerpaar entdeckte: Josh und Favoloso. Josh in Wolfs Mantel, trottete wie ein Spätheimkehrer neben dem ungefähr nur halb so großen Favoloso her, der eine geringelte Strickmütze auf dem runden Kopf trug. Mit seinen kurzen Trippelschritten sah er aus wie ein altes, böses Kind. Er schob seinen stramm gewölbten Bauch vor sich her, der einen aussichtsreichen Kampf gegen die Knöpfe seines Mäntelchens führte.

Wolf überquerte die Straße. Wut und Empörung trieben ihn an wie eine Energizer-Batterie einen Terminator-Roboter.

Vor Josh und Favoloso kam er zum Stillstand.

Auch die beiden blieben stehen. Wolf sah, daß Josh im Futteral seine Gitarre trug und Favoloso die kleine, schwarze Hundetasche bei sich hatte.

»Wo kommt ihr her?«

Wolfs Stimme klang mechanisch. Emotionsfrei, glaubte er.

»Ich bin doch da«, antwortete Josh mit versteinertem Gesicht.

»Das war nicht meine Frage!«

»Wir waren in New Jersey.«

»Das ist lange her. Ich habe bei dir zu Hause angerufen«, log Wolf.

»Ich werde dir etwas sagen, Wolf, aber nur, wenn du dich beruhigst ...«, erklärte Favoloso mit ernster, leiser Stimme.

»Da bin ich aber gespannt!«

»Komm, laß uns reingehen. Wir sind doch jetzt da.«

»Na gut!«

Wolf drehte den beiden den Rücken zu und ging mit entschlossenen Schritten vor ihnen her. Er spürte die Schneeflocken nicht, die in seine Augen flogen. Es hätten auch Tränen der Wut sein können. Josh und Favoloso folgten ihm schweigend. Hatte Wolf erwartet, oben in seiner Wohnung eine plausible Erklärung oder eine Entschuldigung für ihr Verhalten zu hören, so hatte er sich getäuscht. Josh stellte den Gitarrenkasten ab, zog den Mantel aus und verschwand wortlos im Badezimmer. Favoloso behielt Mütze und Mantel an und blickte Wolf mit dem Ausdruck verletzter Unschuld in die Augen: »Möchtest du es gleich hören, oder soll ich erst den Mantel ausziehen?«

»Hör auf mit dem Theater! Was hast du dir dabei gedacht, als du Josh gekidnappt hast?«

»Ich will dir was sagen! Ohne mich wäre er gar nicht hier!«

»Wie bitte? Er wollte dich runterbringen und gleich ...«

»Abhauen! Ja, abhauen wollte er. Also bin ich nicht von

seiner Seite gewichen. Bis nach New Jersey. Und wieder zurück. Aber er wollte nicht zu dir. Also hab ich ihn mit zu mir genommen und mit ihm geredet. Ihm zugeredet, zu dir zurückzugehen!«

»Ich verstehe das alles nicht!«

»Er hat Angst vor dir!«

Wolfs Empörung wich Fassungslosigkeit.

»Was tue ich ihm denn? Bedrohe ich ihn etwa?«

»Das muß er dir selbst sagen!« Favoloso wandte sich ab und gab dem Hund Wasser.

Josh erschien. Ohne Wolf anzusehen, holte er sich die Gitarre und ging wie ein Schlafwandler ins Wohnzimmer, setzte sich aufs Sofa und fing an zu spielen. Er schlug ein paar Akkorde an. Favoloso kam mit dem Hund auf dem Arm dazu.

»Josh«, sagte er, »du mußt mit ihm reden!«

Josh sah weder hoch, noch antwortete er. Wolf betrachtete unschlüssig die Szene. Wieder spürte er den Leerraum, in dem Josh sich zu befinden schien. Ein Raum mit transparenten Wänden, der jede physische Annäherung verbot. Ein Raum, der ihn schützte und gleichzeitig isolierte. Wolf konnte nichts fragen. Es hätte ihn nicht erreicht.

»Macht, was ihr wollt«, sagte er resigniert. »Ich gehe ins Bett! Wenn du willst, kannst du im Arbeitszimmer schlafen.«

Favoloso antwortete nicht. Auch er schien in Joshs Anblick versunken zu sein. Wie ein ernster Engel saß dieser da, das lange, dunkle Haar im Nacken zusammengebunden. Er trug ein weißes Unterhemd, und seine weißen Arme hielten das Instrument.

Er schien nichts anderes wahrzunehmen als die Klänge, die kein Lied bilden wollten.

Wolf ließ seinen Anzug achtlos neben das Bett fallen und legte sich erschöpft hin. Nur ein schwaches Licht ließ er brennen.

Langsam verebbten Wolfs Gedanken. Wie von weit her

hörte er die Gitarrenklänge. Irgendwann kam Josh ins Schlafzimmer und schaute Wolf an. Dann setzte er sich auf den Bettrand.

»Hast du deinen Eltern von uns erzählt?« fragte Wolf.

»Nein. Sie wissen nichts. Auch nicht von dir und mir. Ich kann es ihnen nicht sagen. Mein Vater würde mich totschlagen.«

»Du wolltest dich doch verabschieden?«

»Ja, aber es ist noch zu früh! Sie haben eigene Probleme!«

»Wie du meinst! Ich dachte nur, du hättest dich entschieden.«

»Das habe ich auch!«

»Ja, und?«

»Ich will weg. Weg von hier und weg von Jennifer!«

»Jennifer?«

»Ja. Jennifer kommt immer wieder zu meinen Eltern. Sie redet schlecht über mich.«

»Warum werfen deine Eltern sie nicht raus?«

»Sie haben Mitleid mit ihr. Sie kann sich so gut verstellen. Du kennst sie ja.«

»Ich kenne sie?«

»Ja, erinnerst du dich nicht an die Party?«

»Wie seid ihr euch denn begegnet?«

»Ich habe sie getroffen, als ich nach der Schule nach Florida gegangen war. Ich wollte dort eine Tischlerlehre machen und Möbeldesigner werden. Aber die Arbeit hat mir nicht gefallen. Da lernte ich Jennifer kennen. Sie tanzte in einem Strip-Club. Wir wurden ein Paar.«

»Hast du sie geliebt?«

»Ich glaube, ja. Man weiß das ja nie genau. Aber immer, wenn ich sie verlassen wollte, weil ich sie wieder beim Lügen ertappt hatte, drehte sie durch. Sie schrie, sie fiel in Ohnmacht und dann bedrohte sie mich mit einem Messer. Jennifer war auch wahnsinnig eifersüchtig, weil sie dachte, ich hätte mit all ihren Freundinnen geschlafen ... Was in fast allen Fällen gestimmt hat ...«

»Nur mit – Freundinnen?« unterbrach Wolf Joshs Geständnis.

»Nein. Nicht nur. Aber sie hielt es für Treue, wenn sie die Männer, mit denen sie schlief – sie sagte, das sei für ihre Karriere –, wenn sie die mit nach Hause brachte und mir vorstellte. Ich lag dann im Nebenzimmer und heulte leise ins Kissen.«

»Das begreife ich nicht ...«, sagte Wolf leise.

»Ich auch nicht. Warum, verdammt, sind die mitgegangen? Wir hatten auch einen Hund. Eine Hündin, Madonna. Eine große Labrador-Dame ... Ich möchte wissen, ob Jennifer mit ihr endlich eine Wurmkur gemacht hat.«

»Frag sie doch! Ich krieg keine Luft mehr, wer zeigt mir den *panic-button?*«

Josh schaute Wolf an und sagte: »Ich verstehe das alles auch nicht mehr. Soll ich aufhören?«

»Nein! Erzähl mir auch den Rest!«

»Also, wir haben uns immer wieder getrennt. Und dann kamen wir wieder zusammen. Ja, und Geld war irgendwann auch keines mehr da. Da hat sie mich auch zum Tanzen überredet. Zum Strippen, verstehst du? So sind wir von Club zu Club gezogen. Bis sie ihre große Liebe fand.«

»Wen?«

»Heroin. Heroin wurde ihre große Liebe, für die sie alles tut. Ich sagte, okay, dann hast du ja jetzt jemand gefunden. Dann kann ich ja gehen. Aber dann passierte was!«

»Was denn?«

Josh schwieg einen Augenblick lang, fixierte einen Punkt an der Wand.

»Eines Abends gab es in Fort Lauderdale eine Party. Wir waren eingeladen. Irgendwann gingen die Getränke aus. Jennifer wollte zur Tankstelle fahren. Sie nahm das Auto des

Gastgebers. Stunden später kam sie wieder, sie war wohl inzwischen runtergekommen und war »*bloody dynamite*«. Ihre Hände zitterten, als sie die Flaschen auf den Tisch stellte. Jemand sagte: ›Komm Jennifer, ich mach dich wieder okay!‹«

»Man sieht das doch, wenn jemand drückt«, warf Wolf ein.

»Na eben. Wenn man strippt, geht das nicht. Ist ja logisch. Nein, man nimmt es sauber!«

»Was heißt sauber? Ist das nicht zynisch?«

»Mir egal! Das alles kann keiner verstehen, der davon keine Ahnung hat.«

»Dann erkläre es mir doch!«

»Zuerst ist dir übel. Dann, beim zweiten Mal, ist alles okay. Aber wenn du es wieder lassen willst, ist nichts mehr okay! Jennifer jedenfalls sagte irgendwann: ›Ich habe mich wieder im Griff. Komm, laß uns abhauen!‹ Ich wollte aber noch bleiben und spielte Gitarre. Sie trank und fing an zu tanzen. Irgendwann hatte ich genug: ›Du wolltest doch gehen! Komm!‹ Der Gastgeber und die anderen waren stoned. Als wir draußen waren, sah ich den Wagen, den Jennifer gefahren hatte, in der Garage. Ich hörte ein Stöhnen. Ich ging hin, um zu sehen, was los war.

Jennifer hatte jemanden angefahren. Der hing, mit gebrochenen Knochen blutend, in der zersplitterten Windschutzscheibe. ›Mensch, Jennifer, warum hast du nichts gesagt?‹ schrie ich sie an. Sie sagte: ›Ich war drauf, Mann! Der stöhnte und bettelte, ich soll ihm helfen. Wollte ich ja auch. Aber als ich drin war, habe ich ihn vergessen!‹. Ich: ›Der stirbt!‹. Sie: ›Dann laß uns endlich abhauen!‹«

»Und, ist der Mann gestorben?« wagte Wolf den Redefluß zu unterbrechen.

»Ich glaube, ja!«

»Du weißt es nicht?«

»Nicht genau. Wir sind ja weg. Die wußten außerdem unsere richtigen Namen nicht. Wir hatten uns andere gegeben.«

»Was ist dann passiert?«

»Ich habe gehört, daß der Besitzer des Wagens verurteilt worden ist. Wahrscheinlich konnte er sich an nichts mehr erinnern.«

»Und die Fingerabdrücke?«

»Ach, da waren ganz viele …«

»Und Jennifer?«

»Die tröstet sich weiter mit ihrer Liebe Heroin.«

Wolf fröstelte unter seiner Decke. Er richtete sich auf und langte nach seiner Anzugjacke, die auf dem Boden lag. Langsam zog er sie an. Dann streifte er die Hosen über. So saß er im Bett und begann zu zittern.

»Hätte ich dir das nicht erzählen sollen?«

»Doch. Ja. Wenn es stimmt?«

»Denkst du, ich belüge dich?«

»Ich weiß nicht. Ich weiß gar nichts mehr!«

»Siehst du, wie schwach du bist. Und jetzt weißt du auch, warum ich nicht zurückkommen wollte.«

»Komm, leg dich hin. Es ist spät.«

»Aber du hast dich doch angezogen!«

»Ich weiß auch nicht, warum …«

Wolf begann, sich wieder auszuziehen.

»Ich spiele noch ein bißchen, okay? Es stört dich doch nicht?«

»Nein! Doch, nein, spiel nur!«

Josh ging zurück ins Wohnzimmer, und Wolf hörte wieder zaghaftes Gitarrespielen. Er stand auf und ging leise ins Badezimmer. Da lag der schwarze Rucksack von Josh. Vorsichtig öffnete Wolf die Kordel und zog den Beutel auf.

Er suchte etwas. Doch er fand nur ein Adreßbuch und schmutzige Make-up-Töpfe.

Kapitel 27

»Use it or lose it.«
(Buddy Ebsen, 94 Jahre, Hollywood)

Irgendwann hatte sich Josh zu Wolf gelegt. Dabei vermieden, ihn zu berühren oder gar zu wecken.

Als Wolf am Morgen erwachte, sah er ihn neben sich.

Josh schlief seinen komatösen Schlaf. Friedlich sah er dabei nicht aus. Eher so, als hätte er den Alptraum, von dem er Wolf erzählt hatte, mit in den Schlaf genommen.

Wolf fragte sich – und die Frage wurde immer drängender –, weshalb es nicht wenigstens zu einer symbolischen Berührung kam. ›Sex ist doch nicht nur eine Strategie, um Befriedigung und Erleichterung zu bekommen‹. Er dachte an die Ängste seiner Jugend, an die Verwirrung, die mit den allerersten Verliebtheiten einhergegangen war. An all die Heimlichkeiten, unter denen die Sehnsüchte erwachten und sich auf eine Reise ohne festes Ziel aufmachten.

Josh schien trotz seiner Jugend kein Bedürfnis nach Körperlichkeit zu haben. Wolf war noch nicht bereit, auf Beweise seiner physischen und sexuellen Existenz zu verzichten, einer Existenz, die sich auch dadurch beweist, daß man wenigstens die Gelegenheit bekommt, sexuelle Angriffe zurückzuweisen.

›Na ja, wer anfängt, die Streicheleinheiten zu zählen, wird immer denken, er käme zu kurz‹, versuchte er sich zu trösten.

Noch wollte er sich nicht eingestehen, daß in ihm die Erinnerung an das Erlebnis im ›Paramount‹ herumgeisterte, das ihn wohl deshalb neugierig gemacht hatte, weil er nur Zuschauer geblieben war.

»Würde mich jetzt einer einladen, mit ihm in die Hölle zu schauen, ich würde nicht kneifen ...«, überlegte Wolf.

Aus der Küche klang eine hohe Frauenstimme. Das konnte nur Favoloso sein, der gerade ›*female operator*‹ spielte. Das tat er oft, wenn er nicht gerade die unterwürfige Geisha mimte, die im Kimono vornübergebeugt ein Tablett mit Tee schleppte und »Moto-no-Moto-no« stöhnte. Das seien japanische Orgasmus-Laute, behauptete er, die er von Pornovideo-Raubkopien aus Tokio gelernt hatte. Schon mancher Anrufer hatte geglaubt, er hätte sich verwählt und sei in einem japanischen Massagesalon gelandet.

Einen knielangen Kimono trug Favoloso tatsächlich. Aus weißen Kranichen auf tiefblauem Grund platzte der behaarte Bauch eines Trüffelschweins.

Favoloso saß auf einem hochbeinigen Hocker in der Küche. Seine Füße steckten wieder in japanischen Koturnen. Er hatte sich Frühstück gemacht. In der einen Hand hielt er ein Telefon, in der anderen ein Häppchen für Wolfi, dem er versuchte beizubringen, mit den Vorderpfoten »Bitte, Bitte« zu machen.

»No. No«, quietschte er gerade in den Hörer. »But you can leave your name and inches. Perhaps we call you back!«

»Wer war denn dran?« wollte Wolf wissen.

»Ach, irgendein Motherfucker, der Skyler sprechen wollte.«

»Ich mag es nicht, wenn du an meinem Telefon Motherfucker sagst!«

»Wieso, bist du etwa Mexikaner? Du siehst übrigens scheiße aus!« Favoloso hatte zu einem sachlichen Ton gewechselt.

»Wie kommst du auf Mexikaner?«

»Mein Freund Gael Garcia sagt, in Mexico ist die Mama Virgin Mary. Wenn du Motherfucker sagst, ziehen Mexikaner das Messer. Aber Macho ist man, wenn man Männer fickt. Mit dem Wort Motherfucker befreie ich mich vom Druck der matriarchalischen Herrschaft. Comprende?«

»Laß mich in Frieden mit deiner Sex-Soziologie. Ich habe noch nicht gefrühstückt!«

»But you used to pray for peace and revolution. We've got Aids and Whitney Houston!«

»Ich weiß auch ein Gedicht, mein Bruder Grimm: ›Poems are made by fools like me, but only God can make a tree!‹«

Favoloso klatschte und Wolfi versuchte ein Bellen.

»Du weckst Josh auf!« Wolf legte den Finger auf die Lippen.

»Ist es nicht Zeit, daß du ihm das Fläschchen wärmst? Oder willst du ihm lieber die Brust geben? Und wird es für Mutter Teresa nicht langsam Zeit, die Haube aufzusetzen? Mußt du nicht in die Slums?«

»Sag mal, Favoloso, glaubst du, daß Josh ein Half-Breed-Cherokee ist? Er sagte mal, er hätte indianisches Blut.«

»Das kann seine Mutter höchstens intravenös bei einer Blut-Transfusion bekommen haben. Ich habe die Eltern gesehen. Nette Leute. Die kennen Indianer nur aus dem Fernsehen.«

»Ach, was weiß ich!«

»Ja, was weißt du schon!«

Wolf ging zurück ins Schlafzimmer, um Josh zu wecken. Er berührte seine Schulter. Josh schreckte auf.

»Was ist?«

»Steh bitte auf. Wir wollen zu Albert Watson ins Studio.«

Josh sprang auf.

»Wie spät ist es?« fragte er und war bereits im Badezimmer verschwunden.

Albert Watsons Studio befindet sich in einem einfachen roten Backsteingebäude im Meat-Packing-District. Hier wird totes und lebendes Fleisch verkauft.

Da der Geruch von Blut erregt, fühlen sich streunende Tiere und Männer angelockt. Auch Nutten, echte und falsche Frauen, bieten sich hier an. Bis sie merken, daß der, der sein eigenes Fleisch verkauft, immer draufzahlt. Dann ist es allerdings meist zu spät.

Josh hatte während der Fahrt wie üblich nicht gesprochen. Er wirkte nervös und klammerte sich an seinen schwarzen Rucksack wie ein Kind an seinen Teddy. Favoloso dagegen war überdreht.

Natürlich hatte er wieder Bob und seine Limo bestellt. Zu einem Fototermin fuhr man nicht mit dem Taxi, fand er. Wolfi saß auf Favolosos Schoß und mußte eine Lektion in englischen Grundbegriffen über sich ergehen lassen. Sie hielten in der Jane Street. Favoloso warf sich gegen die Studiotür, die mit einem Summton nachgab. Lärmend stürmte er das Fotostudio, das dunkel und weitläufig war. Im Vorraum hingen große Schwarzweißabzüge, Porträts von Mördern und Schwerverbrechern, die Albert in einem Hochsicherheitsgefängnis gemacht hatte.

Albert und Elizabeth Watson waren aus Schottland nach New York gekommen, wo Albert ein neues Leben und eine legendäre Karriere begonnen hatte. In Schottland war er Lehrer gewesen, was man zu spüren bekam, wenn man ihn etwas fragte.

Albert sah aus wie der Zauberer Merlin. Früher hatte er wohl rote Haare gehabt. Inzwischen waren sie schneeweiß, und sein kurzer Vollbart ebenfalls. Weiß wie Elizabeths Haut. Schwarze, glatte Haare umrahmten ihr Gesicht und betonten ihre türkisfarbenen Augen wie ein Ebenholzrahmen. Sie sah aus wie Schneewittchen. Allerdings lange nachdem sie den Apfel ausgespuckt hatte. Inzwischen hatte sie eher einen Apfelkuchen zuviel gegessen. Sie hatte eine Vorliebe für fließende Gewänder, antiken Schmuck und Vampire.

Im Studiogarten, einem Wintergarten, stand ein großer steinerner Engel. Sein abgebrochener Flügel lag vor seinen Füßen.

Favoloso begrüßte Elizabeth und Albert mit einem schmatzenden Kuß. Albert versuchte, dem auszuweichen. Es hieß, er hätte Angst vor Schwulen.

Wolf stellte ihm Josh vor. Albert musterte ihn kurz und schweigend. Josh schien auf seine Hinrichtung zu warten.

»Geht zu Mandy in die Maske«, sagte Albert.

Im Schminkraum saß Nadja vor einem Spiegel. In ihrer fast außerirdischen Schönheit wirkte sie, als sei sie auf einem Lichtstrahl in das Dunkel des Studios gerutscht. Ihr langes, platinblondes Haar war entweder einem Chemieunfall oder der Schere zum Opfer gefallen. Als Wolf sie ansah, mußte er an eine schöne, weiße Katze denken. Wie er kam sie aus Berlin, und ihr sackartiges Kleid erinnerte ihn an die Mode des Ostblocks. Sie war dreiundzwanzig, und immer, wenn Wolf sie traf, erlebten beide Anflüge von Heimweh. Trotz ihrer Jugend war sie berühmt, was neben astronomischer Gage zur Folge hatte, daß sie nirgendwo hinzugehören schien.

Nadja und Wolf umarmten sich, als hätten sie sich nach langer Trennung wiedergefunden. Nadja überragte Wolf.

Ihr Schöpfer hatte ihre Beine so lang werden lassen, daß ihr Kopf wie auf einem Podest zur Bewunderung freigegeben schien. Wolf spürte Nadjas zerbrechlichen Körper und sagte väterlich: »Du mußt aber mehr essen, mein Kind!« Tatsächlich hatte er oft gedacht, sie könnte seine Tochter sein, und gleichzeitig überlegt, wie viele Kinder es von ihm wohl geben möchte. In Nadjas Alter.

»Wie lange bist du in der Stadt?«

»Ach, da mußt du meine Agentur fragen.«

»Willst du nicht nächste Woche mit uns die Kampagne machen?«

»Da mußt du mit Didier sprechen. Sonst aber gern!«

»Darf ich dir Josh vorstellen? Ihr würdet dann zusammen fotografiert werden.«

»Meinetwegen. Hallo.«

Josh schaute sich um, anstatt sie anzusehen.

»Das geht aber nicht!«, rief eine kleine Blondine und ergriff Joshs Pferdeschwanz. »Der muß ab!«

»Ja, das wollte ich schon lange«, antwortete Josh zu Wolfs Erstaunen. Kurze Zeit später sah er, wie die langen Haare zu Boden fielen.

Mandy hatte noch Pflaster vom letzten Lifting im Gesicht, und ihre Lippen sahen aus wie eine überreife Pflaume.

»Ich hätte dich beinahe nicht erkannt«, sagte Wolf.

»Das ist auch gut so«, antwortete Mandy und schnippelte weiter. »Ich habe nämlich vor, mich von euch allen zu verabschieden. Ihr seid mir zu alt geworden. Auslaufmodelle! Nach der Zeit der großen Gefühle kommen jetzt bei mir die Special Effects!«

»Ich gehe«, sagte Nadja.

»Soll ich dich noch abschminken?«

»Nicht nötig. Bye!«

Josh hatte jetzt eine Frisur wie ein römischer Imperator. Aufmerksam betrachtete er sich im Spiegel. Als Mandy fertig war, feuchtete er sorgfältig einzelne Haarsträhnen mit Speichel an und zwirbelte sie sich ins Gesicht.

»Bist du endlich fertig?« Favoloso tauchte nach einem ausgiebigen Rundgang durch Schmink- und Ankleideraum auf – auch um zu verkünden, daß Albert soweit sei.

Stundenlang hatte Albert Watson sein Licht an seinem Assistenten Visco ausprobiert. Stellvertretend für Josh hatte der auf einem Hocker Posen eingenommen und war ausgeleuchtet worden. Jetzt stand er auf und überließ Josh den Platz. Josh setzte sich und blickte nervös um sich.

»Bitte sitz ruhig!« befahl Albert.

Kleine Schweißperlen bildeten sich auf Joshs Stirn.

Albert rief: »Mandy, komm bitte mit dem Puder!« Und dann: »Dreh dich ins Profil!«

Josh drehte ihm die Schulter zu.

»Kannst du das Hemd ausziehen? Ich will dich anschneiden!«

Josh zuckte zusammen, zog aber zögernd sein Hemd aus.

Albert machte zwei, drei Polaroids, legte sie zum Entwickeln zwischen seine warmen Hände, zog dann das Deckblatt ab und klebte sie hinter ein großes, schwarzes Passepartout. Danach legte er sie auf einen Tisch und rief Wolf, um das Ergebnis zu diskutieren.

»Sieh mal«, erklärte er, »ich sehe das Ganze mehr monochrom. Das Original machen wir dann in Sepia. Dadurch bekommt das Bild einen Vintage-Look. So wie die Indianerfotos von Curtis, weißt du?«

»Ja.« Wolf freute sich, daß Albert das Indianische an Josh bemerkt hatte.

Als Albert und Wolf sich Josh zuwandten, war das Studio leer.

»Wo ist denn unser Model?« Albert konnte nicht glauben, daß jemand unerlaubt den Set zu verlassen wagte.

»Vielleicht ist er auf der Toilette?« bemühte sich Wolf zu erklären.

»Dann hätte er doch was gesagt!«

»Ich hole ihn«, sagte Wolf, der wußte, wieviel Albert Watsons Zeit kostet.

»Favoloso, hast du Josh gesehen?«

»Nein, ich war in der Pantry. Da wird gerade das Catering aufgebaut. Sieht jummy aus!«

Wolf rannte durch Gänge, öffnete Türen und schaute in Abstellkammern. Schließlich fand er Josh. Ängstlich und mit panisch geweiteten Augen im Dunkeln an eine Wand gelehnt.

»Was machst du? Albert sucht dich!«

»Pssst! Ich muß dich was fragen!«

»Was ist denn?«

»Mich hat einmal ein Fotograf angesprochen. Als ich zu ihm ins Studio ging, sollte ich auch zuerst das Hemd ausziehen ...«

»Ja, und dann?«

»Will Albert Watson jetzt dasselbe von mir wie der andere Fotograf?«

»Was denn?«

»Der wollte mir einen blasen.«

»Was war denn das für ein Fotograf? Und wer bezahlt damit wen, wenn ich fragen darf?« Wolf fing an, übertrieben zu lachen: »Mein Gott, ich glaube es nicht! So unerfahren und gleichzeitig so versaut! Das sollte ich Albert erzählen! Der ruft die Polizei!«

»Hör auf, bitte! Das ist mir alles peinlich! Shit!«

»Beim ersten Mal, da tut's noch weh, da denkt man noch, daß man sich nie gewöhnen kann, doch mit der Zeit, so peu à peu – gewöhnt man sich daran ...« Wolf sang dieses Lied auf deutsch. Seine Großmutter hatte es ihm oft vorgesungen.

»Hör auf zu singen! Das tut mir weh!«

»Ja, davon singe ich ja.«

»Warum hast du mir das alles nicht vorher erklärt?«

»Du hast nicht gefragt! Komm jetzt zurück an den Marterpfahl, Rothaut! Weißer Mann macht Rauchzeichen aus Küche!«

Elizabeth, Albert, Mandy, Visco und natürlich Favoloso hatten schon am langen Küchentisch Platz genommen. Es gab Hühnchen und Unmengen Obst.

»Le rose version printemps 96 nous monte à la tête: abricot, mandarine, saumon, melon glacé ...«, las Mandy aus der französischen *Vogue* vor, die neben ihrem Teller lag. Sie nuckelte mit einem Strohhalm an einem Fruchtsaft. Es fiel ihr offensichtlich schwer, den Mund zu öffnen.

Favoloso hatte dieses Problem nicht.

»Gut, Mandy«, sagte er, »was du nicht essen kannst, nehme ich. Schmeiß rüber! Ach, ist das eine fette Welt. Ich rette sie, bevor sie sich verschlingt! Ich bin wie Donatella Versace. Ich sage: More is not enough! Nur wer hungrig ist, hat Erfolg!«

»Du bist nicht hungrig, du bist gierig!« korrigierte Wolf.

»Und was passiert, wenn ich nicht mehr essen kann? Ich scheiß auf cool! Ich bin katholisch!« Favoloso bekreuzigte sich und langte nach einem Hühnerbein.

»Wolf ...«, sagte er schmatzend, »... ich habe ein deutsches Wort gehört. Halbstark. Warst du mal halbstark?«

»Das ist ein komisches Wort«, mischte sich Mandy ein, »half stark, half naked, half stiff?«

»So was turnt dich wohl an, sleazy words?« fragte Favoloso.

»Ja, I'm a sleazy girl in a sleazy world!«

»Wohin gehst du, wenn du dich amüsieren willst?« Favoloso deutete mit dem Hühnerknochen auf Mandy.

»Na gut, das ›Naked Gun‹ ist fabelhaft! Eine All-nude-Revue auf einer winzigen Bühne über dem Howard-Johnson-Restaurant. Die spielen ganz laut diese schreckliche Eurodisco. Und plötzlich kommt ein Junge raus und zieht sich bis aufs Höschen aus, tanzt rum und glotzt dir dabei bedeutungsvoll in die Augen. Dann verschwindet er hinter der Bühne und kommt ungefähr drei Minuten später zurück, total arschnackt und mit einem Ständer.« Gespielt schockiert hielt sie sich die Hände vor die Augen. »Aber er trägt dazu Socken und Birkenstocks – huch! – das ist der wirklich attraktive Teil! Manchmal macht er auch was Artistisches, einen Spagat oder so – Uuh! – das ist fabulous! Besonders für

Fags und Feministinnen. Das ist eine Nacht der nackten Tatsachen, daher der ›Name Naked Gun‹.«

Josh war aufgestanden. Wolf folgte ihm. Dann standen sie vor der Tür.

»Wieviel bekomme ich für den Scheiß?« Josh wirkte aggressiv.

»Hier zahle ich!«

»Wann kriege ich das Geld?«

»Josh, ich glaube, du hast was mißverstanden. Ich bezahle Albert dafür, daß er ein Foto von dir gemacht hat.«

»Wozu?«

»Damit wir sehen, wie du rüberkommst. Auf einem Kunstfoto!«

»Das war keine Kunst. Das war zu dunkel und nur schwarzweiß!«

»Daar-ling fotografiert dich in Farbe. Und dann bekommst du auch Geld. Verstehst du denn nicht? Hast du überhaupt ein Konto?«

»Wozu?«

»Wir gehen morgen zur Bank! Wir müssen doch Ordnung in dein Leben bringen!«

»Meinetwegen. Aber ich will nicht zurück zu diesen Leuten!«

»Na gut, warte hier. Ich hole Favoloso und verabschiede mich. Die Abzüge bekomme ich geschickt. Sie werden dir gefallen. Bestimmt.«

Kapitel 28

»Beware of wolves in sheep's clothing!«
(Fashion Truth)

Als Wolf und Favoloso aus dem Studio kamen, war die Straße leer. Von Josh keine Spur. Aber auch keine Limo und kein Bob. Da es dämmerte und Nebel oder Qualm durch die Straßen kroch, fiel es Wolf schwer, auszumachen, ob er vielleicht anderswo geparkt hatte. Unschlüssig ging Wolf ein Stück auf und ab. Favoloso und Wolfi folgten ihm.

Zwei ältere Chinesen tauchten aus dem Nebel auf und blieben vor dem kleinen Hund stehen. Sie beugten sich zu ihm runter und einer von ihnen streckte die Hand aus. Er wollte ihn wohl streicheln. Favoloso schrie: »Laßt meinen Hund! Ihr habt selbst welche in der Tiefkühltruhe!«

Die Männer richteten sich erschrocken auf und verschwanden mit schnellen Schritten. Favoloso ergriff das Tier und stopfte es grob in seine Tasche.

Um die Fleischhalle herum waren tagblinde Gestalten aufgetaucht. Die Glut ihrer brennenden Zigaretten im Nebel meldete ihren Standort. Autos schlichen vorüber. Nur der Wagen von Bob erschien nicht.

»Warum tut Josh mir das an? Warum verletzt er mich immer wieder?« fragte Wolf.

»Vielleicht verletzt du ja ihn«, antwortete Favoloso. »Es ist doch so, daß man den am meisten verletzt, den man liebt. Und am meisten verletzt wird von dem, der einen lieben soll. Laß ihn doch! Er kommt schon wieder. Aber ich rufe mal Bob an. – Bob, wo steckst du? Uns ist kalt! Denkst du vielleicht, die globale Erwärmung reicht? ... Mmh, mmh, okay!«

Favoloso wandte sich zu Wolf: »Er ist nur drei Blocks entfernt!«

»Und wo ist Josh?«

»Bob sagt, er wäre zu ihm in den Wagen gestiegen und hätte gesagt, bei uns würde es noch dauern. Er wollte in der 42nd Straße abgesetzt werden. Bob kommt uns holen!«

»Was will Josh in der 42nd Straße?«

»Weißt du, Wolf, was ich geträumt habe?«

»Nein!«

»Einen Alptraum! Ich habe geträumt, ich hätte mir die Unterhose ausgezogen und da lag mein Penis drin!«

»Mein Alptraum wäre, ich zieh mir die Unterhose aus – und dein Penis liegt drin!«

»Du kennst meinen Penis ja gar nicht!«

»Gott sei Dank! Ich habe genug Elend gesehen!«

»Weißt du was, Wolf? Ich habe das Gefühl, du weißt überhaupt nichts!«

»Doch! Ich weiß, daß Frauen gerne küssen und Männer weniger!«

»Ich küsse gern und kann gut lecken!«

»Dann leck dich doch selbst! Ich habe andere Sorgen!«

»Deine Sorgen kenne ich! Du solltest lieber endlich mal ein paar Erfahrungen machen. Aber entweder tust du blöd oder du bist blöd. Bei dir blickt man echt nicht durch!«

»Ach, es ist doch immer dasselbe! Rein technisch gesehen muß man Frauen und Männer erst hoch und dann wieder runter bringen. Frauen wollen ihre Sinne schwinden sehen, und Männer wollen Kontrolle haben. Und funktionieren tut es meist umgekehrt!«

»Ja, Frauen sagen immer, sie hätten einen Blackout gehabt, wenn sie einen Black drin hatten!«

»Peinlichkeiten werden nicht dadurch besser, daß man sie dauernd wiederholt.«

»Egal, was kommt. Einer hat es kommen sehen! Da ist Bob!«

Favoloso winkte ihn heran. Beide ließen sich in den warmen Bauch des Autos fallen, und Wolf wunderte sich über seine Gelassenheit gegenüber der Frage, was Josh nun wieder vorhaben könnte. Hatte allgemeine Genervtheit seine Gefühle betäubt? ›Man kann nicht immer wieder gegen ein Radio treten, bis es mal den Lieblingsschlager spielt‹, dachte Wolf.

Favoloso hatte Wolfi aus seiner Tasche befreit und zwischen sich und Wolf gesetzt. Da saß er nun wie der dritte im Bunde und blickte mit seinen E.T.-Augen abwechselnd seine Freunde an.

»Du redest nicht gern über Sex, stimmt's?« fragte Favoloso.

»Tiere reden ja auch nicht darüber und kennen trotzdem alle Varianten.«

»Siehst du, du weichst wieder aus!«

»Tagsüber kann ich mich nicht darauf konzentrieren und nachts will ich nicht über etwas reden, was vielleicht gerade andere machen! Manchmal denke ich, alle Menschen sind Kinder, die aufgeregt über das tratschen, flüstern oder phantasieren, was ihre Eltern tun. Dabei mag ich mir weder bei meinen Eltern noch bei Freunden Körperliches vorstellen. Das stört die Sympathie, die ich für sie empfinde.«

»Sympathie? Was ist das für ein impotentes Wort?«

»Du hast recht, aus Sympathie schickt man höchstens Blumen.«

Wolf sah üppige Blumenstände auf der Straße. Lilien, Tulpen und Chrysanthemen standen in Eimern wie auf Tribünen vor neonerleuchteten Gemischtwarenläden. Jeder Laden hatte ein fast identisches Sortiment. Dadurch sahen die

Blumen unecht aus und waren keine Boten irgendeiner Jahreszeit. Sie dufteten auch nicht. Das hatte Wolf wiederholt enttäuscht festgestellt.

Das Unwirkliche war es, was diese Stadt und ihre Straßen für Wolf immer wieder so geheimnisvoll machte. Nachts sahen die Häuserfassaden aus wie riesige, schwarze Scherenschnitte, die von innen beleuchtet waren. Sie erinnerten ihn an Transparente und Weihnachtskalender, die er als Kind gebastelt hatte. Wer mochte hinter den erleuchteten Fenstern wohnen oder in den kleinen Läden auf ein Geschäft warten, das ihn eines Tages so vermögend machen würde, daß er die Stadt wieder verlassen konnte? Keine andere Stadt bot mehr Grausamkeit und zugleich mehr Trost. Und jeder, der sich entschieden hat, in New York zu leben, glaubt, der Rest der Welt beneide ihn.

»Ist nicht bald Ostern?« fragte Favoloso.

»Ich weiß nicht«, antwortete Wolf gedankenverloren und starrte aus dem Fenster. Der Nebel und die beginnende Nacht gaben ihm ein Gefühl von Geborgenheit.

»Der Osterhase ist das bedauernswerteste Tier ...«, fuhr Favoloso fort. »Sein Schwanz ist hinten, seine Eier muß er verschenken und er darf nur einmal im Jahr kommen!«

»Komm, nimm deine zahme Ratte! Wir sind da!«

»Können wir bei dir übernachten?« fragte Favoloso beim Aussteigen. Wolf nickte. Er war nicht gern allein.

Im Flur stutzte er. Im Wohnzimmer hatten junge Leute anscheinend alles belegt. Sie sahen ihn an wie einen Eindringling. Drei Girls saßen nebeneinander auf dem Sofa. Die beiden Sessel hatten zwei Jungs eingenommen. Josh saß im Unterhemd auf der Sofalehne. Seine Gitarre ruhte auf seinen Schenkeln. Obwohl er weder älter noch jünger wirkte, gehörte er in Wolfs Augen nicht wirklich zur Gruppe. Er selbst aber schien nicht wahrzunehmen, daß er anders war als die anderen. Genau deshalb liebte ihn Wolf.

»Sorry«, sagte er, »ist mein Apartment ein Abenteuerspielplatz? Ich kann mich nicht erinnern, daß ich Gäste eingeladen hätte!«

Circa zwölf Augenpaare schauten ihn an. Niemand sprach.

Wagten sie nichts zu sagen, oder hatten sie nichts zu sagen? Auf den ersten Blick wirkten sie naiv. Doch dann glaubte Wolf, in ihnen wildernde Tiere zu erkennen. Ein Mädchen fiel ihm besonders auf. Die Augen hatte sie tiefschwarz umrandet, den Mund mit einer blaßrosa Paste beschmiert und ihre schwarzgefärbten Haare mit Haarspray zu einer stacheligen Mähne fixiert, die wie eine aufgeplatzte Matratze aussah. Erfolgreich hatte das Mädchen seine Jugend versteckt.

»Das ist Princess«, erklärte Josh. Alle Blicke wanderten zu ihr und dann zu Wolf.

»Ja und? Was macht Princess hier?« Wolf hatte nicht die Absicht, seine Empörung zu überspielen.

»Princess will Model werden. Und ich habe gesagt, du kannst ihr dabei helfen. Ich meine, ihr raten ...«

Josh sah Wolf an, und der verstand, daß er jetzt keinen Fehler machen durfte. Genau dazu fühlte er sich aber animiert: »Du bist wirklich hübsch, Princess«, sagte er in freundlich kühlem Ton. »Warum wirst du nicht eine attraktive Friseuse oder Sekretärin? Bei diesen Jobs würde dein Äußeres dir helfen. Beim Model-Job hilft es dir nicht!«

Sie öffnete den Mund. Nach einigen Sekunden sagte sie: »Aber Josh macht doch jetzt eine Kampagne!«

»Vielleicht, aber was hat das mit dir zu tun?«

»Ich will doch nur mal eine Kampagne machen! Danach kann ich ja immer noch Sekretärin werden. Oder?«

»Wer von euch will noch Model werden? Aber bitte der Reihe nach: erst Name, dann Alter, dann Geschlecht!«

»Hatten wir Silvester nicht als neuen Trend das Ende des

Zynismus beschlossen?« fragte Favoloso, der mit Hund auf dem Arm dazugekommen war.

»Ach, diese Menschlichkeit! Zynismus ist mein Weihwasser. Das wird jetzt verspritzt«, verkündete Wolf und wandte sich ab; wohin wollte er?

Er ging ins Badezimmer. Dort überraschte er einen weiteren Jugendlichen, der gerade eine Linie weißen Pulvers auf dem Waschtisch zog. Er hielt einen gerollten Dollarschein in der Hand und sah Wolf offen an: »Josh hat heute Geburtstag!«

»Ach, und ihr seid die Gratulanten?«

»Wir sind aus der Indie-Band von Joshs Bruder.«

»Indie? Was ist das?« fragte Wolf.

»Na, independent, no mainstream ...«

»Hosianna, wenn das so ist, gib mir was ab von dem Zeug!«

»Bitte!« Der Rockstar wich zurück. Wolf nahm ihm das Röllchen aus der Hand und zog etwas in die Nase. Drehte sich um und starrte den Jungen an.

»Sein Bruder gibt heute nacht um zwölf Uhr, wenn Josh Geburtstag hat, ein Konzert für ihn. Du kommst doch mit?«

»Mal sehen, wie das Zeug hier wirkt. Vielleicht bessert sich ja meine Stimmung.«

Das geschah jedoch nicht. Traurigkeit und Nervosität machten Wolfs Laune noch düsterer.

Als er zurück ins Wohnzimmer kam, hatte Favoloso sich in Positur gestellt und stimmte sein Geburtstagsständchen an: ›*Golden Earrings*‹ von Miß Peggy Lee.

There's a story the gypsies know is true
That if your love wears golden earrings
He belongs to you
An old love story that's known to very few
That when you wear these golden earrings
Love will come to you
By the burning fire they will glow with every coal

You will hear desire whisper low inside your soul
So be my gypsy, make love your guiding light
And let this pair of golden earrings
Cast their spell tonight
So be my gypsy, make love your guiding light
And let this pair of golden earrings
Cast their spell tonigt

Josh hatte jetzt Wolfi auf dem Arm und alle Kinder lauschten andächtig.

»Wenn Popkultur sich zu ernst nimmt, wirkt sie albern«, unterbrach Wolf Favolosos Gesang.

»Du bist einfach gemein!« Favoloso war gekränkt.

»Kommt, laßt uns gehen! Der Fahrer wartet unten«, sagte Josh, gab Wolf einen leeren Blick und ging seine Jacke holen.

»Ich komme mit«, sagte Wolf; das war der einzige Weg, die Rolle, die ihm offenbar zugedacht war, nicht zu spielen.

Alle warteten auf den Fahrstuhl.

»Du siehst aus wie Anita Pallenberg, als sie mit Keith Richards heroinabhängig war: Micro-Mini, all-black-velvet ...«, sagte er spöttisch zu Princess. »Nur nicht so blond!«

»Wer ist Pellenburg, Josh?«

Der antwortete nicht.

»Wer hat denn den Fahrer und die Stretch-Limo bestellt?«

»Ich glaube, du«, antwortete Favoloso prompt, »für Josh zum Geburtstag!«

»Ach, ja, Josh, hier ist dein Geschenk. Nicht, daß ich vergesse, es dir zu geben.«

Wolf löste den Verschluß seiner Armbanduhr und reichte sie Josh. Es war eine Stahl-Rolex. Und Wolf hatte sich entschlossen, die Geste ernst zu meinen.

Josh sagte: »Danke! Seht mal, ich habe eine Uhr! Ich kann mich nicht mehr verspäten!«

Er lächelte Wolf an. Wolf wurde traurig.

Der Wagen hielt in einer Gegend, die Wolf fremd war. Alle stiegen aus und betraten einen heruntergekommenen Club, der links eine lange Holztheke hatte und am Ende des Raums eine winzige Bühne, auf der ein Mikro und ein Schlagzeug aufgebaut waren. Ein paar Scheinwerfer warfen ein kaltes Punktlicht auf die Instrumente.

»Wollt ihr was trinken?« fragte Josh Wolf und Favoloso, der gleich auf einen Barhocker geklettert war. Es gab Wodka-Soda in Plastikbechern.

Ein großer, dicklicher Junge mit blaßblondem Fusselbart und einem elefantös großen, grauen T-Shirt trat hinzu.

»Das ist mein Bruder Stanley.« Wolf sah ungläubig an dem Hünen hoch, der etwas von einem traurig-gutmütigen Eunuchen an sich hatte und ihn umarmte.

»Die Eltern sind auch da, Josh«, verkündete Stanley.

»Ach bitte, hol sie doch«, antwortete Wolf anstelle von Josh.

Eine kleine, rötlich-brünette Frau mit hellwachen Augen und ein Mann, ebenfalls mittelgroß und graublond, streckten Wolf die Hand entgegen. Beide hatten mit ihren Söhnen keinerlei Ähnlichkeit.

»Es geht los«, sagte Stanley und ging zur Bühne. »Ich habe euch vorn Plätze reserviert!«

Holzstühle standen im Halbkreis. Wolf setzte sich neben Joshs Mutter. Favoloso redete bereits auf dessen Vater ein.

»Sie sind also Wolf«, sagte die Frau. Sie musterten sich gegenseitig.

»Hat Josh von mir erzählt?« fragte Wolf. Er hatte plötzlich keine Lust, Umstände zu machen.

»Ja, ein wenig. Ich bin so froh, daß ihr euch kennen gelernt habt. Da hat Josh doch eine Perspektive. An das Tanzen habe ich nie geglaubt.«

»Ach, haben Sie ihn auf der Bühne gesehen?«

»Nein, ich bin Krankenschwester und sehr eingespannt.

Und es ist ziemlich weit von New Jersey nach New York. Aber heute hat Josh Geburtstag und sein Bruder gibt sein erstes Konzert.«

»Ich habe mir Joshs Eltern anders vorgestellt, wenn ich ehrlich bin. Er sagte mal, er sei ein Halbblut.«

»Ach was, daß ich nicht lache. Er phantasiert manchmal.«

»Und Jennifer. Kennen Sie die?«

»Ja, das arme Mädchen! Sie ist so labil. Man kann ihr nicht böse sein!«

»Sie ist doch Joshs Freundin?«

»Das war mal.« Joshs Mutter lächelte.

Die Musik hatte eingesetzt. Die beiden Jungs aus Wolfs Wohnzimmer saßen auf der Bühne. Stanley stand am Mikro.

Wolf mußte schreien, um die Unterhaltung fortsetzen zu können.

»Wissen Sie über Josh und mich Bescheid?«

Joshs Mutter legte ihre Hand auf seinen Handrücken und drückte leicht, ohne Wolf anzusehen. Die Band produzierte ohrenbetäubenden Lärm. Wolf schaute sich nach Josh um. Der saß etwas entfernt und blickte hypnotisiert seinen Bruder an.

Der legte zwar – begleitet von E-Gitarre und Schlagzeug – seine ganze Seele in den Gesang, das Ganze klang aber komplett unprofessionell, nach verspätetem Hardcore-Grunge. Es gehörte schon Verzweiflung oder Chuzpe dazu, sich so vor einem zwar kleinen, aber nicht hörbehinderten Publikum zu präsentieren. Die Zuschauer applaudierten und grölten nach jedem Stück. Josh schien verzückt.

Von den Lyrics verstand Wolf fast nichts, außer:

*»My paedophile dad
makes my sister mad ...
a fucking face
has no grace ...*

Atomic kitten
Silicon titten
Fake hair
In poisoned air ...
Jealous bitch
Get your itch ...«

Wegen der harten Drums fürchtete Wolf, im Sitzen einen Bandscheibenvorfall zu bekommen. Er hatte genug und ging zur Theke. Dicht an der Tür. Er fühlte sich alt. Josh kam ihm nach.
»Willst du weg?«
»Ja, ich bin müde!«
»Fahr vor! Ich komme gleich nach. Okay?«
Wolf antwortete nicht. Zum Abschied berührte er Joshs Schulter, stand dann einen Moment unschlüssig auf der Straße.
›Du hast jetzt die Gelegenheit, die Kurve zu kriegen‹, sagte er sich. Nicht ohne Bitterkeit.
Wie aus dem Nichts stand Josh plötzlich neben ihm und legte seinen Arm um Wolfs Schulter.
»Was hast du?«
»Ich glaube, ich habe genug. Ich habe mich selbst belogen, weil ich dir so gern glauben wollte, daß du mich liebst. Ich weiß, du tust es nicht. Du kannst es nicht.«
»Doch, ich liebe dich! Mehr als mein Leben. Ich habe gesagt, daß ich dich nie verlassen werde. Es sei denn, du schickst mich weg!«
»Ich weiß nichts mehr. Und schon gar nicht, was ich glauben soll! Ich muß jetzt nach Hause. Gute Nacht. Ich schicke dir den Wagen zurück. Du kannst dann fahren, wohin du willst!«

Als Wolf in die 57th Straße einbog, wußte er, daß er verloren war. Sein Herz wollte sich ergeben!

Wie ein entflohenes Tier kehrte er in seinen Käfig zurück, weil er sich draußen nicht zurechtfand.

Er machte kein Licht, um die Spuren der Belagerung nicht sehen zu müssen. Leere Gläser und volle Aschenbecher ließ er, wo sie waren.

›Wer glaubt, daß er nichts wert ist, glaubt auch, daß die Normen der Gesellschaft für ihn nicht gelten.‹

Wolf reagierte kaum, als irgendwann die Tür aufging und Josh und Favoloso hereinkamen.

»Mir hat's gefallen«, verkündete Favoloso.

»Ich mußte weg. Ich bekam plötzlich einen Altersschub«, antwortete Wolf.

Er ging ins Schlafzimmer, zog sich aus und legte sich hin. Josh kam auf leisen Sohlen zu ihm. Auch er hatte sich ausgezogen und saß nackt mit seiner Gitarre auf seiner Seite des Bettes.

»Soll ich dir noch etwas vorspielen?«

»Ach nein. Ich möchte schlafen!«

Wolf löschte das Licht und starrte ins Dunkel.

Später hatte auch Josh sich hingelegt, da klingelte das Telefon auf dem Nachttisch. Überrascht hob Wolf den Hörer. Favoloso war es gelungen, eine Direktschaltung vom Arbeitszimmer zum Schlafzimmer herzustellen.

»Ich muß dich etwas fragen. Würdest du mit mir schlafen?«

»Warum fragst du? Du kennst doch die Antwort!«

»Dann gib mir Josh!« Favoloso klang verzweifelt.

»Hier Josh, Favoloso für dich!«

»Nein, tut mir leid. Ich habe Wolf!« antwortete Josh und gab den Hörer an Wolf zurück. Der legte auf.

Das Telefon klingelte wieder.

»Ja, was ist denn, Favoloso? Kannst du nicht schlafen?«

»Ich muß dir etwas erzählen!« Seine Stimme klang weinerlich.

»Weißt du, Wolf, ich habe mir immer vorgestellt, ich wäre in den Wald gegangen und hätte mich verlaufen. Da traf ich einen schönen, starken Wolf. Der schaute mich an und führte mich dann sicher aus dem Wald heraus ...« Die Stimme brach. »Jetzt weiß ich, dieser Wolf bist du!«

»Du hast dich geirrt, Favoloso. Ich bin nur ein Schaf. Ein Schaf im Wolfspelz!«

Josh stützte sich auf. »Was hat er gesagt?«

»Ach, er hat erzählt, daß ich der schöne Wolf sei, der ihn aus dem Wald führen soll ...«

Wolf fing an zu weinen.

Umgeben von Dunkelheit fühlte er plötzlich eine Umarmung. Sie war hastig und überrumpelnd.

›Männer küssen nicht gern‹, schoß es Wolf durch den Kopf, da hörte er Josh sagen: »Doch, das bist du, mein schöner Wolf!«

Wolf nahm das, was er bekam, an wie ein Verhungernder das erste Stück Brot.

›Es ist nicht so, daß die Sinne schwinden ...‹, notierte sein Herz überrascht. ›... Sie konzentrieren sich wie in einem Überlebenskampf. Ekstase entsteht nicht durch intime Berührung, sondern durch die kurze Einbildung, ans andere Ende der Sehnsucht zu kommen.‹ Dort aber wartete keine warme Ohnmacht auf ihn, sondern er fühlte, wie die Schwingen eines dunklen Engels sich kühlend auf seine Augen legten.

»Die Stunde war da, und sie kommt nicht mehr.
Sie ist an uns vorübergegangen.
Eine Stelle in unserm Leben blieb leer.
Ungebüßt blieb die Lust. Und es blieb das Verlangen.«
(aus: E. Strittmatter »Widmung«, letzte Strophe)

Kapitel 29

»An attack of the heart ain't worth a heart attack.«
(Robert Evans, »Hollywood Legend«)

Als Wolf erwachte, meldete ihm sein Gewissen einen Vertragsbruch. In die Dunkelheit starrend dachte er: ›Nichts kann den Körper trösten, wenn er Hunger oder Durst hat. In unserem Körper sind wir allein mit unseren Wünschen. Und das Los des Alleinseins ist schwer zu ertragen. Danke, Herr, daß du mich Momente des Glücks stehlen läßt!‹

Er stand auf und zog die Gardinen zur Seite. Dann sah er den schlafenden Josh an. ›Danke, daß du Wirklichkeit bist. Und danke, daß du mir zeigst, daß es mich gibt. Was bedeutet schon ein alberner Vertrag?‹

Er öffnete alle Türen, um das Glück, das mehr war als das übliche, alltägliche, herauszulassen, weil es allen zusteht und nicht in einem Zimmer eingesperrt sein will.

Der kleine Hund kam hereingetobt und packte eine Socke. Auch Favoloso war offenbar aufgewacht. Wolf begegnete ihm im Flur. Er schien das Glück noch nicht getroffen zu haben. Mißmutig sagte er: »Na, so guter Dinge? Wie war's denn?«

»Wie soll es schon gewesen sein?« Wolf versuchte, sein Strahlen zu dimmen. Es ist nicht nett, einem Hungrigen vom Gänsebraten zu erzählen, den man am Abend zuvor gegessen hat.

»Es war, wie es immer ist: man reißt, reibt und zerrt aneinander herum und darf nichts von dem behalten, was man in dem Moment so unbedingt besitzen möchte.«

»War das jetzt die Einleitung zur Geschichte deines Sexlebens? In-ter-es-sant!« Favoloso mimte Langeweile.

»Wer Biograph wird, verpflichtet sich zur Lüge. Das weißt du doch!« Wolf gab ihm einen zärtlichen Schubs.

»Na und, wie lange dauert dein Verliebtsein diesmal?«

»Ich kann dir auch nicht sagen, wie lange deine schlechte Laune dauert oder wie lange ich Fieber habe, wenn ich erkältet bin!«

»Stimmt! Aber du hast ja die Krankenschwester in deiner Nähe!«

Favoloso bückte sich und inspizierte etwas Hundescheiße am Boden. Er nahm eine Zeitung und kehrte das Exkrement zusammen. Dann schnappte er sich das quietschende Tier und setzte es auf die Zeitung.

»Habe ich dir nicht gesagt, daß du hier drauf scheißen sollst?« Er hielt dem Hund sein Produkt unter die Nase.

»Meinst du, er versteht, was du von ihm willst?« fragte Wolf.

»Ich hab's ja auch irgendwann verstanden. Oder? Der Hund kommt schließlich nach mir!«

Josh war unbemerkt aufgestanden und hatte sich angezogen.

»Ich muß zu meinen Eltern! Sie wollen mit mir Geburtstag feiern. Meine Mutter hat sich freigenommen und gekocht.«

»Freigenommen? Heute ist Samstag!« sagte Wolf verwundert.

»Du bist in Amerika. Da werden Leute auch samstags krank!«

»Soll ich mitkommen?«

»Nein, das überfordert alle!«

»Verstehe!«

Irgend etwas beunruhigte Wolf.

»Die Sonne hält nur kurze Rast, nimm dir ein Beispiel, lieber Gast«, plapperte Favoloso, verschwand im Arbeitszimmer und war blitzartig angezogen.

Größere Duschorgien pflegte er nur zu veranstalten, bevor er abends ausging. Das hatte Wolf dutzendfach beobachtet.

Jetzt stopfte Favoloso Wolfi in seine Reisetasche und sagte im Ton eines Verschwörers: »Ich begleite Josh. Sein Eltern haben mich gestern ausdrücklich eingeladen.«

Wolf kämpfte um Fassung. Favoloso, der bereits nach dem Fahrstuhl geklingelt hatte, sagte: »Du mußt wissen, wo dein Platz ist! Ich wünsche dir Gesundheit und Apartheit. Wir kommen dann zurück als Touristen in deine Puzta, mein Prinz aus Osteuropa!«

»Ich beeile mich«, sagte Josh und berührte Wolfs Stirn.

»Warum nehmt ihr nicht Bob und den Wagen?« fragte Wolf mit schmalen Lippen.

»Das tun wir ja! Du weißt doch, ich bin immer organisiert. Bye!« Favoloso sah Wolf nicht an.

Wolf wich zurück, als die beiden im Fahrstuhl verschwanden.

›Warum denke ich jedesmal, wenn Josh geht, er ginge für immer?‹

Wolf fühlte sich überrumpelt vom Alleinsein, das über ihn hereingebrochen war. Er verordnete sich Ruhe, wanderte durch die Wohnung und wechselte ein paar Worte mit der Haushälterin, die gerade kam.

Schließlich nahm er seinen Mantel aus dem Schrank, klingelte dem Doorman und wartete mißmutig auf den Aufzug. »How are you?« grüßte der junge Rumäne. »How are you?« gab Wolf tonlos zurück. Schweigend fuhren sie hinunter.

Ohne Ziel ging Wolf die 57th Straße hinunter in Richtung 5th Avenue und blieb immer wieder vor Schaufenstern stehen.

Hatte er die ausgestellte Ware nicht schon vor Jahren gesehen? Hing dieses Kleid nicht schon ein Leben lang auf dieser

Puppe, wartete jenes Paar Schuhe nicht schon seit Ewigkeiten auf ein Paar Füße? Und dieses Bild, würde es jemals einen Käufer finden? Wolf starrte in ein Geschäft. Dort stand eine ältere Dame mit einem Gesicht, als hätte sie seit Jahren niemanden begrüßt und wollte es nun auch nicht mehr tun.

Am Eingang zum Central Park warteten Pferdedroschken. Noch nie war Wolf auf den Gedanken gekommen, sich durch den Park kutschieren zu lassen. ›Ich bin doch kein Tourist‹, hatte er angesichts dieser Wiener Postkarten-Idylle immer gedacht.

An diesem Mittag hatten sich offenbar alle Paare Manhattans verabredet, spazieren zu gehen. Wolf fühlte sich umzingelt und irgendwie beleidigt. Überhaupt haßte er dieses Herzstück der Stadt mit seinen Miniaturlandschaften. Er fühlt sich unwirklich groß vor den winzigen Hügeln, den kleinen Teichen und den kahlen Bäumen, durch deren Äste man die Häuser sehen konnte, aneinandergereiht wie eine Armee von Giganten.

Die Dämmerung kam viel zu früh, und Wolf zog es in die Nähe künstlicher Lichter. Seine Schritte wurden eiliger. So eilig, als wollte er dem Gefühl von Einsamkeit davonlaufen. Was hatte die anderen Menschen zusammengeführt? Wieso waren alle paarweise oder in kleinen Gruppen unterwegs? Aufmerksam studierte er die fremden Gesichter. Plötzlich stand eine seltsame, kleine Gestalt vor ihm und streckte einen blau gefrorenen Arm aus. Ein ungefähr sechsjähriges Mädchen mit dunklem, stumpfem Haar hatte die Hand zur Bettelgeste geöffnet. Das Kind trug einen schwarzen Müllsack aus Plastik als Kleid und war darunter offenbar nackt! Entsetzen packte ihn, stärker als das Gefühl von Mitleid. War dieses Kind, das bettelnd die 5th Avenue entlangging, so allein, daß der Tod es übersehen hatte? Todessehnsucht war Wolf vertraut, die Sehnsucht nach dem Ende aller Zweifel. Er wußte aber auch, daß seine Sehnsucht nach dem Tod Teil seiner Lebensgier war und beide Gefühle ihn mit Josh verbanden. Und jedesmal, wenn Josh ging, überfiel ihn die Angst, der schwarze Engel käme nie zurück.

Plötzlich trieb es ihn nach Hause. Was, wenn Josh inzwischen versucht hatte, ihn …?

Als er ankam, war die Wohnung dunkel und leer und niemand hatte angerufen. Er suchte lange nach dem richtigen Ort für seine seelische Verfassung und griff irgendwann nach dem Buch von Simone Weil, das er geschenkt bekommen hatte. Dort las er: »Hätte sich Gott nicht aus der Welt zurückgezogen, die er erschaffen hat, es gäbe in ihr nur Gott.«

Sofort schweiften seine Gedanken wieder ab zu Josh.

Da klingelte das Telefon. ›Er spürt, daß ich an ihn denke! Da ist er!‹ Doch das war ein Irrtum.

»Hier ist Jennifer. Ich wollte Josh zum Geburtstag gratulieren!«

Wolf schnappte nach Luft. Sollte er auflegen? Das wäre feige. Also sagte er: »Ich glaube, dir bestellen zu dürfen, daß er nicht mit dir sprechen will!«

Das mußte reichen.

Es klingelte erneut. Warum nahm er den Hörer wieder ab?

»Was fällt dir ein, für ihn zu sprechen? Gib ihn mir! Das soll er mir selbst sagen!«

»Er kann nicht mit dir sprechen. Er ist nicht da! Aber ich werde ihm ausrichten, daß du angerufen hast.«

»Das brauchst du nicht! Was ich jetzt sage, ist für dich bestimmt!«

Warum nur legte Wolf nicht auf?

»Hörst du?«

»Ja.«

»Ich rate dir nur eines: Laß dich nicht verscheißern! Ich weiß, daß er dich belügt! Nicht wahr, er hat dir gesagt, daß er dich liebt – aber mir hat er gesagt, daß er dich haßt! Ja, haßt!«

»Ich glaube dir nicht!«, sagte Wolf und glaubte sich plötzlich selbst nicht.

»Du wirst ja sehen! Er hat gesagt, er will nur noch die Kampagne und das Geld! Dann kommt er zu mir!«

»Halte deinen Mund, Hexe! Ich weiß, warum du das sagst!«

»Weil ich Mitleid mit dir habe! Deshalb!«

Jetzt warf Wolf den Hörer auf die Gabel, als könne der ihm die Hand verbrennen. Es klingelte noch mal, doch er wagte nicht mehr ranzugehen. Wellen der Panik und Hysterie überrollten ihn. Die Schlange hatte gebissen. Er brauchte Erste Hilfe, bevor das Gift das Herz erreichte!

Er wählte die Nummer von Joshs Eltern. Die Mailbox schaltete sich ein. Er wählte Favolosos Handynumer. Gott sei Dank war der ja in Joshs Nähe. Favoloso antwortete sofort.

»Favoloso, wo seid ihr?«

»Im Restaurant. Hier draußen bei Joshs Eltern.«

»Gib mir sofort Josh!«

Wolf versuchte nicht, seine Erregung zu verbergen.

»Ja, was ist?« fragte Josh.

»Jennifer hat angerufen!«

»Was kann ich dafür?« Josh klang abweisend.

»Kann ich etwa was dafür? Woher hat sie die Nummer?«

»Weiß nicht! Ich kann jetzt nicht sprechen!«

»Wie bitte? Du mußt mit mir sprechen! Ich bin in Not!«

»Du übertreibst!«

Wolf wußte, daß Josh recht hatte. Aber das war ihm egal.

»Bitte, kommt sofort, bitte!«

»Das geht nicht!«

»Du hast es versprochen!«

»Bis später!« Josh hatte aufgelegt.

Wolf wollte sich nicht beruhigen. Seine Nerven lagen blank. Er tigerte auf und ab. Sah das Buch, in dem er gelesen hatte, packte es, riß ein paar Seiten heraus, schmiß es an die Wand.

Er wählte wieder Favolosos Nummer.

»Wolf? Mach kein Theater«, flüsterte Favoloso.

»Gib mir noch mal Josh«, befahl Wolf.

»Wie du willst!«

»Josh! Hast du mich nicht verstanden?«

»Nein!«

»Ich verlange, daß du kommst!«

»Ja, ist gut!«

»Was heißt, ist gut?«

»Daß es jetzt gut ist!«

»Du kommst also?«

»Sicher!«

»Wann?«

»Später!«

Er hatte aufgelegt.

»Scheiße!« ist ein Wort, das böse Geister vertreibt, wenn man es oft genug wiederholt. Wolf wiederholte das Wort so lange, bis es seine Wirkung verloren hatte.

Er brauchte einen Verbündeten! Mike Anderson!

Mike spürte sofort die Not, in der sich sein Anrufer befand.

»Ich bin gleich bei dir!«

Nur wenige Minuten später war Mike da. Sein Gesichtsausdruck ließ erkennen, daß er die Lage ernst nahm.

»Was ist geschehen?« fragte er und umarmte Wolf.

»Jennifer hat angerufen! Sie hat mich beschimpft!«

»Wie kommt sie dazu?«

»Ja, wie kommt sie dazu, sich in mein Leben einzumischen? Und warum läßt Josh das zu?«

»Wieso er?«

»Er muß ihr doch meine Nummer gegeben haben! Ich stehe nicht im Telefonbuch!«

»Vielleicht will er dich auf die Probe stellen?«

»Welche Probe denn noch?«

»Ob du ihm vertraust?«

»Ob ich mich zerstören lasse?! Ja, ich lasse mich zerstören! Das muß niemand testen!«

»Du bist, fürchte ich, in eine Falle getappt. Das war nicht schlau!«

»Schlau? Ich will nicht immer schlau sein!«

»Hast du denn eine Wahl?«

»Nein, mir fehlt die Distanz, zu beurteilen, warum das alles geschieht!«

»Wolf, du mußt hier raus! Ich habe noch nichts gegessen! Laß uns irgendwohin gehen!«

»Na, gut! Gehen wir zu ›Da Silvano‹. Da war Josh schon mal. Von dort können wir ihn anrufen. Vielleicht kommt er dahin?«

»Er will, glaube ich, seine Macht über dich spüren!« Mike seufzte.

»Nur Schwache spielen ihre Macht über die aus, die ihnen längst erlegen sind ...«

»Was hilft dir das? Laß uns gehen!«

Mike war mit seinem Wagen gekommen. Als Wolf einstieg, fühlte er sich erst einmal gerettet. Er glaubte jetzt zu wissen, wer Mike war – ein Schutzengel, der nicht zulassen würde, daß seine Schutzbefohlenen sich verlieren.

Mike und Wolf bekamen einen Tisch. Es war auffallend leer bei ›Da Silvano‹. War es schon so spät? Mike bestellte Käse und Wein. Die Küche wollte Feierabend machen.

Wolf trank hastig.

»Mike, was ist mit dir und den Jungs aus dem ›Naked Gun‹?«

»Ach, ich kenne seit längerem die Besitzerin, Marlene. Sie hatte Schwierigkeiten, den Laden zu eröffnen. Da hab ich ihr geholfen. Als Anwalt. Ja, und Schwierigkeiten hat sie immer wieder. Auch mit den Jungs. Die meisten sind sehr unzuverlässig.«

»Du hast meine Frage nicht beantwortet!«

»Ich weiß. Was soll ich sagen?«

»Das, was du bereit bist, mir zu sagen!«

»Ich kümmere mich! Die armen Jungs sind so schön und so verloren. Ich gebe ihnen Halt, und wenn es sein muß, Unterkunft!«

»Und was bekommst du dafür?«

»Ihr Vertrauen.«

»Das ist dir genug? Das glaube ich nicht!«

»Sie sind fremd hier wie ich. Außenseiter wie ich. Ja, ich betrachte gerne ihre Schönheit. Sehe ihre Schwäche, erkenne ihre Verletzbarkeit und fühle mich so stärker.«

Er machte eine Pause.

»Ich bin froh, daß du nicht arrogant bist und stolz auf deinen Mut, Wolf!«

»Ich bin aber nicht mutig.«

»Doch, doch, du wirst sehen …«

»Kommst du bei deiner Idealisierung der Jungs auf deine Kosten?«

»Es bleibt immer Melancholie! Aber was hätte ich, wenn ich die nicht hätte? Wollen wir jetzt Josh anrufen?«

»Bitte!«

Mike wählte, Wolf sagte die Nummer an. Er wußte sie längst auswendig. Mike sagte: »Hallo, Favoloso! Wo seid ihr? Ich sitze mit Wolf bei ›Da Silvano‹. Gut, wir warten hier.«

»Mike, kennst du Simone Weil?« Wolf bemühte sich, seine Unruhe zu unterdrücken.

»Ja, man nannte sie die ›Rote Jungfrau‹.«

»Weißt du eigentlich alles?«

»Natürlich nicht. Sie war Jüdin, flüchtete 1942 mit ihren Eltern vor den Nazis aus Paris nach Amerika, nachdem sie

1937 auf Seite der Anarchisten im Spanischen Bürgerkrieg an vorderster Front gekämpft hatte, ohne Waffen. Nur durch einen Zufall überlebte sie. Sie trat in einen Kochtopf mit heißem Öl, der in einem Erdloch stand ... So wurde sie noch rechtzeitig vom Schlachtfeld gebracht, bevor ihre Truppe massakriert wurde. Ich bin auch Jude.«

»Wie bitte? Brauchst du das volle Programm? Reicht es dir nicht ...?«

»... schwarz und schwul und dick und klein zu sein? Das wolltest du doch sagen?«

»Nein, ich wollte sagen: reicht es dir nicht, kurzsichtig zu sein?« log Wolf.

»Ich trage zwar eine Brille, aber kurzsichtig bin ich nicht«, lachte Mike. »Ich sehe, was mit dir los ist. Du bist so durcheinander, daß du nicht erkennst, daß Josh unschuldig ist. Jennifer hat aus Eifersucht und Mißgunst bei dir angerufen. Sie ahnte wohl, wie sie dich treffen kann. Warum soll sie Josh verraten, wenn er mit ihr unter einer Decke steckt!«

»Du hast recht! Rufst du noch mal an?«

Mike wählte wieder Favolosos Nummer.

»Favoloso, wo seid ihr? Wir können hier nicht bleiben. Die wollen schließen!«

»Gibst du ihn mir bitte?« Wolf streckte die Hand nach Mikes Handy aus.

»Favoloso? Was soll das wieder? Warum laßt ihr mich hier warten?«

»Wolf, du machst einen Fehler nach dem anderen. Mehr kann ich dir jetzt nicht sagen. Josh hat mir eben deine Uhr geschenkt.«

»Was?«

»Ich kann jetzt nicht antworten. Glaube mir einfach! Gut, warte im ›BAR d'O‹ auf uns. Wir sind gleich da.«

Wolf ließ das Handy sinken.

»Wir sollen ins ›BAR d'O‹ gehen ...«

»Nun schau nicht so unglücklich!«

Mike ergriff Wolfs Hand, die eiskalt war.

Wolf fühlte sich todmüde und hellwach. Wann hatte er eigentlich das letzte Mal gegessen? Sein Magen hatte längere Zeit kein Hungergefühl mehr zum Kopf gemeldet. »Bleibst du bei mir?« fragte er wie ein kleiner Junge.

»Klar! Ich laß dich nicht allein!«

Sie verließen das Restaurant und fuhren zum ›BAR d'O‹, einer düsteren After-Hour-Cocktaillounge, in der Joe Arieas mit seinem Programm »Channeling Billy Holliday« auftrat. Er sang live und trug ein langes, weißes Abendkleid und eine weiße Gardenie hinterm Ohr. Der Geist von Billy Holliday wurde von Joe gerufen und entließ die Stimme der verlorenen Sängerin in den rauchigen Raum.

Wolf und Mike nahmen an der kleinen Theke Platz. Wolf bestellte sich einen Wodka.

»Und was macht Simone Weil heute?« Wolf wollte das Gespräch fortsetzen, obwohl er sich nicht konzentrieren konnte.

»Simone Weil ist tot. Sie starb, glaube ich, an Unterernährung oder Tuberkulose. Sie lebte ständig unterhalb des Existenzminimums. Simone de Beauvoir schildert in ihrem Buch ›Memoirs of a Dutiful Daughter‹ eine große Hungersnot in China. Als Simone Weil davon erfuhr, brach sie in Tränen aus. Beauvoir schreibt, daß diese Tränen ihr mehr Respekt eingeflößt haben als ihre philosophische Begabung. Sie beneidete Simone Weil um ihr Herz.«

»Mike? Favoloso und Josh kommen nicht! Sollen wir noch mal anrufen?«

»Gut, versuchen wir es noch mal!«

Er drückte die Wiederholungstaste.

»Mailbox!«

»Dann laß uns Favolosos Festnetznummer anrufen.«

»Okay!«

»Was ist?« fragte Wolf ungeduldig, bevor Mike überhaupt zu Ende gewählt hatte.

»Da, hör doch!«

Mike hielt Wolf sein Handy ans Ohr.

»Mamma, mamma mia, dove e la policia ...« Ein krächzendes, italienisches Lied, untermalt von Mandolinenklängen. Wolf schaute Mike ratlos an.

»Das ist Hochverrat«, sagte Mike. Er war jetzt todernst geworden.

»Was meinst du?«

»Favoloso!«

»Was sollen wir jetzt tun?«

Kapitel 30

»*The fuckin' you get ain't worth the fuckin' you get.*«
(*Robert Evans*)

»Weißt du, Mike«, sagte Wolf, »das, was gerade geschieht, erinnert mich an einen Traum, der immer wiederkehrt. Ich träume, daß ich keinen Schlüssel zu meiner Wohnung habe. Und dann sagt jemand, daß ich nicht da wohne …«

»Das ist ein Symbol für die Monotonie des Bösen, vor dem du Angst hast. ›Evil is bad‹, sagte Simone Weil, weil es langweilig ist. Niemals ist etwas neu. Auch unsere Unersättlichkeit in jeder Beziehung verdammt uns zur endlosen Wiederholung. Nur unsere Phantasie kann unsere innere Leere füllen, Freude gegen Vergnügen eintauschen.«

»Leidest du sehr?«

»Du siehst, daß ich lächle!«

»Mike, wähl doch noch mal die Festnetznummer von Favoloso.«

Mike wählte und hielt Wolf das Telefon ans Ohr.

»Mamma – mamma – mia – dove e la policia …!« wurde wieder gesungen.

»Entweder sind sie nicht da oder sie gehen nicht ran«, erklärte Wolf.

»Du tust mir leid. Aber ich glaube, da mußt du durch. Du kannst dich doch nicht von dem kleinen Monster Favoloso besiegen lassen!«

»Warum läßt Josh sich von ihm besiegen?«

»Ich sage doch: er ist Opfer eines Hochverrats. Verrat am Freund, der du Favoloso bist, ist eine schlimme Sache!«

»Favoloso hat keinen Grund, das zu tun!«

»Kennst du ihn so genau?«

Mikes Handy klingelte.

»Favoloso will dich sprechen«, sagte Mike.

Wolf erkannte die Stimme nur mit Mühe. Sie hatte einen fremden, beschwörenden Ton. Auch Feindseligkeit glaubte Wolf zu spüren.

»Wolf?«

»Ja?«

»Hör gut zu! Ich bin mit Josh im Auto! Er will nicht zurück zu dir!«

»Warum? Was ist?«

»Das versuche ich ja aus ihm rauszubekommen! Es ist schwer, verstehst du? Gib uns Zeit!«

Favoloso hatte aufgelegt.

Wolf war verzweifelt. Mußte er den treulosen Freund genauso akzeptieren wie den verläßlichen? Echte Freundschaft verlangt Bedingungslosigkeit, keine Gegenleistung. Ein Freund will helfen!

Konnte Wolf Favoloso glauben? Oder hatte Mike recht, spielte Favoloso ein falsches Spiel? Eines war Wolf inzwischen klargeworden: Favoloso war immer da, wenn man ihn nicht brauchte. Brauchte man ihn dringend, war er nicht zu finden.

»Warum rufen wir nicht Bob an? Ich habe seine Visitenkarte in der Tasche!«

»Eine gute Idee«, sagte Mike.

Es klingelte eine Weile, bis ein verschlafener Bob ans Telefon kam.

»Bob? Sind Josh und Favoloso bei dir?«

»Nein. Ich habe die beiden vor Stunden in der Perry Street abgesetzt.«

»Darf man Rache an einem Freund üben, wenn man sieht, daß er Vertrauen mißbraucht hat?« fragte Wolf hilflos seinen Schutzengel Mike.

»Ich bezweifle, daß Favoloso ein Freund sein kann. Er hat allzu früh erlebt, daß *sein* Vertrauen mißbraucht wurde.«

»Wozu sind schreckliche Erfahrungen gut, wenn man aus ihnen nichts lernt?«

»Das habe ich doch gemeint: der böse Zwang der Wiederholung. In seiner Hölle geht jeder im Kreis.«

»Es hat sicher keinen Zweck, zu Favoloso zu fahren. Er wird nicht aufmachen«, sagte Wolf.

»Da hast du recht. Aber komm, wir setzen uns ins Auto und fahren ein bißchen herum. Das ist besser als hier zu sitzen.«

Sie verließen die Bar und wollten gerade ins Auto einsteigen, da klingelte Mikes Handy erneut. Wolf wußte, daß es Favoloso war, der Mann, der auf geheimnisvolle Weise alle Telefonnummern von New York zu kennen schien. Mike gab Wolf sein Handy, als hätte er ein Telefon mit Bildschirm.

»Wolf?« sagte Favoloso.

»Was willst du?«

»Ich gehe jetzt mit Josh in dein Apartment. Du wirst erst kommen, wenn wir schon da sind! Und du kommst allein! Kapiert?«

»Ja, gibt es etwas, das du mir nicht sagen willst?«

»Höchstens etwas, das du nicht hören willst! Bis dann! Und allein, habe ich gesagt!«

Wolf berichtete Mike, was Favoloso befohlen hatte.

»Er spielt seine Machtposition aus. Er ist ein Control-Freak, das weißt du doch«, sagte Mike.

»Ich muß tun, was er sagt ...«

»Ja, ich bringe dich hin. Wir warten im Auto, bis sie kommen. Dann laß ich dich gehen.«

»Worum mag es nur gehen?« fragte Wolf, als Mike Richtung uptown fuhr.

»Es ist wie in der Politik: Favoloso glaubt, daß du aus Unsicherheit nicht zum Schlag gegen ihn ausholen wirst und daß er dich manipulieren kann.«

»Sieh mal, da kommen die beiden!«

Mike hatte auf der anderen Straßenseite geparkt. Josh und Favoloso traten unter den Baldachin, der sich vom Haus über den Bürgersteig spannte. War es das künstliche Licht, das sie so totenblaß aussehen ließ?

Wolf wartete, bis sie im Hauseingang verschwunden waren. Dann verabschiedete er sich von Mike.

Wut und Neugier trieben ihn vorwärts. Er atmete flach.

Er behielt seinen Mantel an, als er die Wohnung betrat und ins Arbeitszimmer ging, wo die beiden nebeneinander auf dem kleinen Sofa vor dem Schreibtisch saßen. Ohne Gruß nahm Wolf den Schreibtischstuhl und setzte sich ihnen gegenüber. Keiner sprach.

Favoloso sprang schließlich auf: »Ich hole etwas zu trinken!«

Josh schwieg, sah Wolf nicht an.

Favoloso kam zurück mit drei Schnapsgläsern in den Händen und einer Wodkaflasche unter dem Arm. Er schenkte die Gläser voll und reichte eins Josh und eins Wolf. Seines leerte er sofort. Josh nahm sein Glas und schleuderte es auf den Boden. Es zersprang in tausend winzige Scherben.

Favoloso schrie auf: »Ich kann nicht mehr! Ich werde von euch beiden mißbraucht!«

Sein Gesicht, eben noch versteinert, wurde rot und schien sich plötzlich aufzulösen, wurde erst zu dem eines verzweifelten, gepeinigten Kindes und dann zur furchteinflößenden Grimasse.

Josh zitterte und rang um Fassung. Er sah aus, als führe er Geisterbahn und wage nicht, die Show zu sehen, für die er bezahlt hatte.

Wolf hatte ein Tribunal erwartet, den Auftakt zu einer profunden Aussprache – aber nicht so etwas.

»Wollt ihr mir nicht endlich sagen, was hier gespielt wird?« fragte er.

Statt einer Antwort brach Favoloso in Tränen aus. Er trompetete: »Sag es ihm! Sag es ihm!«

Favolosos Schreien war eine Attacke auf Wolfs wunde Nerven.

»Was? Was soll er sagen?« schrie er zurück.

Josh biß die Zähne aufeinander, und sein Blick zielte schwarz in sein Inneres.

»Sag ihm, was du mir gesagt hast«, begann Favoloso von neuem. »Sag ihm, daß er dir Angst macht! Daß du wegwillst von ihm! Weil er dich nicht sein läßt, wer du bist! Sag ihm, daß du ihn nicht liebst. Sag es!«

Favoloso schluchzte.

»Ja, sag es mir!« Wolf versuchte, ruhig zu sprechen, obgleich er fühlte, wie ein Riß sein Herz zerteilte.

Favoloso kippte einen Wodka nach dem anderen. Es war nicht auszumachen, ob Schweiß oder Tränen über sein Gesicht liefen.

Josh schien angestrengt nachzudenken. Wußte er nichts zu sagen oder wollte er nichts sagen? Wollte er Wolf der Pein des Wartens und Zweifelns aussetzen?

»Sag es mir!« Wolf klang jetzt streng. »Ich habe genug von diesem Spiel!«

»Ja, ich auch!« schrie Josh plötzlich auf. »Alles Lüge! Favoloso hat mir das alles eingeredet. Er ist schlau und weiß, daß ich dumm bin!«

Er schluchzte und schlug sich mit der Faust an die Stirn – jene hilflose Geste, die Wolf schon kannte. Wolf versuchte, die Hand nach Josh auszustrecken. Der sprang auf: »Favoloso, sag du ihm doch, was du mir stundenlang erzählt hast! Daß er mich zerstören will, wie er es mit allen tut. Weil es ihn amüsiert. Du hast doch immer wieder gesagt, daß er böse ist, böse, böse ...!«

Wolf starrte fassungslos von einem zum anderen.

»Was habe ich getan«, fragte er, »warum dieses Schauspiel?«

Favoloso warf sich auf den Boden, heulte und robbte vorwärts wie ein verletztes Tier.

»Steh auf, sofort!« befahl Wolf.

»Nein, ich habe euch beide verloren!«

Wolf sagte: »Ja!« und wunderte sich.

»Aber ich liebe dich doch!«

Das war zuviel! Nun brach auch Wolf in Tränen aus. »Du mußt jetzt gehen«, stammelte er.

»Verschwinde!« schrie Josh, griff Favolosos Jacke, fing den verstörten Hund ein, der sich in der Küche versteckt hatte, und klingelte nach dem Doorman.

Trotz aller Verzweiflung verzichtete Favoloso nicht auf einen theatralischen Abgang. Josh hatte plötzlich die Entschiedenheit eines Erzengels, der den Teufel persönlich austreiben will. Wolf überließ es ihm, all die Feindseligkeit auszudrücken, zu der er selbst nicht in der Lage war.

Er wandte sich ab und ging ins Schlafzimmer. Ihm war, als hätte er sein Fegefeuer bereits durchschritten.

Schlagartig kehrte Ruhe ein. Aber auch Frieden?

Ernst und blaß kam Josh ins Schlafzimmer.

»Was wird nun?« fragte Wolf.

»Wir können anfangen«, sagte Josh.

»Anfangen?«

»Ja, jetzt können wir anfangen, wenn du willst. Jetzt weiß ich endlich, wer du bist!«

»Hast du dafür Favoloso gebraucht?«

»Tut mir leid! Ich war unsicher. Habe dir nicht getraut. Favoloso ist nicht dein Freund. Er ist voller Neid. Er haßt dich!«

»Das kann ich nicht glauben!«

»Er hat mich in seine Wohnung gelockt! Wir waren die ganze Zeit dort. Er hat mir Drogen gegeben. Der Tisch war voll. Ich habe noch nie so viele auf einmal gesehen!«

»Drogen sind teuer! Woher hat er das Geld?«

»Vielleicht hat er es dir gestohlen, und du hast es nicht gemerkt?«

Wolf wollte ihm glauben. Hauptsache, er war wieder da.

»Ich bin müde«, sagte Josh und: »Du solltest die Schlösser auswechseln lassen. Favoloso hat einen Schlüssel. Trau ihm nicht! Er wird weiter versuchen, uns zu schaden!«

»Ja, das mache ich! Leg dich hin.«

Josh zog sich aus. Wolf sah, daß es draußen bereits hell wurde. Josh schlief sofort ein.

Wolf glaubte, die Schatten von Dämonen zu erkennen, die sich um diese Stunde aus den Wänden lösen, um mit dem Morgenlicht zu verschwinden.

Er kniete sich aufs Bett, stammelte schluchzend: »Ich verstehe nicht ...«

Josh schlug die Augen auf und sagte: »Halt endlich den Mund! Ich will schlafen!«

Sofort hatte der Schlaf sich Josh wieder geholt. Licht erfüllte das Zimmer, doch die Schatten ließen Wolf keine Ruhe.

Er betrachtete den schlafenden Josh und sagte leise:

»I'm sorry!«

Kapitel 31

> »*We kill the guide and think,*
> *we have destroyed the city.*«
> (*from an essay inspired by Simone Weil's writing*)

Der Tag war nicht mehr jung. Er hatte mit seiner unverschämten Helligkeit jenes überhebliche Lächeln aufgesetzt, das junge Leute Älteren gegenüber zur Schau tragen.

Wie in René Magrittes Bild »L' Empire des Lumières« hatten für Wolf die Kräfte der Nacht noch nicht vor der Macht des Tages kapituliert. Er spürte die Erlebnisse der Nacht in allen Gliedern und fühlte sich schwach angesichts der aufgekratzten Frische und Geschäftigkeit seines Viertels, die er schmerzhaft wahrnahm, als er mit Josh zu seiner Bankfiliale ging.

Josh hatte von »Anfangen« gesprochen. Also wollte Wolf mit etwas Praktischem beginnen, dem Eröffnen eines Kontos für ihn. Das Zweckmäßige würde sich als Erste Hilfe bei all den gefühlsmäßigen Verwundungen erweisen.

Josh ließ die Aktion widerspruchslos über sich ergehen, und Wolf war inzwischen daran gewöhnt, keinerlei Erklärungen oder Kommentare zur allerjüngsten Vergangenheit von Josh zu erwarten. Dabei lagen alle seine Sinne stets auf der Lauer. Aber auch ein Ausnahmezustand kann, wenn er lange genug dauert, zum Alltag werden.

Es gab einen kleinen Etappensieg zu verzeichnen. Zwei Agenten hatten sich enttarnt: Mike als echter Engel und Favoloso als kleiner Mephisto. Dieser würde sich nicht zu leicht abschütteln lassen. Das wußte Wolf.

Schon in der Früh hatte Favoloso angerufen und wirre Drohungen ausgestoßen: Wolf müsse um Verzeihung bitten! Und zwar auf den Knien! Ohne jedes Wenn und Aber! Er, Favoloso, habe ihn durchschaut, und es gäbe keine Rettung, außer er käme im Taxi, nicht in der Limo mit Bob, allein und bescheiden vorgefahren und bäte um Absolution!

Wolf hatte wortlos aufgelegt. Er fühlte sich souverän genug, weil er glaubte, daß Josh sich Favolosos Einflüsterungen entzogen und zu ihm bekannt habe. Dieses Bekenntnis brauchte keine Worte. Josh war da, das genügte. Das Somnambule hatte er zwar nicht abgelegt, aber das schien zu seinem Wesen zu gehören.

So hatte er auch ohne Anzeichen der Freude Wolfs Angebot angenommen, ihm ein Konto zu eröffnen mit 10.000 Dollar.

Wolfs Kontoführerin bei der Citibank begrüßte die beiden. Wolf stellte ihr Josh vor.

»Ja, kann ich bitte Ihre Sozialversicherungsnummer haben?« fragte sie Josh. Der sagte, er erinnere sich nicht.

»Es kann nicht sein, daß Sie Ihre Nummer nicht wissen! Wo ist denn Ihre Karte?«

Die junge Frau sah Josh mißtrauisch an.

»Ich weiß nicht. Ich glaube, ich habe sie verloren«, erzählte Josh gleichmütig.

»Dann brauche ich Sie wohl auch nicht zu fragen, wo Sie arbeiten.«

»Nein, das brauchen Sie nicht«, fiel Josh ihr ins Wort, »ich bin in der Ausbildung. Sozusagen.«

»Interessant!«

Die Bank-Lady schien aufzugeben. Mechanisch fragte sie: »Führerschein, Kreditkarten …?«

Joshs Kopfschütteln erstaunte sie nicht.

»Wo wohnen Sie denn?«

»Ich habe keinen festen Wohnsitz.«

»Er wohnt vorübergehend bei mir«, beeilte sich Wolf zu sagen.

»Ja, aber um ein Konto für den Herrn eröffnen zu können, brauche ich wenigstens die Abrechnungen seines letzten Vermieters. Also Strom, Gas, Wasser, irgend etwas!«

»Sie haben doch gehört, daß er keine Wohnung hat!«

»Ja, aber ohne Wohnung kann er kein Konto eröffnen!«

Der Ton der Bankangestellten war eisig geworden.

»Und ohne Konto kann er keine Wohnung mieten! Deshalb wollen wir jetzt ein Konto eröffnen. Und Sie überweisen bitte 10.000 Dollar von meinem Konto auf seines. Ist das klar?!« Wolf war entrüstet.

»Tut mir leid. Ich habe doch ausführlich erklärt, daß das so nicht geht! Und diese Maßnahmen unserer Bank sollten Sie verstehen! Sie dienen Ihrem Schutz! Wir nehmen keine Kunden auf, die einem zweifelhaften sozialen Umfeld entstammen. Verstehen Sie? Wir müssen uns absichern, auch in Ihrem Interesse. Da könnte ja jeder kommen und Gelder aus illegalen oder dubiosen Geschäften bei uns anlegen! Guten Tag!«

Die Dame erhob sich und deutete mit einer Handbewegung zum Ausgang.

»Vielen Dank! Ich fühle mich nach diesem Gespräch viel sicherer!« Wolf bemühte sich um einen ironischen Ton.

Er kam sich vor wie ein Bankräuber, dem man den kriminellen Plan schon beim Betreten des Gebäudes ansieht, und versuchte sich zu erinnern, wie er selbst an sein Konto bei der Citibank gekommen war. Sein Geld anzulegen, kam ihm plötzlich so schwierig vor wie Geld zu stehlen.

Eine Sozialversicherungsnummer hatte er auch nicht. Und einen Führerschein ebensowenig. Aber er war mit einer Kollektion von Plastikkarten nach New York gekommen.

»Fällst du als Engel von deiner Wolke in diese Stadt, solltest du deine Nummer wissen und nicht deinen Namen. Sonst wirst du als Bettler auf der Straße leben und kannst kein Konto eröffnen«, sagte Wolf, während sie in die Madison Avenue einbogen.

Josh schaute in die Schaufenster. Das demütigende Bank-Erlebnis schien ihn nicht berührt zu haben. War er etwa an solche Erfahrungen gewöhnt? Was Wolf surreal vorkam, schien Josh als Realität zu akzeptieren. Für ihn gab es offenbar keine wirklichen Ängste, aber auch keine echte Hoffnung. »Siehst du«, sagte er »mich gibt es gar nicht.«

»Vielleicht hast du recht. Wer keine Nummer hat, hat auch keinen Namen. Und wer keinen Namen hat, den gibt es nicht. Und wen es nicht gibt, der kann auch nichts besitzen.«

»So ungefähr lebe ich. Habe ich gelebt ...«, sagte Josh trocken.«Ich hatte nie Lust, mich durch einen Haufen Scheiße durchzufressen, um ins Schlaraffenland zu kommen. Was willst du von einem, den es nicht gibt? Hast du dir das eigentlich überlegt?«

»Nein. Ich muß mir das nicht überlegen. Ich merke zwar, daß es anstrengend ist, aber mir genügt es, dich zu sehen. Also gibt es dich und mir gibt das genug!«

»Kann es sein, daß ich dich nicht verstehe?« fragte Josh.

Auch Wolf hatte plötzlich den Verdacht, daß sie aneinander vorbeiredeten.

»Ich zum Beispiel habe mir immer einen Porsche gewünscht«, sagte Josh plötzlich.

Wolf fühlte sich emotional und gedanklich aus der Kurve geschleudert.

»Wie bitte?«

»Ja, ich weiß, daß ich niemals einen haben werde. Also ist es sinnlos, daran zu denken. Das Leben ist eben verdammt ungerecht!«

»Ich traue mich oft nicht, Wünsche auszusprechen, weil ich gleichzeitig Angst habe, daß sie erfüllt werden könnten. Und erfüllte Wünsche machen mich oft traurig.«

»Du mußt ja auch nicht dauernd an das denken, was du nicht bekommen wirst. Du hast ja alles.«

»Das denkst du! Auch ich kenne das Gefühl, etwas zu vermissen – vielleicht ist es mehr ein Sehnen als ein Verlangen nach etwas ...«

»Was hat das alles mit meinem Porsche zu tun?« fragte Josh.

»Ich wollte eigentlich sagen, daß es okay ist, sich einen zu wünschen. Aber du darfst nicht die Welt verantwortlich machen dafür, daß du keinen hast.«

»Ich glaube, du bist feige. Es gefällt dir, Tatsachen zu erklären, die jeder weiß. Das, was man von dir hören will, sagst du nicht!«

»Ich weiß nicht, was du meinst. Wir haben bisher so wenig geredet. Vielleicht hole ich deshalb zu weit aus. Aber wir leben in einer Demokratie. Da kann jeder sagen, was er will.«

»Demokratie ist langweilig. Es macht keinen Spaß, immer gegen etwas sein zu können.«

»Aber ich bin ja nicht gegen deinen Wunsch nach einem Porsche. Ich frage mich nur, was deine Selbstachtung damit zu tun hat. Für mich bedeutet Freiheit, ohne Maschinen auskommen zu können!«

»Du bist ja auch ein Talent. Oder ein Genie!« Josh sagte das mit unüberhörbarer Ironie.

»Kennst du den Unterschied zwischen Talent und Genie?«

»Nein! Ich habe mit beidem keine Erfahrung.«

»Ein deutscher Philosoph hat das so definiert: Das Talent erreicht Ziele, die kein anderer erreicht. Das Genie erreicht ein Ziel, das kein anderer sieht.«

»Und was siehst du jetzt, du Genie?«

»Ich sehe, daß wir gleich bei meinem Zahnarzt sind. Ich habe dich angemeldet.«

»Ich bin darauf vorbereitet, daß sich in der nächsten Zeit nichts verändern wird. Du redest und ich muß antworten!«

»Nein, gleich mußt du nur noch den Mund aufmachen.«

Kapitel 32

*»You must sit down, says love,
and taste my meat:
So I did sit and eat.«*
(George Herbert, 1593–1633)

»Und wenn es mir peinlich ist, daß du meine Zähne bezahlst?«, fragte Josh, als sie im Aufzug standen, der sie zu Dr. Larry Rosenthals Praxis brachte.

»Die Vernichtung anderer Leute Geld heißt im Kapitalismus unternehmerisches Risiko! Das trage ich jetzt. Ich investiere in dich, also gehörst du mir!«

»Bin ich jetzt dein Sklave?«

»Das Sklavenleben hat auch erkennbare Vorteile. Der Sklave gehört seinem Herrn und der Herr trägt Verantwortung für ihn. Wer meinen Sklaven verbrennt, den töte ich!« Wolf lachte.

»Das klingt gerecht. Ist es aber nicht! Ich hasse Gewalt und Zahnärzte«, sagte Josh.

»Nur mit Gewalt kann man einen faulen Zahn aus dem Weg räumen. Aber keine Angst, Larry Rosenthal ist ein Künstler, du wirst sehen.«

Als Wolf mit Josh das Vorzimmer der Praxis betrat, empfand er Macht über seinen Schützling. Er hatte ihn in eine Falle gelockt, in der das wilde Tier sich einem Akt der Zivilisierung unterwerfen mußte. Legt man seine Hand in das Maul der ungezähmten Kreatur, ist sie domestiziert. Die Vorzimmerdamen begrüßten Wolf wie einen alten Bekannten.

Josh übersahen sie. Wieder staunte Wolf, daß Joshs seltsame Aura ein distanziertes Verhalten auslöste, ungewöhnlich in einer Stadt wie New York, wo Fremdsein nichts Besonderes ist.

Aus den Augenwinkeln beobachtete er Josh: Sein Körper hatte etwas Linkisches, und seine Jugend wurde verdeckt von seiner düsteren Ausstrahlung. Er wirkte stolz und unsicher zugleich und merkwürdig abgeschnitten von seiner Umwelt. Wolf dachte an Joshs Eltern, seinen Bruder. Auch zu ihnen schien keine wirkliche Bindung zu bestehen.

Diese Einzigartigkeit war das Geheimnis seiner Schönheit! Einer Schönheit, die anscheinend nur Wolf sehen konnte.

»Wie möchten Sie zahlen, Wolf?«

Die Vorzimmerdame unterbrach Wolfs Gedanken.

»Cash, Scheck oder Kreditkarte?«

»Äh, Kreditkarte!«

»Möchten Sie einen Kaffee? Dr. Rosenthal wird sich gleich um Sie kümmern!«

»Ich bin nicht der Patient! Hier, Josh ist es. Josh Bradley!«

Wolf griff nach Joshs Arm und zerrte ihn vor, wie man es mit einem Kind tut.

»Oh, hallo! I'm sorry, das habe ich nicht gewußt!«

Sie streckte Josh die Hand entgegen, der nahm sie teilnahmslos.

Wolf war plötzlich stolz auf Joshs Unfähigkeit zur leichten Konversation.

Larry Rosenthal erschien. Er breitete die Arme aus, als wollte er einen Freund begrüßen. Tatsächlich konnte sich Wolf nicht erinnern, wann er das letzte Mal Zahnschmerzen gehabt hatte, und war lange nicht in die Praxis gekommen.

Larry war vor allem Entertainer. Vielleicht lag das an seiner Klientel, die hauptsächlich aus Showstars bestand. Er klappte eine Mappe auf, in der Vorher-nachher-Bilder seiner Promi-Kundschaft klebten. »Wolf, Sie kennen das Model Kirsten McNenemy, nicht wahr?«

Larry, der entfernt Dean Martin ähnlich sah, deutete auf ein *Vogue*-Cover mit einer lachenden Rothaarigen.

»Kirsten hielt während ihrer zehnjährigen Karriere den zugegebenermaßen schönen Mund. Jetzt, am Ende ihrer Karriere, lacht sie uns entgegen. Ich habe ihr Veneers gemacht! Gleichmäßig schönes, großes, weißes Zahnfurnier einfach aufgeklebt auf ihre alten Mäusezähne. Die Arme wollte sie nie zeigen! Die eigenen Dinger konnte sie behalten, unter den Veneers. Ich habe nur circa ein Drittel des Materials abgeschliffen. Das ist weniger als bei einer klassischen Krone! Und hier ist mein Freund Bill Clinton. Ich habe den Ton seiner Zähne seiner Haarfarbe angepaßt. Das machte ihn medientauglich. Alles total schmerzfrei. Ich gebe Lachgas! Das ist ein Erlebnis für sich! Die Leute kommen schon deshalb wieder.

Hier, das ist die Food-Redakteurin von *Elle*. Die müssen Sie kennenlernen. Fabelhafte Person! Bei einem Autounfall verlor sie ihre Schneidezähne. Ich gab sie ihr zurück! Für mich gibt es kein Zahnproblem. You've got a problem, I'll fix it! Was kann ich für Sie tun? Lachen Sie doch mal!«

Wolf zog wie befohlen die Oberlippe nach oben.

»Das ist doch fabelhaft!«

Larry, er bestand darauf, so genannt zu werden, schien begeistert.

»Ihr Lachen hat Star-Qualität. Vielleicht sollten wir die Schneidezähne etwas verlängern? Das wirkt energischer!«

»Es geht nicht um mich. Ich bin okay. Hier, mein Freund Josh hat ein Problem.«

»Ja, aber ein Cleaning oder Bleaching sollten Sie sich nicht entgehen lassen, Wolf. Schon wegen der Lachgaserfahrung!«

»Meinetwegen«, sagte Wolf. »Aber schauen Sie sich doch bitte meinen Freund an!«

»Gut! Ich werde ihm erst mal meine Praxis zeigen. Kommt, Jungs!«

Larry Rosenthal öffnete die Tür zu einer der zahlreichen winzigen Kabinen, in die seine Praxis aufgeteilt war. Ein Patient lag mit offenem Mund auf einem Behandlungsstuhl.

»Das ist der Investment-Banker Silberzweig. Das ist Wolf...«, stellte Larry vor.

Der Behandelte versuchte, ein »Hallo« zu formulieren. Larry öffnete eine weitere Tür, hinter der sich eine Assistentin im weißen Kittel über ein anderes Opfer gebeugt hatte.

»Alles okay?« fragte Larry Rosenthal.

»Bekommt einer Lachgas, muß immer ein Zeuge dabeisein. Infolge der Halluzination entwickeln Patienten hinterher seltsame Phantasien. Besonders Frauen behaupten oft, sie hätten während der Behandlung ein sexuelles Erlebnis gehabt.«

Larry führte Josh und Wolf in eine leeres Kabinett.

»So, nun wollen wir mal schauen«, versuchte er den paralysierten Josh aufzulockern. Er beugte sich über ihn und tippte mit dem Finger an Joshs Kinn, dieser solle den Mund aufmachen.

Wolf blieb auf der anderen Seite des Behandlungsstuhls stehen wie ein Vater, der seinen Sohn das erste Mal zum Zahnarzt begleitet und aufpaßt, ob das Kind artig ist. »For Godsake, was haben wir denn hier für ein Desaster!« rief Rosenthal aus, als er Joshs Mundhöhle inspizierte.

Er richtete sich auf, Josh klappte den Mund zu und schien ihn nie wieder öffnen zu wollen.

»Nun gut. Ich frage ja nicht, wodurch dieses Problem entstanden ist. Wir kriegen das schon hin. Es bedeutet allerdings eine erhebliche finanzielle Investition.«

Larry Rosenthal hatte in Wolfs Richtung gesprochen.

»Kommt, wir gehen in den Computerraum. Dort machen wir eine Animation, damit ihr seht, wie es werden könnte!«

Josh erhob sich, und er und Wolf folgten Rosenthal.

»So, nun lacht bitte einmal! Ich mache ein Polaroid von eurem Gebiß, das ich dann scannen werde. Also bitte!«

Josh weigerte sich, ein Grinsen zu produzieren. Also forderte Rosenthal Wolf auf, es zu tun.

»Danke!« Dann sagte er freundlich, aber bestimmt: »Nun sind Sie an der Reihe, mein Freund! Mund auf! Oder haben Sie Angst, Ihr Piratenschatz könnte Ihnen aus dem Mund fallen?«

Zögernd zog Josh die Lippen von den Zähnen, das Ergebnis war allerdings kein Lächeln.

Beide Bilder, das von Wolf und das von Josh, erschienen nun auf einem Bildschirm. Dr. Rosenthal manipulierte an den Gebissen herum, schließlich verkündete er:

»Das ist es!«

Er hielt Josh ein Bild entgegen.

»Was kostet denn der Spaß, das Eßzimmer von Josh zu restaurieren?« fragte Wolf.

»Also, zuerst müssen wir mit Laser das Zahnfleisch sanieren und modellieren. Dann ein paar Kronen, ein paar Veneers und eine Transplantation.«

»Das klingt zwar aufwendig, aber wenigstens konkret, Herr Philosoph«, sagte Wolf, dem Dr. Rosenthals Redefluß langsam auf die Nerven ging.

»35.000 Dollar, schätze ich, wird meine Arbeit kosten. Nicht viel mehr, aber auch kaum weniger!«

Der Arzt verschwand, kehrte schnell zurück und verkündete: »Eine Transplantation ist übrigens bei mir ein Kinderspiel. Ich mache gerade eine. Wollen Sie zuschauen?!«

»Nein, danke«, murmelte Wolf.

»Aber kommen Sie doch morgen mit. Sie bekommen ein Gratis-Cleaning und dazu eine Dosis Lachgas. Wunderbar!«

Josh und Wolf beeilten sich, die Praxis zu verlassen.

»Wollen wir nach Hause gehen?« fragte Wolf, der sah, daß Josh noch blasser geworden war.

»Mein Gott, so viel Geld«, stammelte der.

»Ja, siehst du, nun fährt dein Porsche direkt in deinen Mund.«

»Mein Mund ist doch keine Garage.« Josh versuchte ein Lächeln. Dann sagte er: »Der Doktor der Zahnphilosophie ist ganz schön geldgeil. Hast du gesehen, in wie viele kleine Boxen er seine Praxis aufgeteilt hat. Da liegen die Millionäre nebeneinander wie Sardinen in der Dose. Alle mit offenem Maul!«

»Wenn du wissen willst, wie Gott über Geld denkt, schau dir die Leute an, denen er es gegeben hat. Wollen wir nicht Daar-ling in seinem Studio besuchen, damit er dich noch einmal sieht, bevor du völlig entstellt bist?«

»Meinst du, ich bin zum Shooting wieder okay?«

»Larry Rosenthal sagt, es ist alles ein Kinderspiel! Komm, wir nehmen ein Taxi!«

Wolf stellte sich in die Straße und hielt einen Wagen an.

»Freust du dich nicht, daß Rosenthal dich reparieren wird?«

»Du bist schon ein richtiger Amerikaner«, antwortete Josh. »Hier stellt man eine Diagnose und glaubt, die Heilung sei schon passiert.«

»Ein bißchen Geduld braucht man schon ...«

»Geduld? Was ist das? Geduld ist das einzige, was niemand hat. Oder willst du behaupten, daß du geduldig bist?«

»Kommt darauf an!«

»Worauf? Daß möglichst alles so wird, wie du es dir vorgestellt hast?«

»Ich stelle mir zum Beispiel vor, daß du, wenn du erst mal wieder richtig lächeln kannst, nicht mehr den Kopf gesenkt halten mußt. Du kannst die Leute ansehen, denen du dich vorstellst, um sie nach einem ordentlichen Job zu fragen. Ein

Lächeln gibt dir Selbstbewußtsein und damit mehr Freiheit!«

»Bist du so naiv, oder willst du mich verarschen? Wir sind in den Neunzigern, Mann! Da gibt es nur Leute, die entweder Geld wollen oder nicht wissen, was sie wollen. Ich gehöre zu denen, die wollen können, was sie wollen, sie kriegen es aber nicht!«

»Laß uns nach Europa gehen. Das habe ich schon mal gesagt.«

»Und was soll ich da machen?«

»Lernen, dir was zuzutrauen. Du hast gute Augen. Ich werde dir beibringen, mit ihnen zu sehen. Ich habe versprochen, dir das Zeichnen beizubringen. Dann kannst du zeichnen, was du willst. Und wenn es dir gefällt, kannst du es anderen zeigen. Und sehen, ob es ihnen gefällt.«

»Wann fangen wir an?«

»Heute abend, zu Hause.«

»Meinst du, ich kann damit mal viel Geld verdienen?«

»Darf ich fragen, wofür du das Geld, das du bisher verdient hast, ausgegeben hast?«

»Für Painkillers. Für Painkillers, damit ich das tun konnte, was ich getan habe.«

»Und, bist du die Schmerzen losgeworden?«

»Immer nur kurz. Die Erinnerung an Schmerz bleibt. Und ich kann nicht verzeihen, wenn mir jemand weh tut, um mich zu erniedrigen!«

»Bist du sicher, daß du dich nicht selbst zum Opfer gemacht hast?«

»Bullshit. Alle sind so aggressiv, das macht mich wütend. Jeder will einem irgendwas wegnehmen. Alle warten nur darauf, daß man schwach ist und sich nicht wehren kann.«

»Der Wunsch nach Rache ist der Wunsch, ein Gleichgewicht zu schaffen. Das klappt nie, glaub mir.«

»Dann sind Drogen und Schmerzmittel doch legitim!«

»Ja, ich habe nichts dagegen. Nur gegen die Nebenwirkung, daß man für sie arbeiten muß. Noch mehr als für Essen. Und satt oder zufrieden wird man auch nicht. Für alte Leute sollten Drogen allerdings kostenlos sein. Vom Leben in den Tod müßte man im Rausch gehen dürfen. Ist man jung, muß man bewußt Erfahrungen machen, die später zur Erinnerung taugen!«

»Sich nicht nur an Scheiße zu erinnern, dafür muß man stark sein, oder?«

»Seltsamerweise waren es oft die Schwächsten und Mittellosen, die versuchten, die Welt zu heilen!«

»Nicht immer mit Erfolg!«

»Gab es je einen größeren Sieg als das Wort des mittellosen Jesus Christus?«

»Religionen sind brutal! Ist der dünne Mann am Kreuz nicht schuld daran, daß alle magersüchtig sind, die ihm gefallen wollen?« sagte Josh.« Mach mich zum Model! Ich will unsterblich, berühmt und dünn sein. Dann kann ich mir meine Drogen kaufen, ohne zu sündigen!«

Daar-ling hatte sein Studio in einem alten Fabrikgebäude. Ein rostiger Lastenaufzug brachte Josh und Wolf in den sechsten Stock. Durch ein schmutziges Fenster sah man den Hudson.

Daar-ling öffnete die Tür und machte ein Gesicht, als lutsche er auf einer Zitrone. Er preßte ein »Hallo« hervor.

»Was ist mit dir?« fragte Wolf. »Hast du Zahnschmerzen?«

»Quatsch! Ich habe mir von Doktor Baker die Wangen nach innen nähen lassen. Rechts und links kleine Abnäher, ganz easy!«

»Du hast doch perfekt ausgesehen!«

»Perfektion ist heute etwas anderes als vor zehn Jahren. Artificial Intelligence ist der Look du Jour. Das, was man macht, muß zum Typ passen. Und meine alte Nase war so demodé, so tiny, wie man es früher mal gemacht hat. Da hatte ich nur die Wahl, die Nase wieder zu verbreitern oder die Backen zu verschmälern! Ich habe Dr. Baker gesagt, Sie haben an meiner Nase die genetische Note weggeschnitten. Jetzt brauche ich eine Cultural Homogenization. Vor zehn Jahren versuchte man ethnisches Material zu entfernen. Jetzt ist es wieder in. Man will wieder zu seiner Community gehören! Aber wie geht es euch?«

»Gut. Danke. Wir sind okay«, erklärte Wolf stellvertretend für Josh.

»Ja, ihr seht glücklich aus. Chapeau!«

Daar-ling zischte leicht beim Sprechen, so als habe er eine neue Prothese, die noch nicht richtig angepaßt war.

Er wirkte nervös. In seinem Studio wurde irgendein Set aufgebaut. Jungs sägten, hämmerten und bestrichen Bretter mit rosa Farbe.

Daar-ling trug ein geschundenes Jeans-Outfit in Kindergröße mit weiten Bell-Bottoms. Er entdeckte Wolfs prüfenden Blick.

»Das ist meine Fleur bleu. Usé, delavé, plié. Le basic de la saison néo-romantique est joliment maltraité.«

Er strich sich über den Körper.

»Von Crome-Heart! Los Angeles! Sündhaft teuer. Aber das Richtige für die Arbeit. Was wollen wir machen?«

»Ich dachte, du machst ein paar Testfotos von Josh. In Farbe. Albert Watson hat schon welche in Schwarzweiß gemacht. Und ich dachte ...«

»Gut, hier wird gerade das Casting für deine Kampagne vorbereitet. Sie müssen gleich kommen. Bis dahin kann ich mich etwas auf Joshs Feature einstellen. Laß dich mal ansehen, Josh!«

Daar-ling hielt ihn sich mit ausgestreckten Armen auf Distanz, um ihn zu inspizieren.

»Irgendwie bist du big. Ich meine im Vergleich zu den anderen Models. Die sind jetzt mehr waifs, also mehr androgyn, vorpubertär. Und schau nicht so düster! Laß dich bitte abpudern, ja!«

Josh schaute unsicher zu Wolf.

»Komm, wir gehen zum Schminktisch. Laß dich nicht verunsichern, dieses Mustern ist normal! Denk daran, daß dir normalerweise Frauen und Männer zu Füßen liegen ...«

»Ja, und dann übersehe ich sie und steige über sie hinweg.«

»Denk dran, Josh, ich bin hier der Boß!«

Wolf merkte, wie ihn sein eigenes Verhalten anzustrengen begann. Wie Eltern ihrem Kind gegenüber verfing er sich in einer Mischung aus Überlegenheit, Belehrung und Anbiederung. Und wie ein Kind reagierte Josh auf diese Fürsorge, die natürlich auch Bewachung und Wunsch nach Kontrolle war: mal war er folgsam, mal störrisch. Spielte den aufmerksamen Zuhörer und verwirrte dann wieder mit ironischen Bemerkungen, die andeuteten, daß er durchaus in der Lage war, selbst zu denken, und Wolf von seinem Leben keine Ahnung hatte.

Josh saß auf einem Hocker, ein junger Mann tupfte ihm mit dem Mittelfinger Feuchtigkeitscreme aufs Gesicht. Dann probierte er auf seinem Handrücken Make-up-Töne aus.

»Du bist ziemlich weiß!«

Josh antwortete nicht, sondern betrachtete sich im Spiegel. Dabei machte er ein Gesicht, als würde er eine Nacktschnecke oder den Leibhaftigen persönlich erblicken.

»Kaum einer entspricht seinem eigenen Schönheitsideal. Da kann ich dich trösten. Mit dem, was man im Spiegel sieht, schließt man als Allerletztes Freundschaft. Wenn du fotografiert wirst, geht's nur darum: to think beautiful! Das ist das ganze Geheimnis, dann bist du auch beautiful.« Wolf versuchte, Josh aufzumuntern.

»Gib dir nicht soviel Mühe. Jeder muß selbst sehen, wie er unglücklich wird«, sagte Josh.

»Manchmal glaube ich, du hältst mich für deinen Feind!«
»Da hast du recht. Aber ich liebe meinen Feind. So wie es dein Jesus befiehlt.« Josh hatte nicht gelächelt.

Daar-ling kam zu ihnen. »Wie weit seid ihr? Die Sachen sind übrigens noch im Zoll, hat Daniela gesagt. Ich würde gern sehen, ob Josh überhaupt hineinpaßt. Er ist ja so big!«

»Heißt das, daß wir mit dem Shooting nicht rechtzeitig anfangen können?« fragte Wolf.

»Nadja ist auch erst Ende nächster Woche frei. Für mich ist das okay. Ich lasse inzwischen das Set bauen und in den Miami-Farben streichen. Wir können das natürlich immer wieder verändern. Du verstehst? Ich sehe da eine unheimliche Frische!«

Josh stand auf.

»Hmh ...«, sagte Daar-ling, nachdem er ihn noch mal begutachtet hatte. »Geh bitte darüber. Ich werde ein transluzierendes Licht ausprobieren. Tu einfach so, als würdest du dich gerade an- oder ausziehen. Stell dir vor, du wärest allein!«

Daar-ling machte ein paar Farbpolaroids. Josh posierte konzentriert für ihn. Blickte unverwandt in Daar-lings Objektiv, zog sich mit langsamen Gesten den Pullover halb über den Kopf und öffnete den obersten Hosenknopf. Die Arme hielt er verschränkt über dem Kopf und streckte Daar-ling den entblößten Bauch entgegen. Er strahlte plötzlich eine laszive Ruhe aus, eine fast hypnotische Konzentration.

Daar-ling legte noch ein, zwei Filme ein, gab ein paar Anweisungen. Dann war er fertig.

Er zeigte Wolf die Polaroids, die er zum für ihn passenden Ausschnitt zurechtschnitt. Tatsächlich schien das Licht Joshs Körper durchdrungen zu haben. Er wirkte wie ein blasses Aquarell. Der dunkelste Punkt des Bildes waren Joshs Augen, die unergründlich blickten wie die einer Sphinx.

»Ich finde mich scheiße!« sagte Josh, der Wolf und Daarling über die Schultern blickte.

»Wieso? Du siehst aus wie das Kind, das sich die Königin im Märchen gewünscht hatte: weiß wie Schnee die Haut und schwarz wie Ebenholz …«

»… das Haar. Ich kenne das Märchen von Schneewittchen«, beendete Josh Wolfs Satz. »Die Königin verreckte, Schneewittchen bekam eine böse Stiefmutter, kam zu den Zwergen und erstickte an einem vergifteten Apfel! Komm, wir gehen!«

Wolf suchte seinen Mantel. Scheinwerfer hatten das kalte Studio nicht nur erhellt, sondern auch vorübergehend aufgeheizt.

Jetzt hatte Daar-ling sie ausgeschaltet, und in dem Halbdunkel und dem Chaos aus Sperrholzwänden, die andauernd umgestellt worden waren, konnte Wolf ihn nicht finden.

»Suchst du deinen Mantel?« fragte Josh plötzlich scheinheilig.

»Ja, wo ist er?«

»Er kam aus dem Müll. Jetzt ist er wieder dort!«

Josh deutete auf einen Müllsack in der Ecke. Wolf öffnete ihn und zog sein Rei-Kawabuko-Designerstück aus einem Haufen Abfall, Papier und Lumpen.

»Siehst du, Wolf, nicht jeder hat deinen Kennerblick. Kauf dir doch mal was Anständiges!«

Daar-ling und Josh lachten. Während Wolf rumgesucht hatte, schienen sie sich näher gekommen zu sein. Sie standen dicht nebeneinander.

»Was sollte der Scheiß?«

»Das waren wir nicht«, sagten beide zu gleicher Zeit und kicherten.

»Also bis dann!«

Wolf ging zur Tür. Josh folgte.

»A bientôt«, rief Daar-ling und warf ihnen eine Kußhand zu.

»Was hat Daar-ling dir denn zu erzählen gehabt?« fragte Wolf im Fahrstuhl.

»Ach, er findet mich zu beefy. Das kommt vom fucking Football. In der Zeit habe ich auch gefressen, das kannst du dir gar nicht vorstellen. Nachdem ich mit Football aufgehört hatte, bin ich zwanzig Pfund leichter geworden.«

»Hmh ... ich kann mich nicht erinnern, dich jemals essen gesehen zu haben.«

»Ich mich schon. Weil ich mich so geekelt habe!«

»Soll ich etwas kochen, wenn wir zu Hause sind?«

»Ja, bestell eine Pizza. Telefonieren kannst du ja!«

Josh schien guter Laune. Das fiel Wolf an den kleinen Frechheiten auf. Er freute sich darüber, auch wenn sie auf seine Kosten gingen.

Als beide zu Hause ankamen, war es dunkel geworden. Joshs Aufgekratztheit schien in die Wohnung vorauszueilen. Alle Gegenstände wirkten heiter. Die Cupidos über dem Kamin grinsten, als hätten sie sich während Wolfs Abwesenheit schmutzige Witze erzählt.

»Fangen wir gleich mit dem Zeichenunterricht an?« fragte Josh.

»Ich bin eigentlich todmüde ...«, erwiderte Wolf. »Ich spüre das Alter. Erstens: man erinnert sich nicht mehr so gut. Zweitens: habe ich vergessen!«

»Siehst du, es gibt kein Problem! Willst du einen *bump*?«

»Was?«

»Ach, vergiß es! Ich mach uns einen Drink und du stellst die Heizung an, damit das Aktmodell nicht friert.«

Josh ging zum Kühlschrank, und Wolf hörte das Klappern von Eisstücken in Gläsern. Wolf hatte inzwischen Papier und Zeichenstifte auf seinem Schreibtisch ausgebreitet. Den

Stuhl hatte er so plaziert, daß er in den Raum und nicht wie sonst aus dem Fenster schauen konnte. Josh kam herein, zwei volle Gläser in den Händen. Sonst trug er nichts.

»Oh, nouvelle bartending ist wie nouvelle cuisine«, scherzte Wolf. »Man bekommt mehr zu sehen als zu essen oder zu trinken!«

»Nicht, wenn man einen eigenen Mixer hat. Er serviert Drinks, so groß, so billig, wie man will! Zum Frühstück, Lunch oder Dinner!«

»Dann sollte ich mein Restvermögen in Aspirin oder Bayer-Aktien anlegen!«

»Oder in mich! Denn ab morgen bin ich der *Upcoming-Design-Star!*«

»Also los, wenn du so cocksure bist. Stell dich in Positur. Wähle Standbein, Spielbein, laß die Arme hängen und halt die Schnauze!«

Wolf teilte die Mitte des Blattes in Querstriche und einen Längsstrich ein.

»Hier ist der Kopf«, erklärte er und zeichnete ein Oval.

»Hier sind die Schultern, hier ist die Brust, die Taille, Schritt, Knie, Füße …«

Er machte bei jedem Wort eine Punktmarkierung auf den Querlinien.

»Nun verbinden wir die Punkte!«

Es entstand ein Strichmännchen.

»Das soll eine Zeichnung sein?«

Josh hatte seine Pose verlassen und betrachtete das Minutenwerk.

»Und für so was verlangst du Geld?«

»Das ist eine anatomische Grundkonstruktion. Von der aus entwickelt man sich weiter. Das machst du erst mal nach!«

»Gut! Zieh dich aus! Jetzt bist du das Model und ich der Künstler!«

»Nein, mir ist kalt!«

Wolf hatte nicht den Mut, sich entblößt den Augen seines Schülers auszusetzen. Josh schien das zu merken und sagte: »Du kannst ja Höschen und Leibchen anbehalten. Außerdem drehe ich die Heizung höher. Ich weiß von meiner Großmutter, wie leicht sie friert. Los, geh in Position!«

Wolf entkleidete sich bis auf Tank-Top und Slip und nahm Joshs Pose ein. Der setzte sich auf Wolfs Platz, nahm ein Blatt und imitierte in Sekunden Wolfs Studie.

»Fertig!«

»Laß mal sehen!«

Josh stand auf, und Wolf setzte sich, um das Werk zu begutachten. Josh hatte einfach ein Blatt Papier über Wolfs gelegt und durchgezeichnet.

»Das hab ich mir doch gedacht!«

»Was? Daß ich so talentiert bin?«

»Besonders zum Schummeln. Aber ich habe ja gesagt, daß du gute Augen hast. Dir fehlt nur Übung.«

»Du auch. Also laß uns üben!«

»Siehst du, jetzt helfen keine guten Augen!«

Josh hatte Wolf die Hände über die Augen gelegt und das Licht gelöscht.

»Komm, zeig mir, ob du auch Talent zum Fühlen hast«, lachte er Wolf ins Ohr. Griff ihm unter die Achseln und zog ihn hoch. Dann ließ er sich mit Wolf zu Boden fallen.

Was folgte, war eine Art geräuschloser Ringkampf, dessen Regeln Wolf bisher unbekannt gewesen waren, weil so etwas in keiner Sportsendung zu sehen war.

Das Gerangel überstieg Wolfs Kondition; er fragte sich plötzlich, ob er Joshs Körper überhaupt schon mal berührt hatte.

»Was sind die ersten Anzeichen von Alter? Erstens erinnere ich mich nicht mehr …«, keuchte er leise.

»Und zweitens zeige ich dir, wo es langgeht …«, flüsterte Josh.

Es war Mitternacht, als Wolf aufstand, Licht anmachte und ins Badezimmer ging. Er betrachtete sich im Spiegel. Er zitterte leicht und sah ziemlich fertig aus.

»Siehst du, Alter«, sagte er seinem Spiegelbild, »Glücklichsein ist anstrengend. Man darf nicht in Würde altern, man wird verschlissen.«

Er wickelte sich ein Handtuch um und ging in die Küche. Josh war dabei, Kaffee zu machen.

»Was ist los?« fragte er Wolf.

»Puh, ich bin ganz schön erledigt.«

»Du willst doch nicht schon schlapp machen? Los, wir ziehen uns an. Ich habe Daar-ling versprochen, daß wir uns im ›Tunnel‹ treffen.«

»Was – jetzt noch?«

»Wann denn sonst? Etwa zum Lunch?«

»Du, sag mal, Josh, hat dir das eben gefallen?«

»Ja. Sonst hätte ich es ja nicht gemacht. Komm, trink einen Kaffee!«

»Besser als mit ...?«

»Jennifer?«

»Ach, Scheiße! I'm sorry!«

»Wieso fragst du? Hat sie wieder angerufen?«

»Zum Glück nicht!«

»Was heißt – zum Glück? Woher weißt du, ob ich nicht mit ihr auch wirklich glücklich war? Oder glücklicher?«

»Glücklicher?«

»Ja, glücklicher! Ich konnte sie mehr verachten als dich! Das war sexy. Verstehst du? Du aber verachtest mich! Das Gefühl werde ich nicht los. Irgendwie bin ich durch dich immer nur der, der ich war. Aber niemals der, der ich sein möchte!«

Josh lehnte an der Kühlschranktür und sah Wolf ernst in die Augen.

Wolf suchte nach Halt. Seine Hände umkrampften die

Kaffeetasse. Sie war seine einzige Waffe, sein einziges Argument. Er hob sie hoch und schleuderte sie in Richtung Josh.

Der wich zur Seite, und die Tasse zerschellte an der Kühlschranktür. Hinterließ einen Abdruck, und auf dem Küchenboden sah es aus, als hätte jemand am Polterabend Durchfall gehabt.

»Geht's dir jetzt besser?«

Josh nahm Wolf in die Arme wie einen kleinen Jungen, der noch nicht verstand, was er angerichtet hat.

»Wie kann man sich nur so dumm provozieren lassen?« tröstete er.

»Ja, tut mir leid, ich bin leider nicht cool!«

»Dafür aber dumm! Das zu sehen, erleichtert mich. Komm jetzt. Daar-ling wartet!«

Wolf ahnte, daß der Teufel, hatte er erst einmal irgendwo hingepißt, immer wieder kommen würde. Das Böse und die Dummheit sind verläßliche und pünktliche Gäste, die keine Einladung brauchen.

Kapitel 33

*»Do everything in the dark to save up the light
of your master.«*

(Jonathan Swift, »Advice to servants«)

Das Telefon in der Küche klingelte.

Josh nahm ab und sagte: »Okay!«

Dann zu Wolf: »Die Pizza kommt!«

»Was? Ich habe doch gar keine bestellt!«

»Du nicht, aber ich! Allerdings wußte ich die Nummer vom Pizza-Service nicht. Da habe ich Bob angerufen. Jetzt bringt er eine und meinen Bruder dazu. Der war gerade in der Nähe, da hat Bob ihn aufgegabelt.«

Wolf überlegte, was ihn an dieser einfachen Geschichte so irritierte. Fragend sah er Josh an.

Der trat ganz dicht an ihn heran, und als könne er Gedanken lesen, sagte er: »Ich werde dich niemals belügen oder betrügen. Das schwöre ich dir!«

»Und wenn ich das tue? Ich bin mir über mich selbst nie sicher ...«

»Dann bringe ich dich um.«

Wolf spürte, daß es Josh ernst meinte. Dann hörte er, wie das Metallgitter des Aufzugs zur Seite geschoben wurde.

Es klingelte, und Josh öffnete die Tür. Sein Bruder füllte beinahe den Türrahmen. Grußlos, aber lächelnd trat er ein. Er hielt den Karton mit der Pizza an sich gepreßt wie ein Obdachloser sein frierendes Kind. Seine Kleidung war so traurig grau und übergroß wie seine Augen, die nichts außer den endlosen Wintern von New York gesehen zu haben schienen.

Er legte die Pizza auf den Küchentisch und zerteilte sie mit einem Messer. Seine Pudelmütze, tief ins Gesicht gezogen, behielt er auf. So, als wollte er gleich wieder gehen.

»Willst du nichts essen?« fragte Wolf und betrachtete die farblosen Bartfusseln an Oberlippe und Kinn. Stanley schien sich noch nie rasiert zu haben. Seine Pubertät hatte sich anscheinend verspätet.

»Nein, danke. Ich habe die Pizza für euch gebracht. Aber ich komme mit in den ›Tunnel‹. Hier, ich habe ein Gedicht für dich geschrieben.«

Er zog einen zusammengefalteten Zettel aus der Jackentasche und reichte ihn Wolf. Perplex starrte der auf das Blatt.

»Coming home« hieß der Titel des handgeschriebenen Werks, dessen Inhalt sich Wolf nicht erschloß.

»Das ist sehr berührend …«, sagte er und tat so, als habe er den Text verstanden. Tatsächlich begriff er gar nichts, dachte aber: ›Wie seltsam – dieser dicke, sanfte Junge mit der tonlosen Stimme soll der sein, der beherzt genug war, eine Bühne zu betreten, um mit lauter Männerstimme das Ende der Welt zu besingen?‹

Josh hatte inzwischen begonnen, sein Stück Pizza mit Küchenpapier abzutupfen.

»Dieses Fett! Einfach widerlich«, kommentierte er.

Wolf ging in sein Schlafzimmer, um sich anzuziehen. Er beeilte sich nicht.

›Man bekommt seine Jugend nicht zurück, indem man Jugendsünden und Fehler wiederholt‹, dachte er. ›Gelernt habe ich jedenfalls aus keinem etwas!‹

Er spürte, wie ihn die Kräfte verließen auf dem Zickzackkurs, den Josh vorgab. Warum? Stand dahinter die Panik, einfach alles zu verlieren, wenn er Josh aus den Augen verlor? Das Bedürfnis, in Joshs Nähe zu bleiben, war stärker als seine

Müdigkeit. Was wollte er von Josh? Wollte er ihn wirklich haben? Wenn ja, wozu? Für eine gemeinsame Zukunft? Die konnte er sich nicht vorstellen. Weder hier noch anderswo. – Wollte er ihn nur betrachten, sich wie ein Tourist in das Leben eines Fremden drängen? Oder wollte er Sex? Rein sexuelle Erlebnisse hatten schon lange nichts mehr zum Schatz seiner Erfahrungen beitragen können. Auch das gerade Erlebte nicht.

Wolf überlegte, ob ihn Alter oder Scham zu dieser Abgeklärtheit gebracht hatten. Seine Libido hatte sich quasi losgerissen von seinen alten Vorstellungen von Sexualität und vagabundierte nun ziellos herum, kam jedoch zum Stillstand beim Anblick von Schönheit. Wurde zu einer Art Andacht. An der menschlichen Geographie mit ihren Ein- und Ausgängen war er nicht mehr so interessiert. Er wußte inzwischen, daß sexuelle Erfüllung nicht von der körperlichen Qualität einer Umarmung abhing, sondern von der Intensität seiner Phantasiebilder, die nicht gestört werden durfte.

Löste jetzt Josh in ihm den abenteuerlichen Wunsch aus, diese Bilder aufzulösen und Realität an deren Stelle zu setzen?

›Eine aufwendige Passion ist das Vorrecht derer, die nichts zu tun haben‹, zitierte er Oscar Wilde und schlug die Schranktür zu.

›Ich habe jedes Interesse an meiner Arbeit verloren. Schon lange. Eigentlich interessiert mich gar nichts mehr.‹

Die mystische Kraft eines Gebets hatte Wolf seit Kindertagen gefürchtet. Jetzt aber drängte ihn seine Verwirrung zu der stummen Frage: ›Wohin führst du mich?‹ Und aus der Tiefe seiner Seele kam die Botschaft: ›Dorthin, wohin du dich treiben läßt. Das Schaf wird seinen Schlächter finden!‹

Es grenzte an ein Wunder: In der sich durch die endlosen Gänge des ›Tunnel‹ schiebende Menschenmenge entdeckte

Wolf Daar-ling – an einer schwarz gestrichenen Wand klebend wie ein verletzter Nachtfalter. In der trüben Beleuchtung sah sein Gesicht mit den Wangenabnähern aus wie eine unreife Papaya. Er trug ein schwarzes Netzhemd mit kunstvoll plazierten Löchern und eine schwarze Hose aus gelacktem Vinyl. Seine langen Haare glänzten bläulich.

Wolf stützte sich mit der rechten Hand neben Daar-lings Kopf ab und beugte sich zu ihm herunter, um ihn zu begrüßen. Daar-ling sagte etwas, das sich wie ein heiseres Jaulen anhörte. Laute House-Musik machte eine Unterhaltung fast unmöglich.

»Deine Haare sehen bei Nacht ganz blau aus«, schrie Wolf in Daar-lings Ohr.

»Und du bist wohl über Nacht vor Schreck oder Glück ganz blond geworden?«

Daar-ling lächelte, berührte leicht Wolfs Wange und sagte: »Beides kann dieselbe kosmetische Wirkung haben.«

»Josh und sein Bruder sind auch hier!« Wolf deutete in die Menge.

»Alle sind hier.«

»Wer?«

»Fashionistas. Nonfashionistas! Alle, die kein Zuhause haben. Komm!«

Eine Truppe junger Leute, die man in Deutschland für Autonome halten würde, blockierte den Gang. Sicher waren sie aus den Vororten gekommen, wo sie tagsüber als Schuhputzer arbeiteten. Jetzt taten sie sich dicke, und einer sagte, als er Daar-ling sah:

»Seht mal, Tina Turner ist auch da! Zum Tea-Dance gekommen?«

»I don't know, what you mean«, antwortete Daarling. «I don't see a T-Cell within a mile!«

Wolf hatte das Gefühl, Daar-ling beschützen zu müssen, und legte ihm den Arm um die Schultern.

»Laß nur! Je n'ai rien à cacher! Die bedeuten nichts! Sie sind hier eine Minderheit. Squatters!«

Bob, natürlich Bob, hatte Wolf, Josh und seinen Bruder zum ›Tunnel‹ gefahren und wartete jetzt draußen.

Die Fahrt hatte lange gedauert und sie zum Westside Highway zwischen 27th Straße und 11th Avenue gebracht. Der ›Tunnel‹ war ein Club im Neo-Sixties-Stil. Früher war der Ort eine Ladestelle für Güterzüge.

Am Ende eines endlosen Ganges befand sich die Garderobe, wo man Mäntel und anderes Überflüssiges abgab, das Tanzwütige oder Exhibitionisten behindern könnte. Über Eisentreppen gelangte man in verschiedene Räume mit unterschiedlichen Themen. Einer war voller großer Plastikbälle, auf denen Infantilisten herumhopsten und Kreischlaute ausstießen.

Ein langer Flur führte zur Lovers-Lounge, einer großen Nische, von der aus man auf die Tanzfläche blicken konnte. Die bevölkerte gerade eine Invasion von Fashion-Clones, deren gemeinsamer Dress-Code, »so young, so fresh, so clean«, von Körperschweiß aufgeweicht war.

Die Luft, von der es weniger gab als auf dem Mond, war feucht und verbraucht. Über den Köpfen der Solotänzer hingen Käfige mit hermaphroditisch gestylten Go-Go-Akrobaten.

Animateure weiblichen Geschlechts trugen Gasmasken, Boxershorts aus Satin und Kampfstiefel. Offensichtlich männliche Kollegen ironisierten ihren Sexappeal mit Ballettröckchen aus Nylontüll in Pink oder Lila. Kitsch as Kitsch can war das allabendliche Motto des Clubs. Kitsch als mondäner Protest gegen den 90er-Jahre-Purismus.

Daar-ling und Wolf steuerten die Lovers-Lounge an und bahnten sich ihren Weg durch eine verwüstete Wohnlandschaft, die an einen ausrangierten Wohnwagen erinnerte. Irgendein smarter Avantgardist hatte das Mobiliar vor der Müllkippe gerettet.

»So leben die wahren American Royalities«, erklärte Daarling. »Trailer-Trash hat etwas Echtes!«

Auf einem Plüschsofa saß ein New Yorker Kollege von Wolf, umringt von auffallend attraktiven Youngsters beiderlei Geschlechts, die ihm verzückt lauschten.

Er trug eine Bandana, eine Art Stirnband, über dem seine Locken hervorquollen. Er gestikulierte und winkte plötzlich Daar-ling zu sich. Wolf ignorierte er. Das sollte wohl klarmachen, daß er ebenfalls eine bekannte Größe war.

Wolf entschied, sich auf die Suche nach Josh zu machen.

›Komisch‹, dachte er, als er sich an den ekstatisch Tanzenden vorbeischob, ›mein ewig junges Ich würde es ihnen gleichtun. Aber es kommt nicht mehr heraus aus dem Gefängnis seines Körpers, das viel zu schnell zu einer mittelalterlichen Festung geworden ist.‹

Er zog sich am Geländer einer steilen Treppe hoch und landete schließlich vor der V.I.P.-Section, die mit einem Seil die Auserwählten von den Gewöhnlichen trennte.

Der Raum verjüngte sich und endete in einem Gitter wie ein Balkon. An ihm lehnte eine riesengroße, dunkelhäutige Schönheit mit einer Perücke wie die vergoldete Turmspitze einer süddeutschen Barockkirche und einem Minikleid mit tellergroßen Goldpailletten. Es entblößte circa anderthalb Meter Beine, die in goldenen Plateau-Pantoletten endeten.

Als hätte sie Wolfs Staunen bemerkt, wandte sie ihm ihr Gesicht zu. Der Haaransatz ihrer Perücke ließ es wie ein großes Schokoladenherz aussehen. Sie entblößte eine Doppelreihe weißer Zähne mit hellrosa Zahnfleisch zu einem Lächeln.

Wolf fühlte sich eingeladen und stieg über das Seil. Ladylike reichte sie ihm die Hand.

»Wer bist du?« fragte sie mit dunkler Stimme. Spätestens jetzt wußte Wolf, daß diese Queen ein King war.

»Wer bist du? Und woher kommst du?« fragte er.

»Ich bin ein Wunder und komme aus der Zukunft. Aber du hast vergessen, dich vorzustellen!«

»Sorry – ich bin Wolf.«

»Und ich bin Hänsel und Gretel in einer Person!«

»Woher hast du denn so lange Beine?«

»Gott, der Herr, hat mich auf zwei Baumstämme gesetzt. Wenn du wissen willst, wie alt ich bin, mußt du sie abhacken und die Jahresringe zählen!«

Die Transe lachte und hob ein Bein, schleuderte es hin und her wie eine Can-Can-Tänzerin.

»Sag mir doch, wie du heißt«, bat Wolf und begann, an die Existenz überdimensionaler Replikanten zu glauben.

»Ich bin Coco Chanel aus der Rue Paul!«

»Ach, dann ist dieses Haute-Couture-Kleid aus deiner Kollektion?« Wolf freute sich, parieren zu können.

»Natürlich! Aber es ist schon alt! Als die Nazis Paris belagerten, hatte ich die besten Ideen!«

»Paris?«

»Ja, wir sind in Paris! Und Nazis sind auch wieder da!«

Sie deutete über das Balkongitter nach unten.

»Hier oben steht die Résistance, my dear. Unten ist Krieg. Gasmasken werden so knapp wie die Tage des Friedens.«

Leise sang sie das Lied: »We're going to hang our laundry on the Siegfried line ...«

»Wieso glaubst du, daß es Krieg gibt?« fragte Wolf.

»Wieso nicht? Das Reich der Minderheiten schlägt zurück. Subkulturen und Perverse haben die Gesellschaft unterwandert. Mit Erfolg. Die schlafende Mehrheit glaubt immer noch an sexuelle Eindeutigkeit. Dabei liebt die Natur Mehrdeutigkeit und Varationen.«

Die Schönheit lächelte. »Deshalb führt der Mensch einen

ewigen Krieg gegen die Natur ... und nennt das Gegenteil von Natur Kultur.«

»Ich habe gehört, daß der moderne Krieg ›Krieg der Kulturen‹ genannt wird«, sagte Wolf.

»Da hast du aber aufgepaßt. Du siehst wohl ›Golden Girls‹?«

»Willst du einen Drink?« fragte Wolf, dem zu dem Thema nichts mehr einfallen wollte.

»Gern. Bring mir ein Heineken mit Strohhalm!«

»Wo ist die Bar?«

»Im Bathroom! Gleich rechts!«

Wolf mußte noch mal fragen, dann fand er einen neonerleuchteten, endlosen Raum. Die Wände waren gefliest wie eine Schwimmhalle. Vor einer Reihe einfacher Waschbecken mit Spiegeln standen Jungs, die sich die Haare kämmten oder die Hände wuschen. Gegenüber befanden sich Klotüren, vor denen Wartende Schlange standen. Ebenso wie an der langgestreckten Theke am Ende der Halle.

Wolf hatte kein Bedürfnis, sich in einem der Spiegel zu begegnen, allerdings das, eine Toilette aufzusuchen. Er stellte sich an eine der kürzeren Schlangen. Jemand tippte ihm von hinten auf die Schulter und belehrte ihn: »Questas es para las ninas!« Wolf wandte sich irritiert um. Die Latina war nur halb so groß wie er, dafür aber so beängstigend muskulös, daß ihr T-Shirt aussah, als hätte es einen Krampf, und Wolf augenblicklich beschloß, am nächsten Tag ins Fitneß-Studio zu gehen.

Ihre Augäpfel quollen aus den Höhlen, und schwarze Mascara hatte ihre Wangen verschmiert.

»It's for ladies«, wiederholte sie.

Am liebsten hätte Wolf gefragt, ob sie in Mexiko bei der Feldarbeit auf Erdöl gestoßen sei. Unterließ es jedoch, weil sie in noch aggressiverem Ton zischte: »Mira! It's written at the door!«

Jemand hatte mit rotem Marker »CUNT« an die Toilettentür geschrieben.

»Na und«, sagte Wolf betont gelassen, »das Wort paßt doch hier auf jeden!«

Die Klotür entließ ein Bleichgesicht und schloß sich wieder hinter einem männlichen Rücken. Wolf stand nun an der Spitze der Schlange und hörte, wie jemand laut stöhnend sein junges Leben in die Toilettenschüssel kotzte.

Er überließ seinen Platz der Latina und begab sich zur Bar. Dort entdeckte er Favoloso. Oder umgekehrt: Favoloso entdeckte ihn. Favoloso saß nämlich auf einem der wenigen Barhocker, fast völlig verdeckt von Leuten, die ihm stehend Ovationen lieferten für irgendeinen Schabernack, mit dem er sie routiniert unterhielt. Wolf zögerte. Favoloso hatte jenen hysterischen Grad guter Laune erreicht, den er später entschuldigend »I was Sturm und Drang« nennen würde. Dieser Begriff war sehr modern in New York.

»Rate mal, wer hier ist«, kreischte er.

»Josh?« entfuhr es Wolf.

»Ach? Hast du ihn mal losgelassen und verloren? Gib ihm lange Leine und er wird sich mit ihr strangulieren! Hast du das immer noch nicht begriffen?«

»Nein«, sagte Wolf und ärgerte sich über seine Hilflosigkeit.

»Siehst du, ich mache es richtig!« Er zog an einer Leine, die er in der Hand gehalten hatte, und ein im Griff verborgener Mechanismus rollte etwas Schnur ab. Die Schnur führte unter den Barhocker, wo in seiner offenen Tasche Wolfi saß. Favoloso rutschte vom Hocker und hob den Hund hoch.

»Hier, Wolfi, sag Hallo zu Wolfi!«

Er hielt ihm den Hund hin. Zu Wolfs Erstaunen schien Wolfi sich in der Runde wohlzufühlen. Wohler als er sich selbst jedenfalls. Mehrere Hände streckten sich nach dem Tier aus, um es zu streicheln.

»Ich habe ihn mitgenommen. Schließlich kann ich mir keinen Babysitter leisten!«

Wolfi hatte begonnen, gierig die Finger eines Mädchens abzulecken, das ihn jetzt an sich drückte und lachte, als Favoloso sagte: »Er ist ein Undercover-Agent und in der Ausbildung zum Drug-Detective. Heute hat er Nachtschicht!«

»Worauf ist er denn spezialisiert?« fragte sie.

»Ach, er wird polytoxisch erzogen. Dann kann er sich den neuesten Trends anpassen. Die Natur und die Mode zeigen uns die rasche Vergänglichkeit der Dinge! Nicht wahr, Wolf?«

Favoloso nahm das Tier wieder an sich. Wolf sah in die Augen von E.T.

»Die Achtung des Hundes erwirbt sich der Mensch durch Fürsorge«, belehrte Favoloso sein Publikum und setzte Wolfi wieder in seine Tasche.

»Du bist doch meiner Meinung, Wolf?«

Wolf nickte.

»Und warum weißt du dann nicht, wo Josh ist?«

»Du weißt es!« Wolf schaute Favoloso an.

»Komm«, sagte der und klemmte sich die Tasche mit dem Hund unter den Arm.

Kapitel 34

*»Come into my garden,
My roses want to see you.«*
(from a poem, anonymous, ca. 1700)

Wolf fand Josh auf dem Boden liegend. An einer Wand stand ein Sofa, auf dem jemand zu schlafen schien. Der Schmutz und die abgestandene Luft im Raum waren förmlich zu schmecken. Joshs weißes Gesicht reflektierte das wenige Licht.

Favoloso hatte Wolf in diesen Raum geführt. Am Ende des Bathrooms, in einen Abstellraum. Ein Stück totes Gleis, vielleicht, eine dunkle Nische des ›Tunnels‹.

»Was habt ihr mit ihm gemacht?«

Wolf hatte sich zu Josh gehockt und ihm eine Hand unter den Kopf geschoben.

»Was heißt: Ihr?« fragte Favoloso eisig. »Wenn du etwas sagen willst, sag es dir selbst, Wolf!«

»Was soll ich mir sagen?«

»Der Wolf zerstört, während der Bär bewahrt. So liegt es in ihrer Natur. Der Wolf frißt, während er angreift. Bis der Tod des Opfers eintritt, kann es Tage dauern …«

»Favoloso, was redest du da? Willst du mir Angst machen?«

»Nein. Ich zitiere nur Jack London, aus ›Wolfsblut‹!«

»Sag mir lieber, was los ist!«

»Bleib cool, Wolf! Dein Schneewittchen hat sich mal freigenommen! Gleich wird es seinen Apfel ausspucken und aufwachen. Paß nur auf, daß es dich nicht vollkotzt, wenn ihm sein Frühstück hochkommt!«

»Sein Frühstück?«

»Ja. *Special K.* K wie Kellogg's. Kennst du das etwa nicht? Ist gerade sehr beliebt bei jungen Leuten, die mal Pause machen wollen.«

»Pause wovon?«

»Von all dem Streß, den Enttäuschungen!«

»Was soll ich denn tun?«

»Warten, bis er aufwacht! Vielleicht träumt er ja davon, wachgeküßt zu werden, einen Mode-Mogul zu heiraten und einen lebenslangen Vertrag für ein L'Oréal-Commercial zu bekommen!«

»Warum bist du so gehässig?«

»Hast du vergessen, daß wir keine Freunde mehr sind?«

»Nein!«

»Du solltest wissen, daß ich mehr weiß als du! Er hat mir Dinge erzählt, die er dir nicht erzählen kann!«

»Warum kann er sie mir nicht sagen?«

»Weil er denkt, daß du ein Wolf bist.«

»Ich heiße nur so!«

»Ach, du denkst wohl, du bist das Schaf im Wolfspelz? Man kann dich auch anders sehen!«

»Was ist Special K?«

»Ein Anästhetikum. Ein Beruhigungsmittel für Elefanten. Damit sie nicht durchdrehen im Käfig!«

Wolf glaubte, Josh seufzen zu hören.

Jedenfalls war klar, daß er atmete.

»Ich werde es schon schaffen …«, sagte Wolf, mehr zu sich selbst.

»Das ist gut«, antwortete Favoloso. »Ich habe übrigens genug mit mir selbst zu tun! Mach's gut!«

Er entschwand mit kurzen Trippelschritten.

Wolf glaubte zu verstehen, daß Josh eine Flucht aus der

Monotonie suchte. Endeten womöglich alle Eskapismen, auch Wolfs eigene, in unabänderlicher Wiederholung?

»Kann sein, daß er *berserk* geht, wenn er aufwacht«, hörte Wolf eine Stimme hinter sich.

Er schaute auf. Da stand ein großer Schatten, Stanley – Joshs Bruder.

»Er wird spucken, als würde er exorziert werden. Er braucht einen *bump*.«

Stanley sprach mit der Ruhe eines Sanitäters.

»Du scheinst das zu kennen«, murmelte Wolf.

»Ja. Von Zeit zu Zeit machen die das.«

»Du auch?«

»Nein. Ich habe andere Auswege. Hast du einen *bump*, einen *lift*?«

»Nein. Ich weiß auch immer noch nicht, was das ist.«

»Hast du 50 Dollar? Ich besorge es. Wir müssen ihn stabilisieren!«

Wolf gab Stanley das Geld. Der verschwand und kam schnell zurück.

Josh erwachte langsam. Als er die Augen öffnete, starrte er Wolf an, ohne ihn wahrzunehmen.

»Was ist?« fragte Wolf.

»Das Leben ist kalt und roh wie Sushi ...«, antwortet Stanley leise.

»Ich meine, Stanley, was ist mit Josh?«

»Trouble loves him!«

»Das habe ich schon mitgekriegt. Hilf mir, ihn aufzurichten.«

Gemeinsam zogen und schoben sie Josh, bis er mit dem Rücken am Sofa lehnte.

Stanley gab ihm eine sanfte Ohrfeige: »Nun mach schon!« Und Josh kam langsam zu Bewußtsein.

Sein Gesicht glich einer debilen, weißen Maske.

»Brauchst du was?« fragte Wolf.

»Ask my penis«, antwortete Josh, machte aber nach jedem Wort eine Pause.

Stanley schraubte ein braunes Glasfläschchen auf. Im Deckel befand sich ein Plastiklöffelchen. Das tauchte er in die Flasche und hielt Josh ein weißes Pulver unter die Nase.

»Komm, nimm«, sagte er.

Josh schniefte hoch und schien endgültig zu erwachen.

»Jetzt muß ich kotzen!«

Stanley half ihm hoch und Kotze blähte Joshs Wangen. Er schaffte es bis an die Wand. Dort stützte er sich mit beiden Händen ab und entleerte sich mehrmals. Dann drehte er sich um und wischte sich mit dem Ärmel über die Lippen und über die schweißnasse Stirn.

Wolf dachte: ›Wenn man über etwas nicht redet, dann ist es nicht geschehen!‹ und sagte: »Komm, Josh, wir gehen nach Hause!«

»Ich begleite euch«, sagte Stanley.

Sie nahmen Josh in die Mitte; er ließ sich widerstandslos abführen.

Stanley schien sich im Labyrinth des ›Tunnel‹ auszukennen. Nach wenigen Minuten erreichten sie den Ausgang und den geparkten Wagen, in dem Bob schlief. Wolf klopfte an die Fensterscheibe, und Bob erwachte mit einem wirren Lächeln. Niemand sprach während der Fahrt. Zu Hause angekommen gab es keine Worte der Erklärung, und Wolf stellte keine Fragen. Wieder einmal hatte er das Gefühl, Josh eingefangen und zurückgebracht zu haben an den Platz, an den er gehörte. Wäre nun nicht Ruhe der Preis für den Sieg?

»Ich bin sehr müde«, sagte Wolf.

»Ich noch nicht«, antwortete Josh entspannt.

»Du hast ja auch geschlafen!«

Wolf versuchte, souverän zu wirken; niemand war beeindruckt.

»Ich will Stanley zeigen, wie ich zeichnen kann ...«, erklärte Josh. Die beiden verschwanden im Arbeitszimmer.

Wolf ging zu Bett und fiel augenblicklich in die zärtlichen Arme des Schlafs. Dort aber erwartete ihn ein quälender Traum:

Er stand am Check-in eines Flughafens. So spät in der Nacht oder so früh am Morgen, daß niemand außer ihm am Counter war. Dann erschienen zwei steingrau Uniformierte und nahmen ihre Plätze ein.

›Wohin wollen Sie fliegen?‹ fragte eine freundliche Angestellte.

›Nach Hause‹, antwortete Wolf.

›Haben Sie einen Paß?‹

›Nein.‹

›Wie heißen Sie denn?‹

›Ich weiß nicht. Aber Sie kennen mich doch!‹

›Gewiß! Geben Sie mir Ihre Kreditkarte!‹

Wolf suchte, hatte aber keine bei sich. Auch kein Geld und kein Gepäck.

›Na gut. Wir machen eine Ausnahme!‹

Die Dame gab Wolf eine Plastikkarte.

›Das ist ihr Ticket. Öffnen Sie damit diese Tür.‹

Sie machte eine Handbewegung.

Eine ovale Stahltür öffnete sich lautlos, nachdem Wolf die Karte in einen Schlitz gesteckt hatte.

Er trat ein, und die Tür schloß sich hinter ihm. Nachdem er einen endlosen, schlauchartigen Gang durchwandert hatte, gelangte er in eine Shopping-Mall. Dort wurde ihm ein enganliegender Raumanzug in Grau und Orange verpaßt. Andere trugen ihn bereits. Alle waren nun reisefertig. Niemand schaute den anderen an. Auf einem Förderband gelangte er in einen runden Raum. Von dort ging es höher und höher, in einen immer neuen Raum, der genauso aussah wie der zuvor. Schließlich landete er in einer Art utopischem Kinderzimmer. Die Luft war klimatisiert und steril. Zwei Kinder erwarteten ihn. Er sollte mit ihnen spielen. Sie sprachen nicht. Sie waren sehr ernst. Die Wände waren aus Plastik in denselben Farben wie sein Anzug: grau und orange und voller Monitore und Videorekorder. Ein Kind reichte Wolf eine CD. Er sollte sie einlegen.

Auf einem großen Bildschirm erschien die Aufforderung: ›Schneiden Sie sich die Kehle durch!‹ Die CD wurde ausgespuckt und war nun ein scharfes, rundes Messer. Ein Kind nahm es und drückte es Wolf an den Hals.

›Das willst du doch nicht tun?‹ fragte er in Panik.

Ohne die Lippen zu bewegen, antwortete das Kind: ›Doch! Wir brauchen dich nicht mehr!‹

Da sah Wolf, daß das Kind mit Kabeln verbunden war, die wie Adern in den Wänden entlangliefen. Er spürte das Messer, das sich in seinen Hals grub.

In blinder Angst riß er bündelweise Kabel aus den Wänden, das mechanische Tun der Kinder wurde nicht unterbrochen. Er versuchte zu entkommen und sprang durch eine Glasscheibe. Sie splitterte. Schwerelos flog er und landete in einem Raum, ähnlich dem, dem er entflohen war, nur größer. Wieder sprang er durch eine Glasscheibe und dann noch einmal. Und landete in stets gleichen Räumen. Es gab kein Entrinnen!

Die Kinder, es waren seine Enkel, hatten sein Todesurteil empfangen und akzeptiert. Es lautete: Tod wegen sexueller Abartigkeit.

Wolf entkam, weil er die Augen öffnete.

Er schaute zur Uhr. Es war sieben Uhr morgens. Aus dem Arbeitszimmer hörte er Stimmen. Er stand auf. Wollte er dort, bei diesen Stimmen, nach Trost suchen? Bei dem Menschen, der sein Alptraum geworden war?

Josh saß am Schreibtisch und zeichnete konzentriert. Sein Bruder saß neben ihm. Sie diskutierten.

Als Wolf zu ihnen stieß, blickte Josh auf und gab den Blick frei auf etwas, das wie der Entwurf eines Anzugs aussah.

»Ist das zu feminin?« fragte er gutgelaunt.

»Stanley ist begeistert, daß du mein Talent entdeckt hast. Ich habe ihm erzählt, daß wir nach Europa gehen! Sag mal, ist mein Entwurf zu feminin?«

Wolf hatte Zeit gehabt, restlos wach zu werden: »In Rom trägt der wichtigste und mächtigste Mann ein Spitzenkleid und bei Prozessionen eine qualmende Handtasche, die er hin- und herschleudert! Alle fallen vor Begeisterung auf die Knie und keiner findet ihn feminin!«

»Ihr seid vielleicht dekadent in Europa! Ihr werdet untergehen wie die Sowjetunion und der Kommunismus!«

»Kann schon sein. Ich fühle mich eurer Aufgekratztheit auch unterlegen. Ihr klingt immer so selbstbewußt.«

»Du bist eben so alt wie dein Europa. Und du kannst sagen, was du willst: Europa ist einfach nicht modern«, meinte Stanley. »Wir sind mit den meisten Dingen schon durch, nach denen ihr noch ganz verrückt seid. Während wir beten, daß der Planet vielleicht doch noch zu retten ist, erstickt ihr an euren Big Macs.«

»Kein Beten hilft, den Planet zu retten«, sagte Josh. »Wir werden eher einen neuen entdecken und Raumschiffe konstruieren, die die Reichen der alten Welt dorthin bringen. Bevor ein Politiker seine Freunde in der Ölindustrie aufgibt, werden wir im Schmelzwasser der arktischen Gletscher ersaufen und an giftiger Luft ersticken!«

»Etwas verändern geht nur durch Arbeit«, sagte Wolf.

»Ach, die meisten gehen zur Arbeit und werden verbraucht«, mischte sich Josh ein. »Und dabei haben sie Angst, viel zu früh nicht mehr gebraucht zu werden. Das sehe ich bei meinen Eltern. Ich werde nicht gebraucht. Wem geht es da wohl besser? Ich habe keine Lust auf eure Diskussion.«

»Doch, Josh, du wirst gebraucht! Von mir zum Beispiel.«

»Ich werde nie begreifen, weshalb! Aber das ist dein Problem.«

»Ich habe immer geglaubt, daß es einen unüberwindlichen Unterschied gibt zwischen den Leuten, die zuviel Zeit haben, und denen, die keine Zeit haben. Ich dachte immer, ich gehöre zu der letzteren Gruppe. Aber du bringst mir bei, daß Zeit gar keine Rolle spielt. Man muß nur aufhören, auf etwas zu warten.«

»Schön für dich. Aber ich muß jetzt los! Du hast wohl vergessen, daß ich einen Zahnarzttermin habe!«

»Soll ich nicht lieber anrufen …?«

»Nein! Ich bin okay!«

Stanley stand auf. Josh folgte ihm. Wolf blieb zurück, gelähmt vom Grau des Morgens.

Kapitel 35

»Our heroes arrive in the nick of time.«
(Eminem)

›Noch ungefähr eintausendvierhundert Tage, bis der Jahrtausendwechsel die Zeitspanne beendet, an der wohl das Besondere ist, daß man sich später an nichts Besonderes erinnern wird. Jeder sucht nach einem persönlichen Ausdruck oder nach kollektivem Halt. Vielleicht kommt daher die Mode, daß plötzlich alle ein Kreuz tragen? Lieber an einer Kette am Hals, als auf dem Rücken.‹ Auch Wolf besaß eines. Seins war mit kleinen Brillanten besetzt, und er glaubte an die Kraft dieses Symbols. Er hatte es bei Fred Rosen in der Madison Avenue gekauft und viel Geld dafür bezahlt. Später, viel später, sollte sich herausstellen, daß die Steine wertlos waren. Aber das war ihm gleichgültig.

Während Josh beim Zahnarzt war, bummelte Wolf die Madison Avenue entlang. Er mußte die Augen zusammenkneifen, denn ein paar unverschämte Sonnenstrahlen spielten mit den Schneekristallen am Boden und spiegelten sich eitel in den Schaufensterscheiben.

Wolf bemerkte, daß auch sein Brillantkreuz die himmlische Strahlung reflektierte. ›Soll ich jetzt trickreich verführt werden, in religiöse Verzückung fallen und Glückshormone produzieren?‹ fragte er sich und schob das Kreuz unter seinen Pullover. Zu spät! Sein Herz war ausgegangen, Freud zu suchen!

Er blickte in die Schaufenster. Vielleicht würde er etwas

Scheußlich-Schönes finden und Josh mit einem neuen Look überraschen. Mindestens zwei Stunden würde die Sitzung bei Dr. Rosenthal dauern. Ein visueller Schock könnte Josh vielleicht von seinen postoperativen Schmerzen ablenken. Verkleiden war doch das Spiel der ersten Tage, das beiden Spaß ohne Nebenwirkung bereitet hatte.

Wolf hatte längst die Schnauze voll davon, sich wie seine Kollegen in einem Getto des guten Geschmacks zu bewegen, sich einem Regime anzupassen, das von Zen oder Tantra inspiriert schien. Alle konzentrierten sich auf das sogenannte Wesentliche. Was das war, blieb Wolf verborgen.

Er hatte Lust auf den alten ›Eagle-Style‹ à la Jon Voight in dem Film ›Asphalt Cowboy‹. Da er diesen Stil weit über die Siebziger Jahre hinaus getragen hatte, war es noch zu früh dafür, sich wieder mit Cowboystiefeln, speckiger Wildlederjacke und langen Haaren mit Feder zu schmücken. Zum echten Avantgardisten war Wolf zu feige und zu opportunistisch. Deshalb fühlte er sich magisch angezogen von einem Geschäft fast am Ende der Madison Avenue. ›Missoni‹ stand in braunroter Schrift am Schaufenster. Natürlich wußte er, daß der Name für ein italienisches Familienunternehmen stand, das in den siebziger Jahren erfolgreich generationsübergreifend Großmütter, Großväter, Mütter, Väter und ihre Kinder von Kopf bis Fuß mit Gebilden aus Patchwork in Regenbogenfarben überzogen hatte. Während der letzten Jahre hatte diese Firma wie Dornröschen im Tiefschlaf gelegen. Nun betrat Wolf tolldreist wie der Prinz aus diesem Märchen die Filiale und staunte, im Laden Leben anzutreffen, obwohl noch keine hundert Jahre vergangen waren …

Fashion isn't as easy as it looks, und Wolfs Wünsche zu erfüllen war schwer. Doch hier wurden ihm Wünsche erfüllt, von denen er zuvor nichts geahnt hatte. Auf einer Stange hingen Designerstücke, die ihrem Schöpfer wohl nach einer

Überdosis Prozac eingefallen waren. Wolf wählte einen Kurzarm-Pulli mit Ringelbündchen und Jackson-Pollock-Muster. Dazu einen Blazer mit passender Hose, in Wirkware. Nicht nur, daß er wie feucht an seinem Körper klebte. Nein, sein Jacquardmuster in Gelb, Grau, Weiß und braunem Phantasiekaro, ähnlich einem 60er Jahre-Möbelbezug, hätte eine normale Familie zum Serienmord angestiftet.

Der Anzug paßte wie angegossen. Was zum einen daran lag, daß sein Material dehnbar war, zum anderen daran, daß Wolf sich Joshs Nahrungsverweigerung angepaßt hatte.

Wolf zückte die Scheckkarte. Die Verkäuferin schien nicht glauben zu können, daß es tatsächlich einen Freiwilligen gab, der in ihrer Modefalle bereit war, ein Geldopfer zu entrichten. Endlich war ihr der Messias erschienen. Nach Jahren der Hoffnungslosigkeit und des Wartens.

»Awesome!« stöhnte sie.

»Awesome? What are you talking about?«

»I think, it looks brillant«, verbesserte sie sich.

»Sind Sie high? Dann erleuchten Sie mich!«

»Viertausend Dollar.«

Donnerwetter.

Wolf klärte sie auf: »Der Anzug ist ein mißlungenes Experiment, das in einer fiebrigen Masturbationsphantasie entstanden ist. Er paßt aber perfekt zu meiner präsuizidalen Stimmung. Ich bin nämlich auf der Reise von Hitsville to Shitsville. Und da mein Leben eine überlange, fibrige, präsuizidale Masturbationsphantasie ist, komme ich hoffentlich nicht gleich hier! Also beeilen Sie sich! Ich muß raus! Vorsichtshalber behalte ich die Creazione gleich an – werfen Sie das alte Zeug weg!«

Dann stand er vor dem Laden, aufrecht wie Siegfried, der den Drachen erlegt hat. Statt in dessen Blut zu baden, trug er seine Haut. Er fühlte sich unverletzbar!

Das Abenteuer hatte ihn hungrig gemacht. Einen Block

weiter entdeckte er ein Restaurant, das originellerweise »Eat« hieß. Er stürzte zum Büffet und tippte mit dem Finger gegen die Glasscheibe, hinter der Salate und Delikatessen ausgestellt waren.

»Das, das und das«, sagte er und sah ungeduldig zu, wie ein als Koch verkleideter Angestellter einen Teller füllte. Dann ließ er sich einen der Bistro-Tische anweisen und entdeckte in einer Ecke Mike Anderson, der sich gerade einen Bagel mit Räucherlachs und Zwiebelringen in den Mund schob.

»Hallo, Wolf! Schön, dich zu sehen! Aber, for Christ's sake, bleib, wo du bist. Als Anwalt kann ich es mir nicht leisten, mit dir in diesem Aufzug gesehen zu werden.«

»Du schwarze closet-queen, don't shit on my fashion parade!«

Wolf freute sich, daß ihm der Angriff auf Mikes Geschmacksnerven gelungen war. »Weißt du, ich bin auf dem Weg zum Casting für einen David-Lynch-Film, ›Wild at heart, No. 2‹«, sagte er und setzte sich zu ihm.

»Eigentlich hätte ich mir eine andere Rolle vorgestellt, wenn ich dich für einen Film besetzen müßte ...«

»Ach, welche denn, bitte schön?«

»Wie Parzival sehe ich dich auf einem weißen Pferd durch einen dunklen Wald reiten und nach Herumirrenden suchen.«

»Ich habe keine Wahl, irgendeine Chemie der Gefühle bindet mich an Josh. Ich weiß nicht, ob das Liebe ist. Eigentlich ist er mir fremd geblieben. Sehnsucht und Not, sind das Symptome der Liebe? Wenn ja, dann macht sie mir Angst! Meinst du, daß wir, Josh und ich, uns belügen?«

»Wenn die Grundlage eurer Gefühle Abhängigkeit voneinander ist, erwartet euch ein Gefängnis, in dem die Wände immer näher rücken. Wonach habt ihr denn gesucht?«

»Ich glaube, nach einer Bindung, einer echten Freundschaft.«

»Freundschaft ist ein Wunder ...«, sagte Mike und berührte Wolfs Hand.

»Ein Wunder?« fragte Wolf, dem das Wort übertrieben vorkam.

»Ja, Freundschaft ist ein Gleichgewicht, aus Harmonie entstanden, der Verbindung von Gegensätzen. Wie Abhängigkeit und Freiheit. Das Gleichgewicht entsteht, wenn jeder seine Freiwilligkeit bewahrt.«

»Aber ich muß ihn doch führen! Er geht sich selbst so leicht verloren!«

»Hast du soviel Kraft? Oder verfolgst du irgendeine Absicht?«

»Ich will ihn fröhlich machen. Er ist noch ein Kind!«

»Wirklich? Dann solltest du vielleicht doch die Fürsorge anrufen! Oder willst du nur deiner eigenen Depression entfliehen?«

»Ich will ja alles tun ...«

»Nein«, unterbrach ihn Mike, »du glaubst, daß durch die Beziehung dein Problem gelöst wird. Da irrst du! Das mußt du schon selber tun!«

»Mike, manchmal verstehe ich dich nicht!«

»Ich mich auch nicht.«

Wolf zuckte ratlos mit den Schultern.

»Aber sehne dich nicht nach Freundschaft oder Liebe. So lange du dich sehnst, wirst du denken, sie sei nicht da. Dabei stimmt das nicht! Mach's gut und vergiß nicht, man wird immer an dem Körperteil bestraft, mit dem man gesündigt hat!«

Mike stand auf und ging, ohne zu zahlen. Wolf überlegte kurz, welchen Teil seines Körpers die Strafe wohl treffen könnte, dann schaute er zur Uhr – Josh mußte längst fertig sein.

Als er Josh noch halbbetäubt im Wartezimmer fand, war dieser ein Bild stummen Leidens. Sein Gesicht war angeschwollen, und seine Lippen sahen aus wie ein aufgeplatzter Hot dog. Dennoch versuchte er ein Lächeln, und seine Augen weiteten sich, als sie Wolfs unfaßbares Outfit registrierten.

»Move over, Jean, dein Arc schmort durch! Jetzt siehst du deine Lichtgestalt! Nicht nur du bist ein Märtyrer. Auch ich habe meine Schmerzgrenze überschritten!« Wolf mußte lachen. »Kannst du gehen?« fragte er und wunderte sich selbst über seine Frage. Josh war ja nicht überfahren worden.

In den folgenden Tagen benahm sich Josh wie ein folgsames Kind. Sprach kaum und ernährte sich hauptsächlich von Painkillers. Er schlief viel und ging regelmäßig zu Dr. Rosenthal. Wolf paßte sich dem Rhythmus an und hielt diese Zeit für Tage des Friedens und der Harmonie. Das Böse und seine Assistenten hatten keinen Zutritt. Sie eignen sich auch schlecht als Pflegepersonal.

Wolf ahnte, daß Josh nicht in der Lage war, sich neben den verordneten Schmerzmitteln noch andere zu besorgen. Er wußte noch immer nicht, welche das gewesen waren, und vermied auch, Josh danach zu fragen. Offensichtlich litt Josh neben den Zahnschmerzen noch andere Pein, und Wolf empfand nicht nur Mitleid, sondern hoffte, daß diese gemeinsam verbrachte Zeit sie verbinden könne. Er hatte nicht vor, Josh von seinen eigenen durchlebten Schmerzen zu berichten. Hat doch nur die Jugend das Recht, ihre Schmerzen betrachten zu lassen. Ist man älter, stehen einem Schmerzen schlecht zu Gesicht. Sie nehmen den Rest an Schmelz, den man mühsam gerettet hat. Erst, wenn man wirklich alt ist, dürfen Schmerzen zum legalen Thema werden. Bis dahin hört man der Jugend zu.

Josh schritt während seiner Gefangenschaft oft rastlos die Wohnung ab. Blieb vor Gegenständen und Bildern stehen, so als wollte er eine stumme Konversation beginnen. Dann wieder stand er lange am Fenster, ohne wirklich hinauszuschauen. Betrachtete Wolf ihn jetzt vielleicht mit jenen Augen der Liebe, mit denen Kinder exotische Tiere im Zoo betrachten?

›Eingesperrt heißt nicht gezähmt.‹ Wolf begriff, daß die räumliche Nähe nicht automatisch zur inneren Nähe wurde. ›Seine Zahnschmerzen verhindern, daß er sich freibeißen kann …, vielleicht wird aus der Kette ja eine tröstliche Bindung an mich, an sein Zuhause.‹

Er fühlte sich wie ein »best man« – der Freund des Bräutigams, der beim Schritt in ein neues Leben eine wichtige Rolle spielt – und nicht wie ein Krankenpfleger. Dabei wäre für beide vor allem eines zu lernen gewesen: daß der andere ist, was man selbst nicht ist.

Josh dagegen wollte immer wieder sich selbst und Wolf beweisen, wie ähnlich sie einander seien. Und Wolf ließ ihn gewähren.

Josh trug ausschließlich Wolfs Sachen, beobachtete aufmerksam, was Wolf tat und wie, und sagte immer öfter »wir« statt »ich«.

»Wir sollten das so machen«, erklärte er, wenn er Wolf bei seiner Arbeit beobachtete – einer Arbeit, die Wolf eher tat, um sich und Josh zu unterhalten, denn aus Notwendigkeit oder Bedürfnis.

»Warum sagst du ›wir‹, wenn du ›ich‹ meinst?« fragte Wolf einmal und hörte zu seiner Verwunderung: »Das Schlechte in mir hat immer ›ich‹ gesagt.«

Immer öfter versuchte Josh verbissen, Wolfs Zeichnungen zu kopieren und zu variieren. Machte Wolf Anstalten, ihn zu korrigieren, reagierte er sehr unterschiedlich: mal lebte er auf und begann wieder von vorn. Ein anderes Mal lehnte er hochmütig jede Kritik ab und erklärte, er sei jetzt perfekt. Dann wieder verfiel er in Mutlosigkeit und stumpfsinnige Depression, in der ihn nichts zu erreichen schien.

Bald produzierte er bei seiner Zeichnerei nur noch und immer wieder Gleiches. Er fröstelte oft.

War er nicht vom Zahnschmerz oder den Schmerzmitteln benommen, wechselte seine Stimmung von stumpfsinnig und introvertiert zu redselig und aufgekratzt mit einer solchen Regelmäßigkeit, daß sie Wolf geradezu normal erschien. Dieser Normalität paßte er sich an und merkte nicht, daß bei dem Spiel »wer paßt sich wem am schnellsten an« nur klar wurde, wie unterschiedlich sie waren.

Die Dummheit entzieht sich jeder Erklärung. Ist man über 25 Jahre alt, ist es höchste Zeit, erwachsen zu sein. Und Wolf war längst älter. Wie kann jemand Hilfe von jemandem annehmen, der sich aus Dummheit kleiner macht?

Joshs Verletzlichkeit hatte Wolf in den Tagen der Isolation zu begreifen begonnen. Doch Wolf ängstigte sich auch um seine eigene Verletzbarkeit. Und er fürchtete, die Zeit nicht festhalten zu können.

Die Königin, die sich im Märchen in den Finger stach, sah ihr Blut in den Schnee tropfen. Da wünschte sie sich ein Kind, so weiß wie Schnee und so rot wie Blut. Als ihr der Wunsch erfüllt wurde, starb sie, und ihr Kind bekam eine böse Stiefmutter ...

›Wir müssen nicht alles verstehen, aber mit Geduld und Konzentration können wir die Wahrheiten erkennen, die offensichtlich sind.‹ Wolf war stolz, daß es nun Momente gab, da er seine Überlegenheit demonstrieren konnte, weil Josh mit ihm gleichziehen wollte.

Josh hatte sich angewöhnt, das Telefon an sich zu reißen, sowie es klingelte. Wolf hinderte ihn nicht daran. Joshs Wunsch nach Kontrolle über die Außenwelt, über den Ort, an dem sie sich befanden, gefiel ihm.

Meist hörte Wolf ihn brüsk »Nein, niemand da!« oder »Falsch verbunden!« sagen. Fragte Wolf, wer denn dran gewesen sei, gab Josh zur Antwort: »Ach irgendwer!« Oder: »Hab ich nicht verstanden!«

Wolf entschloß sich, nicht mehr darauf zu achten, wann und ob Josh telefonierte. Würde Wolf Vertrauen zeigen, würde er es bekommen.

Nur einmal telefonierte Josh länger. Er saß am Schreibtisch und zeichnete. Es klingelte, und Josh schwieg eine Weile, nachdem er abgenommen hatte.

Dann hörte Wolf ein klagendes »Nein!« Joshs Kopf lag förmlich auf dem Hörer. Er wimmerte. »Was kann ich tun?« fragte er leise.

Dann schwieg er wieder.

Als er aufgelegt hatte, schlug er sich verzweifelt mit der Faust an die Stirn.

»Was ist passiert?« fragte Wolf vorsichtig.

»Meine Mutter. Mein Bruder ist zusammengeschlagen worden. Er hat sich im Garten heimlich etwas Dope gepflanzt. Als er das nachts pflücken wollte, sind drei Typen über den Zaun gestiegen, haben die Pflanzen rausgerissen und Stanley krankenhausreif geschlagen. Meine Mutter hat die Bullen gerufen. Die fanden ein paar verdammte Blätter und haben Stanley mitgenommen. Er soll jetzt angeklagt werden! Und von den Typen keine Spur!«

»Da kann man doch Kaution stellen!«

»Wer? Meine Eltern haben kein Geld!«

»Na, ich, wir!«

»Danke. Aber wir sollten von hier verschwinden. Endlich! Das habe ich meiner Mutter auch gesagt.«

»Glaubst du, daß man irgendwo angstfrei leben kann?«

»Aber du hast doch Geld, hast du gesagt. Da kann man sich doch Schutz kaufen!«

»Die, die Geld haben, haben auch am meisten Angst, das kannst du mir glauben. Gewalt ist die Sprache, die überall gesprochen und verstanden wird. Die Reichen und Mächtigen glauben, Scheußlichkeiten aussperren zu können. In ihrem Turm halten sie sich dann für was Besonderes.«

»Die Armen und Hoffnungslosen genauso. Ich bin auch davon überzeugt, daß ich was Besonderes bin.«

»Siehst du, so akzeptiert jeder seine Lage. Wir kriegen gesagt, daß wir das Recht haben, unser Ziel selbst zu bestimmen. Doch der Wind treibt das Boot, das keinen Ruderer hat.«

Wolf hatte kaum Luft geholt.

»Ja, dann kauf doch endlich ein Boot und laß uns rudern. Das Meer ist nur einen Block weit weg!«

»Gut! Wir legen los! Gleich. Sowie Daar-ling die Fotos gemacht hat.«

»Und wenn wir zusammen untergehen? Hast du davor keine Angst?«

»Zusammen untergehn kann doch auch heißen, daß man füreinander bestimmt ist.« Wolf suchte in Joshs Augen nach einer Antwort. »Absolute Liebe läßt keine Trennung zu. Liebende werden zusammengeführt – irgendwann.«

»Und wenn du ersäufst, als was willst du erinnert werden, Wolf?«

»Am liebsten als Wolfskind.«

»Wie kommst du denn darauf?«

»Das Wolfskind kehrt hinter die Zivilisation zurück. Es ist reine Natur.«

»Ach Quatsch. Du wirst zu Würmern werden.«

»Das hätte eine praktische Seite. Wenn der Wurm den Kopf verliert, wächst der wieder nach.«

Auf Tage scheinbarer Ruhe folgten oft Nächte, in denen Josh keinen Schlaf fand und Wolfs Nähe mied. Im Dunkeln setzte er sich auf und schlang die Arme fest um sich. Oder wanderte geräuschlos durch die Zimmer.

»Was hält dich wach?« fragte ihn Wolf eines Morgens.

»Angst.«

»Wovor?«

»Angst, daß mein Plan, die Weltherrschaft zu übernehmen, fehlschlagen könnte.«

»Wie kommst du denn auf so etwas?«

»Das hat mir der kleine Mann auf meinem Kopfkissen geraten: Verletze die Leute, bevor du verletzt wirst. Er sagt, ich soll mich bewaffnen.«

»Kann sein, daß die Zeiten immer absurder werden. Und keiner ist bereit, sich überraschen zu lassen.«

»Also muß man bewaffnet sein,« knurrte Josh.

»Was nützen Waffen? Die können einem gestohlen werden oder sind unwirksam gegen größere. Hast du nicht vielmehr Angst, den Kampf gegen dich selbst zu verlieren?«

»Ich weiß, daß du denkst, ich sei destruktiv; aber ich weiß nie, wer Freund und wer Feind ist.«

»Da gibt es auch keine Objektivität. In der Schule hat man uns erzählt, daß sich Griechen und Trojaner umgebracht haben. In einem zehn Jahre dauernden Krieg. Angeblich wegen der schönen Helena. Dabei weiß keiner, ob es die schöne Helena wirklich gegeben hat. Sie war wohl nur ein Symbol der Irrationalität.«

»Und um was kämpfen wir? Bin ich vielleicht deine Helena?« Josh lächelte.

»Nein. Aber du sagst mir auch nicht, wie deine heißt!«

»Nennt man ein Phantom bei seinem Namen, ist es Wirklichkeit. Was soll ich bloß tun?«

»Schließ Frieden mit mir! Schließ Frieden mit dir!«

»Gut! Frieden«, sagte Josh und streckte Wolf die Hand hin.

Kapitel 36

»… Knabe sprach, ich breche dich,
Röslein auf der Heiden,
Röslein sprach, ich steche dich,
Daß du ewig denkst an mich …«
(Johann Wolfgang von Goethe)

»Willst du nicht deinen drop-dead schicken Anzug anziehen?«

Josh hielt Wolf den Missoni-Anzug entgegen.

»Gefällt er dir so gut?«

»Ja, der ist wie für dich gemacht! Ich schließe die Augen, zähle bis zehn, dann hast du ihn an!«

Wolf tat wie befohlen. Ob Josh sich insgeheim lustig über ihn und er sich lächerlich machte? Der Anzug schien irgendeinen Nerv getroffen zu haben. »Hättest du ihn gern?«

»Ich könnte ihn nur mit meinem Körper bezahlen.«

»Na, vielleicht hättest du dann mal etwas Ordentliches für deine Währung bekommen!«

Wolf lachte erleichtert, weil Josh bereit schien, einen Witz über ein Tabu seiner Vergangenheit zu machen. Josh dagegen lachte nicht. Nervosität und Lampenfieber schienen ihn zu überfallen. Er verschwand immer wieder im Badezimmer, schleppte seinen Rucksack hin und her, packte ein, packte aus, packte ein …

Endlich war er bereit zu gehen. War kreidebleich und schwarzgekleidet. Von Kopf bis Fuß.

»Im Namen von Tom Ford, gehst du zu einer Beerdigung?«

»Ja, zu meiner! Mr. Gucci wurde schließlich auch ermordet!«

»Hab keine Angst, wenn der Apparat ›Klick‹ macht, wirst du schmerzlos getötet. Du läßt dein altes Leben zurück, das voller Dunkel und Sklaverei war, ohne Licht und Poesie. Und steigst auf zur reinen Oberfläche, erhellt von Blitzlicht und begleitet von Klängen aus dem Gettoblaster! Angst und Gier werden abfallen von dir.«

»Was ist, wenn ich versage?«

»There is no success like failure. Bob Dylan!«

Gleichzeitig mit einer Lieferung von Burger King erreichten Josh und Wolf Daar-lings Studio. Der Fotograf war zu beschäftigt, um sie zu begrüßen. Nach seinen Anweisungen wurden Scheinwerfer hin- und hergeschleppt und wieder umgestellt. Am Set wurde herumgepinselt, und ein rotes Sofa hatte seinen Platz noch nicht gefunden.

Nadja thronte in aller Gelassenheit auf einem Hocker vor einem großen Spiegel. Sie lächelte hinein, als sie Wolf entdeckte.

Wolf ging zu ihr und küßte sie auf den Nacken; er wollte die Arbeit des Visagisten an ihrem Gesicht nicht behindern.

»Du trägst ein schönes Kleid«, sagte er, »schade, daß wir es nicht fotografieren.«

»Es ist von Linda Krachvogel. Ich durfte es nach der Schau behalten.«

»Hast du schon die Sachen gesehen, die heute fotografiert werden sollen?«

»Ja.«

»Und gefallen sie dir?«

»Ja. Ich werde dafür bezahlt, daß sie mir gefallen.«

»I'm sorry. Ich hatte sie mir auch anders vorgestellt. Sie sind das Ergebnis einer langen Kette von Kompromissen.«

»Das macht doch nichts!«

»Nadja, da ist Josh. Ich hoffe, ihr harmoniert miteinander!«

Wolf drehte sich nach Josh um, der unschlüssig an einer Wand lehnte.

»Josh?« sagte Nadja. Und dann: »Schau nur, Daar-ling hat ein paar Jungs bestellt. Alle superblond. Alles Mini-Me's. Hat er gesagt.«

Tatsächlich. Wolf hatte die Jungs übersehen, die hinter dem Sofa auf dem Boden saßen. Sie hatten weißblonde Stoppeln und der eine oder andere hatte wie Nadja Sommersprossen auf kleiner Nase. Sie schnatterten miteinander wie »The Simpsons«. Auf dem T-Shirt des einen stand: »Stop Looking At My Crotch«, auf dem eines anderen: »I Fucked A Backstreet Boy«.

»Ich bin Wolf«, stellte sich Wolf vor.

Alle, es waren vier, sprangen auf und streckten die Hand aus, nachdem die Fleischbrötchen von rechts nach links gewandert waren.

»I'm Alex, I'm Nathan ...«, und so weiter.

Wolf hörte nicht hin. Was hatte die Anwesenheit dieser Jungen zu bedeuten?

Er mußte mit Daar-ling sprechen.

»Oh, ich kann sie wegschicken, wenn du willst«, hauchte der. »Sie sind nicht fest gebucht. Ich habe nur gedacht, meine Inspiration ...! Ich hatte mir Innocence, totale Innocence vorgestellt ...«

»Die hat Josh nicht, das stimmt! Aber wir hatten doch abgesprochen ...«

»Ja, ich weiß. But I've changed my vision. Mann und Frau, weißt du, Mann und Frau nicht als Konflikt, sondern mehr als Inzest! Du verstehst? Ich meine geschwisterliche Liebe. Das ist mehr next millenium!«

»Ach, ich dachte eher an ein Déjà-vu der Fifties. Doris Day und Rock Hudson. Blonde Frau, dunkler Mann. Da paßt Josh doch!«

»Haben wir das mal gesagt? Das wäre doch very clichée!

Aber wenn du meinst. Gleich kommt der Sohn von Iglesias. Er will Model werden …«

»Was soll das denn nun wieder? Josh ist da!«

Daar-ling hörte nicht zu. Er lief einem zierlichen jungen Mann entgegen, der schüchtern zur Tür hereinkam, redete kurz auf ihn ein, nahm seine Hand und zog ihn hinter sich her zu Wolf.

»Das ist Enrique!«

»Freut mich …«, sagte Wolf. »Läßt Daddy dich nicht singen?«

»Doch, ich nehme Stunden. Ich will unabhängig sein. Eigenständig.«

»Stell dich doch bitte mal neben Nadja!«

Daar-ling führte Enrique zu Nadja, die von ihrem Hocker aufstand. Enrique ging ihr bis zur Schulter. Er war ausgesprochen hübsch, mit feiner Nase und dunklem Haar. Nadja lächelte ihn an.

»Du hast hübsche, große Augen«, sagte sie.

»Mein Goldfisch auch«, mischte sich der Visagist ein. »Warum gehst du nicht lieber zum Fußball und wartest auf einen Freistoß?«

Enrique wirkte eingeschüchtert, und Wolf wurde die Situation zunehmend unangenehm. Er ging zu der Gruppe, in der Josh inzwischen den Ton anzugeben schien. Ihr Opfer, Enrique, hatte sie geeint, und gemeinsam zerfleischten sie es.

»Daar-ling kann ihn ja auf einen Tisch stellen, wenn er ihn neben Nadja fotografieren will«, tönte Nathan.

»Dann seht zu, daß er feste Schuhe trägt, damit seine Fußnägel nicht den Tisch zerkratzen«, johlte Josh.

Wolf schien er bewußt zu übersehen.

»Wie kommt die Tusse denn auf den Namen Eri-que? Ist das spanisch für Eri-ka? Wahrscheinlich wird er Lulu genannt! Ihr wißt schon, Loo-Loo, die Toilette. Und da ist er sicher auch entdeckt worden«, erklärte Alex.

Josh fragte scheinheilig: »Ach, und was hat er dort gemacht?«

»Auf dem zweiten Bildungsweg den Mann studiert«, lachte Alex.

»Zweiter Bildungsweg?« fragte Josh. »Mir war schon der erste suspekt. Ich weiß nur, und alle Idioten wissen das auch, daß man auf öffentlichen Toiletten Drogen nimmt, dann verschwindet und eine halbe Stunde später wiederkommt, um wieder welche zu nehmen.«

»Da hast du ja schon viel mehr gelernt als die meisten Tussen, die immer noch nicht wissen, daß man Sex im Schlafzimmer, auf dem Rücksitz von Limousinen oder in Jacuzzis auf dem Dach von skandinavischen Hotels macht, aber auf keinen Fall in Toiletten! Was für Freaks!«

Alex verstummte, als Daar-ling auftauchte. Der hatte den Rest des Gespräches gehört und sagte: »Wer ist hier eine Tusse? Bitte melden!«

Keiner rührte sich.

»Sicher denkt ihr, ich sei eine! Und da will ich euch auch nicht widersprechen. Aber ich finde es lächerlich, wenn sich Freaks über Freaks das Maul zerreißen. Was sagst du, Wolf?«

Wolf blickte schuldbewußt. Er fand, daß er statt zu grinsen einen Beitrag zum Gespräch hätte leisten sollen. Daar-ling sah ihn an.

»Ja, ich finde …«, stotterte Wolf, »man kann mit einem Mann schlafen, ohne eine Tusse zu sein. Und man kann auch eine Tusse sein, ohne jemals mit einem Mann geschlafen zu haben …«

»Ach, das ist ja interessant«, sagte Daar-ling. »Aber jetzt wird gearbeitet! Josh, zieh dich aus!«

Daar-ling stellte sich vor Josh.

»Is that a Mars bar in your pocket? Ich frage nur, weil ich denke, daß ich dich nackt in diesem Kunstpelzmantel fotografieren werde!«

»Kommt gar nicht in Frage«, entfuhr es Wolf. »Komm bitte mal! Ich muß mit dir allein sprechen!« Er war alarmiert. Schon lange fürchtete er, die hysterische Stimmung könnte Josh überfordern. Nun sah er, wie Josh sich entkleidete. Und bemerkte überrascht, daß er das nicht ohne Koketterie machte.

»Bien! Alors, was ist?«

»Daar-ling! Ich fühle mich verantwortlich für das Ganze hier und vor allem für Josh. Er ist sehr verunsichert. Schließlich will er gefallen. Allein schon, daß du andere Models zum Set bestellt hast, muß ihn kränken!«

»Oh, Pardon! Das läuft alles ganz seriös! Professionelle comme toujours! Das Pensum ist groß. Ich weiß nicht, ob Josh das allein bewältigt. Da habe ich für alle Fälle Ersatz bestellt. Also, womit sollen wir anfangen?«

»Ich will dir nichts vorschreiben! Aber dieses Grande Casino hier, das geht nicht! Ich will ja nicht die Gouvernante spielen ...«

»Ach nein?«

»Nein. Aber ich habe Josh gesagt, daß er für die Kampagne fotografiert wird. Er hat sich innerlich darauf vorbereitet, und die Anwesenheit der blonden Baby-Boys verunsichert ihn und mich auch. Er denkt natürlich, daß du die bevorzugst. Und wenn das so ist, dann hättest du ja gleich ...«

»Mon dieu! C'est la vie! So ist das eben! Nichts gilt mehr, was gestern noch galt! Aber ich verstehe! Ich werde deinen Protegé mit Respekt behandeln. Und wenn die Boys ihn irritieren, dann müssen sie eben gehen ... Aber sieh doch, die haben sich inzwischen angefreundet!«

Erstaunt entdeckte Wolf, daß Josh und die Cuties eine gemeinsame Ebene gefunden hatten, die offensichtlich ihrem Alter entsprach. Einem Alter, das sie einte und Wolf sein eigenes spüren ließ. Joshs Jugend wurde zwar meistens von seiner Tristesse überdeckt, war aber eigentlich nicht zu übersehen. Wolf erschrak. Wie zum Zeichen eines geschlossenen Paktes schlugen die Jungen gerade die Fingerspitzen der ausgestreckten Rechten aneinander – »Give me five!«

Wolf entschloß sich, nicht länger seinen düsteren Prinzen zu beobachten, der sich gerade zum Prince Charming entwickelte.

Irgend jemand hatte ›Smashing Pumpkins‹ aufgelegt, und die Klänge aus dem Gettoblaster hätten auch andere zur Tür hinausgetrieben.

Monotones Hupen, Polizeisirenen, das Ächzen und Stöhnen des New Yorker Straßenverkehrs klang Wolf dagegen wie beruhigende, esoterische Sphärenmusik. Langsam ging er nach Hause. Er fühlte, daß das Chaos, für das er mitverantwortlich war, ihm über den Kopf wuchs. Angst und Unsicherheit waren ein schleichendes Gift, das seine Gedanken und sein Herz zersetzte und ihn unfähig machte, das Richtige zu tun. Oder zu entscheiden, was richtig sein könnte.

Die Seele braucht einen sicheren Ort. Einen Ort, wo sie nicht von der Angst so bedrängt wird, daß sie sich dem Risiko des Lebens nicht mehr stellen kann. Wolfs Herz schlug matt wie das eines Sklaven.

Die Seele fühlt sich sicher, wenn der Körper, in dem sie wohnt, von Dingen umgeben ist, die ihm vertraut sind. Diese Vertrautheit entsteht durch wiederholtes Berühren, gerade so wie sich der Blinde zu Hause fühlt oder ein Gärtner in dem Garten, den er pflegt, auch wenn der nicht wirklich sein Eigentum ist.

Wolf betrat seine Wohnung und empfand nur Fremdheit. Er ging zu Bett, ohne irgend etwas bewußt wahrzunehmen.

Als Josh an sein Bett trat, hatte Wolf schon geschlafen. Er fühlte Joshs Blick und öffnete die Augen. Im Traum war er ein Stück Vollkornbrot gewesen. Er lag auf einem Teller und wollte das Glas Wasser heiraten, das neben ihm stand.

»Das geht nicht«, sagte der Teller.

»Du bist nicht rein wie das Wasser. Auf deinen Körnern haben Blattläuse gesessen und du hast das zugelassen.«

»Aber ich bin doch durch das Feuer gegangen«, antwortete das Brot.

»Trotzdem weiß ich das mit den Blattläusen. Tut mir leid! Ich bleibe hart«, sagte der Teller.

Wolf rieb sich die Augen und versuchte ein Lächeln.

»Wie war's?« fragte er.

»Komm, ich zeig dir die Polaroids!«

Schon hatte Josh das Schlafzimmer verlassen und war in die Küche gegangen. Er hatte sich bereits ein großes Glas Wodka eingeschenkt, als Wolf erschien.

»Wie war's?« fragte Wolf wieder.

»Mir brennen die Augen«, sagte Josh wehleidig.

»Wir mußten uns für das Foto andauernd Wasser ins Gesicht spritzen. Daar-ling hatte einen Waschtisch aufbauen lassen wie auf einer Flughafentoilette. Da standen wir im Anzug mit Hemd und Krawatte in einer Reihe und mußten uns immer wieder mit beiden Händen Wasser ins Gesicht spritzen. Das hat dann das Make-up verschmiert und in den Augen gebrannt!«

Josh zog ein paar Polaroids aus der Tasche. Man konnte weder Josh noch die Jungs erkennen.

Sie hielten auf allen Bildern die Hände vor dem Gesicht, und Wasser rann zwischen ihren Fingern hervor in die Ärmel.

»Wo ist denn Nadja?«

»Sie mußte im Mantel quer über einer Reihe roter Plastikstühle liegen. Wie eine Reisende mit längerem Zwischenstopp, hat Daar-ling erklärt. Das war ein Extrabild. Er hat mich nicht mit ihr zusammen fotografiert.«

»Sei nicht enttäuscht. Das kommt sicher morgen«, sagte Wolf und: »Bist du müde? Willst du schlafen?«

»Nein, ich will noch Zeichnen üben. Ich gehe in die Study. Leg dich nur hin!«

Das Glas Wodka in der Hand, verschwand Josh und begann sofort eine Zeichnung, die mit der letzten fast identisch war.

»Durch Arbeit erschafft man sich immer wieder aufs neue. Hast du mal gesagt«, erklärte Josh Wolf, der neben ihm stand.

Wolf konnte sich an diesen Satz nicht erinnern.

Großspurig verkündete Josh: »Morgen kannst du bei Gucci oder Prada anrufen und sagen: ›Hier ist der letzte Nagel zu eurem Sarg – Josh Bradley, der neue Star!‹«

Inzwischen hatte er bereits die dritte oder vierte Zeichnung produziert und schien noch mehr in Reserve zu haben.

Wolf ging zurück ins Bett. Bevor er einschlief, hörte er Josh telefonieren.

›War Josh überhaupt zu Bett gegangen‹, fragte sich Wolf am nächsten Morgen. Noch oder schon wieder vollständig angezogen stand er da, bereit, die Wohnung zu verlassen.

»Ich muß ins Studio! Daar-ling hat uns für neun Uhr bestellt! Laß dir Zeit. Du kannst ja irgendwann nachkommen!«

Josh nahm seinen Rucksack, ging zur Tür, kam noch mal zurück und sagte zu Wolf, der immer noch nicht richtig wach war: »Du kannst schon mal anfangen zu packen! Wenn ich den Daar-ling-Job hinter mir habe, fahren wir weg aus New York!«

»Ja«, antwortete Wolf und dachte: der Master ist der Sklave des Sklaven, denn der Sklave macht den Master.

Mechanisch wusch er sich, zog sich an und warf gedankenlos Dinge auf einen Haufen, die er, wie von Josh befohlen, einpacken wollte.

Tageslicht erhellte die Wohnung. Nichts wollte vergehen. Nichts kündigte sich an.

Irgendwann verließ er die Wohnung und fuhr zu Daarling ins Studio. Weshalb er das tat, hätte er nicht zu sagen vermocht. Seine Anwesenheit empfand er als genauso sinnlos wie seine Abwesenheit. Als er das Studio betrat, suchten seine Augen Josh. Der saß auf dem Boden, umringt von einer Gruppe junger Vorstadtschönheiten. Zwei verschminkte Mädchen und drei Jungs saßen wie Josh auf dem Betonfußboden, rauchten und lauschten Josh, der seine Ausführungen mit großen Gesten begleitete.

Ertappt schaute er zu Wolf empor.

»Das ist Becky«, stellte er vor. Dann folgten die Namen der übrigen. Doch Wolf nahm sie nicht wahr. Die Gesichter von Joshs Gästen verschwammen zu einer einzigen bedrohlichen Fratze, die stumpfsinnig, aber auch triumphierend, Wolf anglotzte. Panik ergriff ihn.

»Was machen die hier, Josh?« Wolf war entsetzt.

»Das sind meine Freunde aus Flemington. Sie wollen mir zusehen.«

»Wir können keine Zuschauer gebrauchen. Bitte sag, daß sie gehen sollen!«

Wolf hätte am liebsten geschrieen: ›Haut ab, ihr Coyoten! Ihr spürt wohl, daß mich die Kräfte und alle guten Geister verlassen haben. Aber ich überlasse euch die Beute nicht. Josh gehört mir!‹

Diesen Gedanken auszusprechen, wäre dumm gewesen. War Josh nicht auch ein Coyote?

Wolf stürmte zu den Toiletten. In dem kleinen Vorraum blieb er stehen. Auf dem Boden lag Joshs Rucksack. Hastig öffnete er ihn. Darin würde er den bösen Geist finden, der Josh beherrschte und sie nicht zueinander kommen ließ. Er durchwühlte den Inhalt erst vorsichtig, dann bedenkenlos, denn er fand nicht, was er suchte. Schließlich kippte er den Inhalt auf den Betonboden. Zerknittertes Papier mit Joshs unvollständigen Zeichnungen, Make-up, Haargel, ein

Kamm und eine kleine, halbvolle Wodkaflasche. Wolf starrte die Gegenstände an, als wollte er sie hypnotisieren und ihnen ein Geständnis abringen.

»Hast du gefunden, was du suchst?« hörte er Joshs Stimme hinter sich.

»Ja«, log Wolf, nahm die Wodkaflasche und hielt sie Josh wie eine Monstranz entgegen.

»Du trinkst heimlich! Warum tust du das?«

»Ich habe Lampenfieber. Kannst du das nicht verstehen? Ich habe geglaubt, daß Daar-ling mich fotografieren will, weil ich ihm gefalle. Und ich habe auch gedacht, daß das eine Chance für mich ist. Aber jetzt weiß ich, daß er das nur tut, um dir zu gefallen!«

Josh hatte ruhig und leise gesprochen, und Wolf wußte nicht, was er antworten sollte. Er hockte noch immer auf dem Boden. Sein Blick fand Joshs Zeichnungen.

»Die sind doch schon sehr gut ...«

»Ja, ich weiß. Sie sind nicht mehr ganz schlecht«, antwortete Josh ruhig, bückte sich, sammelte die Blätter ein und verstaute sie in seinem Rucksack. Wolf stand auf und begegnete seinen entgleisten Gesichtszügen im Spiegel, dazu dem grell gemusterten Missoni-Anzug. Er hatte gar nicht bemerkt, daß er ihn angezogen hatte.

Daß Wolf nicht gefunden hatte, wonach er suchte, hieß nicht, daß es nicht da war. Soviel wußte er.

Die düsteren Vögel aus Flemington, New Jersey, waren fort.

Auf einer provisorischen Tafel, einem langen Brett auf zwei Böcken, war das Catering ausgebreitet. Pizza, Chips und Salat. Josh saß an einem Ende der Tafel und zeichnete. Er war so tief über das Blatt gebeugt, daß seine Stirn es beinahe berührte. Nadja aß Salat und unterhielt sich mit Daarling, der ihr ein blondes, männliches Model vorstellte. Wolf sah Joshs Mutter kommen. Sie schaute sich mit kühlem Blick um. Niemand schien von ihr Notiz zu nehmen. Wolf ging auf sie zu und streckte ihr beide Hände entgegen.

»Ich habe heute frei. Und da wollte ich mal sehen, was mein Sohn macht. Er sagt, er wird fotografiert.«

»Er sitzt da drüben und zeichnet.« Wolf deutete in Joshs Richtung, ohne hinüberzusehen.

»Ach, er wird wohl nicht gebraucht«, sagte Cathy, »die richtigen Models sind alle blond!«

»Das kommt vom Pissesaufen«, erklärte der Visagist, der im Vorbeigehen Cathys Worte aufgeschnappt hatte. »Wir machen gerade alle eine Eigenurintherapie«, fügte er hinzu.

»Wann werdet ihr nach London gehen?« fragte Cathy und zeigte Wolf, daß nichts sie irritieren konnte. Sie schaute Wolf prüfend an und wußte offensichtlich mehr, als sie je sagen würde.

»Bald«, antwortete Wolf.

»Ich erwarte von dir, daß du stark bist. Du bist kreativ, also privilegiert. Und wer privilegiert ist, trägt Verantwortung. Nutze deine Zeit!«

»Warum sagst du das?« fragte Wolf, dem Cathys Worte beschwörend und bedrohlich klangen.

»Ich habe Josh mit deinem Freund Favoloso gegen Morgen in Joshs Zimmer überrascht. Ich weiß, was sie taten. Und du weißt es auch!«

»Nein!«

»Egal! Verliere keine Zeit! Ich verlasse mich auf dich!«

Sie ging zu Josh und legte ihm eine Hand auf die Schulter. Er schaute hoch, ohne zu lächeln. Wolf verstand nicht, was Cathy zu ihrem Sohn sagte. Er sah Josh nicken, dann verließ Cathy das Studio, ohne jemand anzuschauen.

»Da ist sie ja«, rief plötzlich Daar-ling, wandte sich von Nadja ab und eilte einem blonden Mädchen entgegen. Packte es am Handgelenk, zog es hinter sich her und präsentierte es Wolf.

»Ich habe die Agentur um ein Double für Nadja gebeten. Naja, sie sieht ihr nur bedingt ähnlich! Aber das kriegen wir mit Make-up schon hin!«

Er betrachtete das unsichere Model prüfend.

»Weißt du, Wolf«, sagte er, »das ist die Idee, die ich realisieren will. If, you know... die Idee heißt: Stereotyp-Beauty! Weg von diesem Zwang – nur das Individuelle ist schön. Schönes will ich klonen! Schöne Endlosware. Industrieprodukte. Ersetzbar, austauschbar – wäre das nicht fantastique? Jeder bekommt ein gleich großes Stück Schönheit zum gleichen Preis! Das ist modern, das ist morgen! Das ist minimal und maximal zugleich! Ich will die Models in eine quasi endlose Reihe stellen. Sie bieten sich dem Betrachter an und entziehen sich gleichzeitig jeder Interpretation! Wie findest du die Idee?«

»Sehr schön«, antwortete Wolf und sah Daniela kommen.

Sie wurde begleitet von einem keinesfalls eindeutig männlichen Wesen, an dem alles so lang, dünn und dekadent war, daß ihn nicht die eigene Körperkraft, sondern ein Luftzug vorwärtszutreiben schien. Sein Gesicht war gelblich blaß und wirkte freundlich gelangweilt. Er trug einen schmal geschnittenen Anzug aus weich fallendem, dunklem Wollkrepp, ein dunkles Seidenhemd mit langen Kragenecken und spitze Wildlederstiefeletten mit hauchdünnen Sohlen. Er hatte einen kleinen, schwarzen Lederrucksack geschultert. Wolf hielt den Ledersack für einen Teil der Frisur, denn lange, fettige, schwarze Haare waren im Genick zusammengebunden und verschwanden unter dem Rucksack, der aussah wie der Dutt der Callas.

»Wolf, das ist Rien! Rien Van Plus! Rien, das ist Wolf!«

Daniela stellte die beiden einander vor, und Wolf ergriff eine zerbrechliche Hand.

»Rien ist vom Management als Ersatz für dich eingesetzt worden. Er hat sehr erfolgreich die Kollektion deines Kollegen August Sander entworfen. Du weißt, Al – so nennt sich August jetzt – ist dafür bekannt, daß er weiß, was Frauen lieben. Dein Management ist zu der Überzeugung gekommen, daß du es nicht mehr weißt. Außerdem hast du dich in der letzten Zeit als äußerst unzuverlässig gezeigt, sagt man!«

»Ich verstehe ...«, sagte Wolf.

»Also, ich habe Rien hergebracht, damit ihr euch ein wenig austauschen könnt. Er ist nicht ganz zufällig in New York. Er stammt aus Antwerpen. Da kommt ja jetzt vieles her!«

»Ja, ich unterhalte mich gern mit ihm. Ich meine, mit dir, Rien! Aber leider muß ich jetzt gehen. Wir sind doch nicht etwa verabredet gewesen?«

»Das nicht, aber ...«

»Also, bis morgen!«

Wolf streckte erst Daniela, dann Rien die Hand hin. Dann ließ er beide stehen. Klaustrophobie hatte ihn überfallen. Er suchte Josh.

»Josh, ich gehe jetzt. Willst du nicht mitkommen?«

»Nein. Vielleicht braucht mich Daar-ling ja noch.«

»Gut!«

Und plötzlich sagte Wolf, den Blick auf die Blätter mit Joshs Skizzen geheftet:

»Gibt es etwas, das du mir nicht sagen kannst? Willst du mir etwas aufschreiben?«

»Ja, warte einen Moment!«

Josh beugte sich über sein Blatt und hielt die linke Hand so, daß Wolf nicht sehen konnte, was er schrieb. Das Schreiben machte ihm sichtlich Mühe. Schließlich faltete er das Blatt zusammen und übergab es Wolf. Der nahm es entgegen und verabschiedete sich. Erst als er zu Hause war, öffnete er es. Auf dem Zettel stand in großen Buchstaben:

»Du bist ein kleiner, feiner Pinkel. Doch wenn du groß bist, vielleicht kein schlechter Fick! Josh, New York, 1996.«

Kapitel 37

*»… sprach, ich steche dich,
daß du ewig denkst an mich!«*
(Johann Wolfgang von Goethe)

Josh war gutgelaunt, als er spätabends die Tür aufschloß.

»Hallo! Wo bist du?« rief er.

Wolf hatte angezogen auf dem Bett gelegen und regungslos die Dämmerung beobachtet, die ins Zimmer kroch. Das Ausbreiten der Dunkelheit war wie ein langsam wirkendes Beruhigungsmittel für ihn.

Josh schaltete das Licht an. Dann setzte er sich. Stützte die ausgestreckten Arme rechts und links neben Wolfs Kopf und schaute ihn schweigend an.

Wolf versuchte, Joshs Blick standzuhalten, dann ließ er seine Augen zur Seite wandern.

»Du weichst mir immer aus …«, sagte Wolf leise.

»Ich bin doch bei dir«, antwortete Josh betont langsam.

»Ja, das meine ich ja. Auch wenn du bei mir bist, bist du fort. Oder etwas ist zwischen uns.«

»Ich habe dir gesagt, daß ich dich nicht verlassen werde. Es sei denn, du gibst mir einen Tritt.«

»Ich weiß. Das hast du gesagt. Aber du antwortest nicht auf meine Fragen!«

»Du kannst mich alles fragen. Aber nicht aus Unsicherheit!«

»Mit wem telefonierst du nachts?«

»Mit denen, von denen ich mich verabschieden muß.«

»Alles Junkies wie du?«

»Ex. Ex-Junkies.«

»Ex? Heißt das, man nimmt alles auf einmal?«

»Du hast recht. Einmal Junkie, immer Junkie. Aber willst du so lange leben, bis dir jemand den Arsch abwischen muß? Ja? Das ist großartig! Vielleicht soll ich ja derjenige sein! Und dann werden wir all das Geld, das wir sparen, weil wir clean sind, in etwas Sinnvolles investieren. Zum Beispiel in Bier und Käsecracker. Oder hattest du an ein Concorde-Ticket gedacht, damit wir in deine alte Welt fliegen können? Ich war für weniger Geld schon auf dem Mond. Aber darüber kann ich nur mit denen reden, die auch schon dort waren!«

»Ich verstehe oft nicht, was du mir sagen willst ...«

»Du sprichst ja auch nicht meine Sprache. Aber das macht nichts. Ich liebe dich! Die Sünde wird uns schließlich doch vereinen!«

»Nein. Sünde ist das, was trennt. Wer sündigt, sieht nichts, weil er alles zerstört.«

»Deshalb muß ich immer wieder weg. Jetzt verstehst du das vielleicht. Ich habe meinem Bruder versprochen, daß wir mit ihm ins ›Odeon‹ essen gehen. Zum Abschied. Morgen ist mein letzter Arbeitstag mit Daar-ling.«

»Ja.«

»Die Sünde in mir will erst etwas verschlingen. Und dann will ich dich«, lächelte Josh. »Komm, steh auf!«

Wolf erhob sich und ging ins Badezimmer. Er starrte sich im Spiegel an. Dann ging er langsam zurück und sagte: »Josh, ich komme nicht mit. Ich bin wirklich müde. Und es ist vielleicht gut, wenn du mit deinem Bruder allein bist.«

»Ich glaube, er ist nicht allein. Sicher hat er seine Band oder einen Freund dabei! Meistens wird er von Flemington im Auto mitgenommen.«

»Geh allein. Es sieht besser aus, wenn du alle freihältst, nicht ich!«

»Mit deiner Kreditkarte?«

»Nein. Manchmal muß man cash bezahlen. Ich gebe dir meine Bankkarte und den Code. Heb ab, was du brauchst! Ich vertraue dir!«

»Soll ich dir etwas mitbringen?«

»Ja, von allem ein bißchen!«

»Was?«

»Na, etwas von allem, was du für die Dollars bekommst. Vielleicht willst du deinem Bruder ja ein paar *diamonds* kaufen als Andenken. Bring mir doch einen *rock* mit!«

Josh schaute prüfend zu Wolf. Spielte der ein Spiel mit ihm?

»Gut, ich gehe! Und du bist sicher, daß du nicht mit ...?«

»Nein. Ich warte hier auf dich, auf deine Liebe. Auf diesen Angriff muß ich mich vorbereiten!«

Josh machte Anstalten, als wolle er zum Sprung ansetzen. Dabei lachte er ein Lachen, das bei Wolf spontan die Sehnsucht nach einer Umarmung weckte. Konnten sie doch noch Komplizen im Glück werden?

Als hätte Josh Wolfs Gedanken gelesen, umarmte er ihn und küßte ihn auf die Stirn.

»Ich bin gleich wieder da. Du brauchst gar nicht erst einzuschlafen.«

Josh ging zur Tür, klingelte nach dem Doorman. Als der Lift hielt, tat Josh so, als wolle er wieder zurückkommen. Doch dann stieg er in den Fahrstuhl und zog das Gitter hinter sich zu.

Wolf freute sich anfänglich, mit seinen Gedanken allein zu sein. Nicht daß er sie ordnen wollte, nein, fließen lassen wollte er sie. Wieder einmal wollte er mit Gelassenheit die immer wiederkehrenden Mechanismen durchleben, die sich einstellen, wenn zwei Menschen nach Nähe suchen und nur Distanz spüren.

Wolf hatte das Bedürfnis, sich jemandem anzuvertrauen.

Wie so oft nahm er das Buch von Simone Weil, das Daniel Ajzensztejn ihm im Flugzeug geschenkt hatte. Er öffnete es, ihr Geist tauchte aus den Seiten auf, wie der märchenhafte Geist aus der Flasche und sprach zu ihm: »*Grace fills empty spaces ... it can only enter where there is a void to receive it, and it is grace itself, which makes this void.*«

Wolf zog sich aus und legte sich aufs Bett. Er ließ die Nachttischlampe brennen und übte sich in der Kunst des Wartens.

›Ja‹, sagte er sich, ›ich bin ganz leer und bereit, in diese Leere Anmut und Größe vordringen zu lassen. Und ja, Simone Weil hat recht, diese Leere fühlt sich groß und anmutig an.‹

Er öffnete die Handflächen und drehte sie zur Zimmerdecke.

›Es tut nicht weh, daß Josh nicht da ist. Es tut weh, wenn er da ist. Was wünsche ich mir wirklich?‹

Wann würde Josh in die Falle tappen, die er ihm gestellt hatte?

Er stand auf und packte die Sachen, die er bereitgelegt hatte, in einen Koffer. Dann holte er einen zweiten Koffer, legte ein paar Bücher, Papier und Stifte hinein, faltete den Missoni-Anzug zusammen und legte ihn zuoberst in den Koffer. Dann ging er ins Arbeitszimmer, um seinen Paß und die Kreditkarten zu suchen.

Er schaute zur Uhr. Es war nach Mitternacht. Daß Joshs »Ich bin gleich zurück!« nicht »Bald« hieß, das hatte er gewußt. Längst hatte er sich daran gewöhnt, daß Begriffe wie Ehre, Vertrauen, Verläßlichkeit, Pünktlichkeit, ja Liebe interpretierbar waren. Doch so sehr Wolf sich auch bemühte, das Telefon nicht anzufassen – er ließ sich mit dem »Odeon« verbinden.

»Hier ist Wolf.«

»Ja, hallo, hier ist Victor, der Maître.«

»Kennen wir uns?«

»Ja, natürlich!«

»Dann kennst du auch Josh? Ich war mal mit ihm bei euch!«

»Ja, er sitzt hier mit ein paar Leuten!«

»Kann ich ihn sprechen?«

»Ja!«

Es dauerte eine Weile, bis Josh ins Telefon rief: »Was ist? Kommst du her?«

»Nein. Ich wollte nur wissen, wann …!«

»Ich esse gerade ein großes Stück Fleisch.«

»Was? Ich dachte, du seiest Vegetarier!«

»Wieso? Wenn es Sünde ist, Fleisch zu essen, dann hätte dein Gott die Tiere doch aus Kuchenteig machen können!«

»Ach, mir doch egal, was du ißt. Ich wollte nur hören, ob es dir gutgeht, und ob ich schlafen gehen soll?«

»Nein. Warte! Ich werde noch Appetit auf Fleisch haben, wenn ich komme. Bis gleich!«

Wolf ließ den Hörer sinken. Erst lächelte er, dann starrte er blöd vor sich hin. Er durchwanderte die Wohnung, unschlüssig, was er noch einpacken sollte. Er setzte sich wieder und las weiter in dem Buch: »*The essential characteristic of the twentieth century is the growing weakness, and almost disappearence of the idea of value.*«

›Das hat sie doch in der ersten Hälfte des Jahrhunderts geschrieben. Heute wäre sie 87 Jahre alt und spätestens jetzt tot umgefallen. Wer erträgt es schon, wenn seine schlimmsten Ahnungen übertroffen werden.‹

Es mißfiel ihm, daß er noch mal im ›Odeon‹ anrief.

»Nein«, sagte Viktor, »nein, sie sind schon fort!«

Wolf hatte eigentlich nicht warten wollen. Wie oft hatte er sich das schon vorgenommen, seit er Josh begegnet war? Was sind Gefühle wert, die auf Gegenleistung hoffen? Was du mir gibst, was ich dir gebe, geschieht aus Überfluß, nicht aus Berechnung. Doch Wolf ertappte sich bei dem Gedanken, daß sein Herz ein Schatz war, den er geizig bewachte. Gab er ein Stück davon, sollte es ersetzt werden. Sein Ich war ein kleinlicher Händler!

Das Telefon klingelte. Josh war auf dem Weg nach Hause. Er habe sich etwas verplaudert. Aber nun sei er gleich da. Er sitze im Wagen mit Bob. Den habe er sich zur Feier des Abends gegönnt. Und ob Bob seinen Bruder nach Flemington fahren dürfe?

›So ist das immer‹, dachte Wolf, ›immer wenn ich Josh eine üble Tat, einen Betrug, eine Lüge, eine Unzuverlässigkeit unterstellt habe, stellt sich heraus, daß ich Opfer meines Mißtrauens geworden bin. Hört das nie auf?‹

Er legte sich wieder aufs Bett und wartete.

Die metallene Gittertür des Aufzugs wurde zur Seite geschoben, und Josh stand im Raum. Seine Augen hatten einen Ausdruck, den Wolf nicht zu deuten vermochte. War es Freude, Erregung? Der Blick eines Jägers, der sein Opfer erblickt?

Wolf schaute Josh ratlos an.

»Ich bin gleich wieder da«, sagte Josh.

»Wie meinst du das? Du bist doch da!«

»Ich wollte nur sehen, wie es dir geht. Jetzt fahre ich noch mal runter und verabschiede meinen Bruder endgültig. Okay?«

»Okay, aber jetzt warte ich nicht mehr!«

Wolf schloß die Augen. Er würde nichts zu fragen haben, wenn Josh wieder heraufkam. Dennoch fiel er in keinen tiefen Schlaf. In den Wochen mit Josh war sein Schlaf wie der eines gehetzten Tieres gewesen. So war er innerhalb von Sekunden hellwach, als Josh mit seinem Bruder und einem fremden jungen Mann im Flur auftauchte. Sie sprachen leise miteinander. Wolf schaute zur Uhr. Es war kurz vor vier. Stanely trat an Wolfs Bett.

»Was habt ihr so lange unten gemacht?«, fragte Wolf.
»Wir haben geredet.«
»Und, war es nicht genug? Müßt ihr noch weiterreden?«
»Josh will, daß wir ihn begleiten.«
»Ich verstehe nicht, was das soll!«

Stanley setzte sich ans Bett und sah Wolf gutmütig an. So jedenfalls empfand es Wolf.

»Ja, das ist schwer zu verstehen; liegt wohl auch an der Sprache.«

»Was soll das heißen? Meinst du, ich bin ein blödes Schaf?«

»Blöde nicht. Aber ein Schaf schon. Du hättest vielleicht doch bei deiner Herde bleiben sollen ...«

Wolf konnte die Empörung über dieses Sprechtheater kaum unterdrücken.

»Josh!« rief er mit Rage in der Stimme.

»Was willst du?« klang es ungewohnt aggressiv aus der Küche.

»Bitte, Stanley, laß mich allein. Ich möchte aufstehen und mir etwas anziehen!«

Stanley verschwand, und Wolf zog eine Hose an. Josh stand in der Küche, flankiert von seinem Bruder und dessen Freund.

Wolf blickte in Joshs verzerrtes Gesicht, die Augen waren voller Schmerz und Haß.

»Du wolltest mich umbringen!« schrie er und schien sich auf Wolf stürzen zu wollen. Stanley und der andere hielten ihn fest, drückten ihn gegen den Küchentisch.

Noch verstand Wolf nicht, welcher Dämon in Josh gefahren war. Er sagte mehr staunend als empört: »Was redest du für einen Bullshit?«

»Du, du hast mich verführt! Um mich entführen zu können! Weg von allen, die mich lieben. Mich lieben, so wie ich bin! Der, der ich bin, den wolltest du umbringen, um aus mir den zu machen, den du haben und beherrschen willst!«

Josh stöhnte.

»Du lügst«, sagte Wolf hilflos.

»Verstell dich nicht! Ich weiß, wer du bist!«

Josh heulte auf, versuchte, sich loszureißen, trat in Wolfs Richtung.

Stanley und der andere redeten beruhigend auf ihn ein.

»Da, der Abdruck in der Kühlschranktür! Da hat Wolf was nach mir geworfen! Wäre ich nicht ausgewichen, hätte er mich umgebracht. Ja, das hat er gewollt! Da, da ist das Zeichen!«

Der Schlag, der Wolf am Kopf traf, kam mit Wucht und warf ihn zu Boden. Er sah sich daliegen, den Kopf zur Seite gedreht. Er fühlte keinen Schmerz. Nur so etwas wie Mitleid mit dem, der geschlagen hatte. Für Sekunden war es, als wäre Wolf allein. Er sah, hörte und spürte die anderen nicht mehr. Etwas, das wie eine schwere Last für lange Zeit auf ihm gelegen hatte, verschwand.

Ja, Josh hatte Wolf zu Boden geschlagen. Oder hatte Wolf sich nur fallen lassen? Er wäre gern liegengeblieben. Ihm war eingefallen, daß man an dem Körperteil bestraft wird, mit dem man gesündigt hat. Er wäre gern für immer liegengeblieben. Aber Leichen nehmen irgendwann die Gestalt ihres Untergrunds an. Der Boden, auf dem er lag, war aus Schieferplatten. Schwarzem Schiefer.

Wolf stand auf.

Der schreiende Josh war ins Arbeitszimmer gebracht worden, wo die Jungen zu dritt den Morgen erwarteten. Wolf hörte ihn schluchzen: »... und ich hatte mich schon von euch und Mum verabschiedet ...«

Wolf ging nicht mehr zu ihm, obwohl er ihm längst verziehen hatte.

Er wußte, daß Josh ihm nicht verzeihen würde.

Kapitel 38

»This is the day that God has made for you!«
(TV-Prediger auf N.B.C.)

Josh fuhr, ohne geschlafen zu haben, zu Daar-ling ins Studio. Bob kam mit einem kleinen Van und lud ihn, Stanley, den Freund und Wolf ein. Wolf kam unaufgefordert mit. Mechanisch hatte er sich angezogen, die anderen wortlos im Flur getroffen, und schweigend verbrachten sie die Fahrt.

Josh wurde fotografiert. Was hatte Wolf hier noch zu suchen? Er sah Josh kreideweiß und mit aufgerissenen Augen am Set stehen.

»Wie schön er doch ist«, dachte er, und es war ihm, als erkenne er zum ersten Mal die ganze Welt in Joshs Gesicht: Verletztheit, Ohnmacht und unbesiegbare grausame Schönheit.

Die Haut so weiß wie Schnee, der Mund so rot wie Blut, das Haar so schwarz wie Ebenholz ...

Keine Frage, kein Zweifel, kein Wort blieb mehr. Wolf ging, ohne sich umzusehen und ohne ein Wort des Abschieds. Wann dieser Abschied sich angekündigt hatte, hätte Wolf nicht zu sagen gewußt. Vielleicht schon zur Zeit ihrer ersten Begegnung.

Allein zu Hause, spürte Wolf, daß alle Gegenstände ihn wiedererkannten. Sie waren nicht mehr so fremd wie in den vergangenen Tagen. Trotzdem wußte er, daß er sie für eine Weile nicht mehr sehen würde. Er konnte unmöglich in New York bleiben.

Draußen schmolz der Schnee. Nicht Heimweh nach Deutschland ließ ihn an Abreise denken. Es war auch keine Flucht. Fliehen will nur, wer sich gefangen fühlt. Wolf aber fühlte, daß wieder alle Türen offenstanden. Er war schwach und leicht zugleich wie einer, der nach langem Krankenlager den ersten Spaziergang im Freien macht.

Das schmerzhafte Sich-Sehnen hatte aufgehört. Er sehnte sich jetzt nicht einmal nach dem Frühling, der sich draußen ankündigte.

Mike Anderson rief an. Was los sei, wollte er wissen. Es sei vorbei, antwortete Wolf.

»Sorry, tut mir leid. Vielleicht war ich dumm zu glauben, du könntest das schaffen«, sagte Mike.

Und Wolf antwortete: »Ich weiß. Du hast es immer gut gemeint. Ich danke dir, mein Freund.«

Später kam Mike noch einmal vorbei, um Wolf zu verabschieden.

»Josh war bei mir. Er sah schrecklich aus. Hatte immer noch nicht geschlafen. Er war voll drauf und seine Kumpels auch. Er hat sie alle eingeladen von dem Geld, das du ihm gegeben hast. Das war sehr verantwortungslos von dir, Wolf!«

»Ich weiß …«, sagte Wolf. »Das heißt, ich weiß eigentlich nicht … was mir passiert ist … Ich weiß nicht, warum mich das Gefühl von Liebe überfallen hat wie eine ansteckende Pubertätskrankheit. Wie Herpes nach dem ersten Kuß …«

»Weil das Virus Sehnsucht zu dir gehört wie eine chronische Krankheit. Das Virus wacht, selbst wenn du schläfst und glaubst, längst über den Berg zu sein.« Mike lächelte. »Wenn man verliebt ist, vergißt man alle Vorsicht und Bedenken, so ist das nun mal. Aber wären wir nicht wenigstens ab und zu so verrückt , wären wir längst ausgestorben.«

»Aber ich …«

»Ich werde nicht sagen: Paß auf dich auf. Laß dich nicht

warnen davor, die dunkelste Seite deines Herzens auszukundschaften. Tu es in Gottes Namen.«

Mike und Wolf umarmten sich. Sie wußten, daß sich ihre Freundschaft verlieren würde.

Als Wolf Mike zur Tür brachte, kamen Joshs Eltern mit dem Aufzug hochgefahren.

»Wolf, dürfen wir hereinkommen?«

Cathy sah ernst aus. Joshs Vater wirkte gleichgültig. »Ja, natürlich!«

Sie gingen ins Wohnzimmer. Mike stieg in den Fahrstuhl.

Joshs Eltern nahmen nebeneinander auf dem Sofa Platz. Wolf setzte sich in einen Sessel.

»Was ist geschehen?« fragte Cathy. »Josh hat angerufen und gesagt, er geht nicht mit nach London.«

»Ja!«

»Aber warum? Es wäre so gut gewesen ... Wir, wir waren doch einverstanden. Warum ist jetzt wieder alles anders?«

»Das ist die Realität. Was soll ich sagen?« Wolf und Joshs Eltern schwiegen sich an. Blickten zu Boden und dann wieder hoch.

Plötzlich hörten sie, wie das Metallgitter zur Seite geschoben wurde.

Josh trat ein, gefolgt von seinem Bruder.

»Josh!« rief Cathy.

»Hi, Mom«, antwortete Josh.

»Komm, setz dich zu uns!«

Josh kam näher, ohne jemanden anzusehen, setzte sich in einen Sessel und schwieg. Sein Bruder stand groß und massig im Türrahmen wie ein Wächter.

»Josh, sag uns bitte, was los ist!« befahl Cathy.

»Diese Freundschaft ist keine Freude. Sie hat keine Zukunft«, sagte Josh tonlos.

»Keine Zukunft? Keine Zukunft? So was sagt nur ein Junkie«, schimpfte Cathy.

»Wer ist hier der Junkie?« fragte Josh und blickte Wolf für einen Moment fest in die Augen. »Aber du hast recht. Unter Süchtigen gibt es kein Vertrauen. Es hat keinen Zweck.«

Josh stand auf und ging an seinem Bruder vorbei ins Schlafzimmer. Der folgte ihm. Kurz darauf kehrte Josh zurück, wieder gefolgt von seinem Bruder, blieb aber auf halbem Weg stehen. Über dem Arm trug er den grell gemusterten Missoni-Anzug. Wie das abgezogene Fell eines Beutetieres hielt er ihn und sah Wolf fragend an. Der nickte. Dann klingelte Josh nach dem Aufzug.

Cathy umarmte Wolf. Joshs Vater gab ihm die Hand.

»Warte!« sagte Wolf zu Cathy. »Warte, ich habe etwas für dich, zur Erinnerung.«

Er eilte zu seinem Nachttisch, öffnete eine Schublade und nahm das Diamantkreuz heraus.

»Da! Es gehört dir! Vergiß mich nicht!«

Cathy schüttelte den Kopf.

Wenn Wolf später an Josh oder Skyler dachte, hatte er nur einen Wunsch: daß dieser sich nicht an ihn erinnern möge.

> *»Der Rausch aus Reden und aus Lachen,*
> *Die Liebe im und aus dem Wort –*
> *Wir wolln daraus kein Drama machen:*
> *Etwas war da und ist nun fort.«*
>
> (aus: E. Strittmatter »Nachher«, letzte Strophe)

Kapitel 39

»It is not by chance that you have never been loved ...«
(Simone Weil, »An Anthology«)

Wolf war in einer Stadt im Norden Deutschlands gelandet. Er hatte dort einmal gewohnt und gearbeitet. Jetzt quartierte er sich im Hotel »Intercontinental« ein. In seiner Wohnung wohnte ein Freund, den er nicht treffen wollte. Ihm war nicht danach, Fragen zu beantworten.

Er war ohne Trauer gegangen, doch auch ohne Freude angekommen. Wie ein Feldarbeiter stand er früh auf und kam bei Anbruch der Nacht in sein Hotelzimmer zurück, als sei die Monotonie sein Halt.

Wenn er abends einschlief, freute er sich auf die Portion Quark, die ihm der Zimmerkellner am Morgen servieren würde.

Wolf spürte, er konnte nicht länger Puppenspieler sein. Nicht etwa, weil ihm keine Geschichten mehr eingefallen wären oder weil ihn Puppen und das Entwerfen von Puppenkleidern nicht mehr interessiert hätten ... Er hatte den Ehrgeiz verloren. Applaus oder Kritik waren ihm gleichgültig geworden. Vor allem aber wollte er nicht mehr die Sprache sprechen, die man in der Welt der Puppenspieler spricht.

Da er jedoch nicht wußte, was er statt dessen tun sollte, und sich keine neuen Interessen oder Sehnsüchte einstellten, machte er weiter. Und fühlte sich wie an ein großes, unsichtbares Stundenglas gekettet. In seinem Rücken verrann die Zeit und er konnte sich nicht bewegen.

Er begegnete Menschen, die ihm Sympathie und Zuwendung anboten. Doch er fühlte sich außerstande, etwas anzunehmen, weil er selbst nichts zu geben hatte. Er richtete sich ein in seiner Isolation, und aufwendige Gefühle bekamen keinen Zutritt.

Der übellaunige deutsche Winter hatte sich breitgemacht und besetzte die Gemüter. In New York ist der Wettergott wie ein tolldreistes, abenteuerlustiges Kind, dem jeden Tag ein neues Spiel einfällt, mit dem er die Menschen ärgern oder unterhalten will. In Deutschland ist er ein alter Mann, der sich nur langsam bewegt. Die Tage waren grau, und im kalten Boden dieser Zeit schliefen die gute und die böse Saat. Letztere, das weiß jeder, schläft weniger tief.

Wolf telefonierte regelmäßig mit seiner Tante, der Schwester seiner Mutter. Diese hatte keine Kinder und deshalb Wolf in die Einsamkeit ihrer letzten Jahre gebeten. Sie hatte das Haus seiner Kindheit nie verlassen und wartete dort seit längerem auf den Tod. Immer, wenn Wolf sie besuchte, führte sie ihn wie eine alte, stolze Königin durch ihren großen Garten. Sie lebte mit Pflanzen und Blumen. Starben diese im Winter, so starb auch sie jedesmal, um mit ihnen im Frühjahr wieder zu erwachen.

Jetzt aber sah es so aus, als sei der Tod schneller als der Frühling. Telefonierte Wolf mit seiner Tante, so spürte er ihre wortlose Angst. Deshalb sagte er und hoffte, dabei nicht zu lügen: »Ich verspreche dir, daß du erst stirbst, wenn es Frühling wird. Ich habe dem Himmel und seinen Engeln Bescheid gesagt, daß sie sich beeilen müssen!«

»Ich glaube dir, mein lieber Junge«, war ihre Antwort.

Als Wolf ankam, lag sie bereits in Agonie allein im Krankenhauszimmer. Ihre Augen waren gebrochen und ihr Atem flog ächzend durch ihren offenen Mund ein und aus.

Wolf hätte sie beinahe nicht erkannt. Der Todesengel hatte ihr alles genommen, womit sie ihr Alter und ihre Krankheit kaschiert hatte. Nun glich sie den Bildern ihrer Vorfahren im Greisenalter. Wolf fühlte, daß sie so nicht gesehen werden wollte. Wie von unsichtbarer Hand fühlte er sich an die Zimmerwand gedrückt. Stolz und Würde, ihre beiden Helfer im Leben, bewachten ihr Sterben und verboten jedes Zunahetreten. Wolf ergriff die Hand seiner Tante. Sie war heiß, und ihr Fieber schoß durch seinen Körper wie ein Stromstoß.

In der letzten Februarnacht starb sie. Am nächsten Morgen brach der Frühling aus.

Er dauerte nur eine Woche, doch Wolf war dankbar, daß er sein Versprechen hatte halten können.

Als in der Kirche über dem Sarg, der mit weißen Blüten geschmückt war, plötzlich ein schwarzer Schmetterling gaukelte, wußte Wolf, daß in der Holzkiste nur der Körper der Tante wie ihr verschlissenes, abgelegtes Kleid lag.

Bald darauf tauchte Wolf wieder in der anderen Welt auf.

Kapitel 40

»*Als du noch nicht geboren warst, da bin ich dir geboren und hab dich mir zu eigen gar, eh ich dich kannt, erkoren.*«
(*Wolf an Wolf, 1996*)

Auf dem Flug nach New York schlief er. Im Traum befand er sich im Wohnzimmer seiner Eltern. Da standen die Stehlampe und der Sessel – sein Vater saß darin mit ernstem Gesicht. Unter seinen Füßen der Afghanen-Teppich in Dunkelrot mit schwarzem und weißem Muster. Wolf saß seinem Vater gegenüber und hatte den Kopf auf beide Hände gestützt.

Er weinte.

›Nein!‹, schluchzte er, ›Ich will kein Schlosser werden. Ich habe für den Beruf kein Talent.‹

›Ja, aber, was soll aus dir werden? Du hast versagt‹, antwortete der Vater.

›Ich weiß‹, sagte Wolf stockend, ›ich bin so lange zur Schule gegangen und habe nichts verstanden.‹

›Du hast dir einfach keine Mühe gegeben. Dabei hast du das Glück, nicht dumm zu sein!‹

›Es gibt keine Liebe und keine bahnbrechenden Erfolge in meinem Leben.‹

›Ach, du hast stets erfolgreich keinen Erfolg zugelassen, aus Angst, ein größeres Stück deiner empfindlichen Seele verkaufen zu müssen. Du bist nicht bei Trost!‹

›Ich bin eben nicht klug! Und du warst zu ängstlich, um mir deine Schmerzen zu zeigen. So bin auch ich feige geworden und scheitere an einer Mutprobe nach der anderen, statt ihnen schlau aus dem Weg zu gehen. Ich traue mich nicht, das Leben zu führen, das ich mir wünsche.‹

›Wie willst du so ein Leben finanzieren? Hast du dir das mal überlegt? Du brauchst endlich einen Beruf!‹

›Ja, ich bin pleite! Verzeih mir! Aber ich habe mich sehr kostenintensiv gefragt, ob ich glücklich bin, und mußte feststellen, daß die Antwort »nein« ist!‹

›Was soll nun aus dir werden? Ich kann nicht ewig für dich sorgen!‹

›Ich weiß es nicht! Ich bin aber nicht suizidgefährdet, falls du das denkst, Vater. Schließlich habe ich mich nicht selbst geboren, warum sollte ich mich also umbringen? Für den Weg zurück in den Mutterleib bin ich zu groß! Und irgend jemand, der leider vergessen hat, mich einzuweihen, scheint in meiner Existenz einen Sinn zu sehen!‹

»Wenn das Lamm mit dem Wolf Freundschaft schließt, wird es bald ewige Ruhe haben. Tumult war dein Leben, Umwege waren dein Ziel …‹

Wolf sah das Gesicht seines Vaters wie im Zeitraffer uralt werden und rief: ›Bitte, bleib, wir müssen doch noch Freunde werden!‹

Kein Schrei weckte ihn aus seinem Traum, sondern die Flugbegleiterin, die seine Schulter berührte. Wolf war froh, von seinem schlafenden, ängstlichen Ich getrennt worden zu sein. Sein waches war ihm entschieden lieber.

»Wir landen. Haben Sie Ihre Einreisedokumente ausgefüllt?«

›Ich muß Boden unter die Füße bekommen‹, dachte Wolf. ›Meine Träume erzählen immer wieder von einem heimatlosen, schuldbeladenen Versager. Ich muß den Anfang der Geschichte finden, die Stelle, an der ich den falschen Weg eingeschlagen habe. Ich muß die Nuß knacken, bevor meine

Hände anfangen zu zittern. Man ist auch das, was man tut. Ich war halt Puppenspieler. Also ein Spieler. Und das Spiel ist aus, wenn es niemandem mehr Freude macht. Eine Puppenschau noch, eine letzte! Dann gehe ich zurück in meine Heimat. Wenn ich dann wieder nach New York komme, bin ich Besucher und kein Suchender.

Vielleicht gehe ich ins Erzgebirge, dorthin, wo ich als Fünfjähriger verschickt wurde und auf Skiern stand. Dorthin, wo Weihnachtspyramiden, Engel und Nußknacker gedrechselt werden. Vielleicht lerne ich auch, wie man Nußknacker baut und bunt lackiert. Ich werde auch Nußknackerinnen entwerfen mit großem kräftigen Kiefer und pinkfarbenen Lippen, und auf ihre hölzernen Kleider werde ich bunte Blumen malen.

Wenn ich zeitgemäße, funktionstüchtige Nußknacker bauen kann, werde ich mich konturlos in die Gemeinschaft einfügen. Nicht nur Kinder brauchen Nußknacker, sondern alle, die sich an die schönen und schmerzhaften Tage der Kindheit erinnern können.‹

Wolf war in New York gelandet. War zurückgekommen. Die Sonne schien und hatte doch noch nicht allen Schnee weggetaut. Schmutzige Reste klebten im Rinnstein und in Straßenecken.

Dieses Licht aber, das gleißend in die Straßenschluchten einfiel, sich in tausendundeiner Fensterscheibe der einen Straßenseite spiegelte, die andere einem riesigen, dunklen Schatten überließ, dieses Licht, das es nur in New York gibt, enthüllte die widersprüchliche Seele der Stadt und versprach gleichzeitig, daß der Winter vorbei war.

›Wieso glaube ich immer wieder, die Stadt freue sich auf mich? Du bist doch eine Lügnerin! Dein Herz ist kalt und nur wer Geld mitbringt, wird liebevoll empfangen. Was will ich hier bei dir? Gnadenlos liebevoll versuche ich mich der organisierten Schizophrenie anzupassen und zu glauben, was du mir einredest. Du hast kein Herz für Schwache und Unwissende. Immer wieder lasse ich mich von dir belügen und immer wieder glaube ich, ich sei hier zu Hause.‹

Doch – der Doorman schien sich tatsächlich zu freuen. Er lächelte, als er Wolf begrüßte und ihm die Koffer abnahm. Wolf kannte ihn noch nicht. Er sei gerade aus Rumänien gekommen, erzählte er, die Worte suchend.

»Wacht auf, ihr Mumien«, rief Wolf, als er seine Wohnung betrat und die stummen Gegenstände wiedererkannte.

»Wenn ihr tot seid, warum habt ihr euch nicht hingelegt? Wie wär's mit einem Hallo?« Wolf gab dem Cherub-Pärchen, das noch immer über dem Kamin hing und sich kein Stück nähergekommen war, einen Klaps auf die rosa polierten Wangen.

Dann öffnete er alle Fenster, wollte sehen, ob alle Wolkenkratzer noch an derselben Stelle standen. Das Empire-State-, das Chrysler-, das City-Corp-Building und alle anderen Türme schönsten, realisierten Gigantismus standen da. Mächtig, doch auch irgendwie rührend anzusehen, wie traurige, stolze Giganten. Riesige Dinosaurier in einem Urwald aus Stein.

Das Telefon klingelte.

»Welcome back, Motherfucker!«

Da war sie wieder, die Stimme von Linda Blair aus ›Der Exorzist‹.

»Hallo, Favoloso! Woher weißt du, daß ich zurück bin?«

»Vom Secret Service, was denkst du? Es ist doch wieder Style-War und die Truppen haben sich gesammelt. Man wartet nur auf dich und deine furchteinflößenden Modelle. Wann ist deine Schau?«

»In einer Woche.«

»Dann hast du ja genügend Zeit, alle Puppenkleider noch mal zu ändern. Sie sollen diesmal sehr provinziell sein, sagt Daniela. Very you!«

»Ja, auch häßliche Dinge machen viel Arbeit. Das weißt du doch, Favoloso!«

»Stil ist eine Frage des Niveaus, des Selbstbewußtseins. Nicht eine Frage der Arbeit. Du hast recht, ich weiß, wovon ich rede. Ich habe keine Arbeit, aber Stil!«

»Ich wundere mich, daß du bei all dem Gift, das du in dich hineingestopft hast, immer noch so viel Ungeziefer im Kopf hast.«

»Ich war beim Psychoanalytiker, auf der Couch. Er saß wie Sigmund Freud hinter meinem Kopf, damit ich nicht sehe, was er sich während der Sitzung reinzieht. Gebracht hat es uns beiden nichts. Man muß mich weiterhin nehmen, wie ich bin. Basta! Also, wollen wir uns treffen? Ich bin heute abend bei ›Mr. Chow‹. Ich lade dich herzlich ein, denn du mußt bezahlen! Es wird Pekingente geben!«

»Gut, ich komme!«

Das Restaurant gehört Mr. Chow. Er hatte die phantastische Dekoration im Stil des Art déco und die ebenso phantastischen asiatischen Menüs erfunden.

Wolf hatte Hunger und freute sich besonders auf Seetang mit Chicken-Sautée und süßem Pflaumensirup.

›Mr. Chow‹ war nur einen Block von seiner Wohnung entfernt und im Lauf der Jahre Wolfs Kantine geworden.

Wiedersehensfreude ließ sein Herz klopfen, als er den Lalique-Glas-Stab an der silbernen Tür ergriff, um sie aufzudrücken.

Legendäre Restaurants haben wie Städte ihre Geburtsstunde, dann ein lautes, kurzes oder langes Leben und sterben danach oft langsam und mehr oder minder elegant. Die Geburt von ›Mr. Chow‹ war in den Siebzigern. In den Achtzigern kam das Siechtum, nachdem Mr. Chows Frau, Tina Chow, ein berühmtes eurasisches Model, an Aids gestorben war. Die Trauer, die Mr. Chow empfand, machte den Ort zu einem Tabu. Jetzt, da man in den Neunzigern das Achtziger-Revival feierte, feierte auch ›Mr. Chow‹ seine Wiedergeburt und es war schwer, einen Platz zu bekommen.

Wolf hatte seiner Kantine all die Jahre die Treue gehalten, und der Maître und seine Kellner begrüßten ihn überschwenglich. Man bat ihn, an der Bar einen Drink zu nehmen, während sein Tisch gedeckt werde.

Die Bar, schwarz und gelackt wie ein Piano, befand sich auf einer Art Empore, von der man den tiefergelegten Teil des Restaurants überblicken konnte. Riesige rote Papierfahnen hingen von der Decke und berührten eine Pyramide weißer Casablancalilien, die in der Mitte des Raumes auf einem Tisch standen.

Reiche Rapper und Hip-Hopper hatten Anfang der Neunziger die staubfreie Eleganz von ›Mr. Chow‹ mit den elfenbeinfarbenen Lackwänden und fächerförmigen Alabaster-Wandapplikationen für sich entdeckt und die Rock- und Popstars der Achtziger verdrängt, für die das Restaurant früher berüchtigt war. Während diese sich immer noch durch ihre phallischen Musikinstrumente und ihr lautes Benehmen hervortaten, demonstrieren die neuen, meist dunkelhäutigen Gäste ihre musikalische, materielle und autoerotische Überlegenheit eher schweigend.

Wenn Rapper nicht gerade rappen, führen sie nachdenklich oder übellaunig ihre Chicks, Diamanten und limitlosen schwarzen American-Express-Karten aus.

Wolf sah in dunkle Gesichter, die keinen Blick erwiderten.

›Hier fallen ein aufgekratzter Uptown-Yuppie und ein staunender Europäer mehr auf als ein schwarzer Alien‹, überlegte Wolf, als er eine Gruppe entdeckte, die sich lauter amüsierte als die neue Elite, ein Mischmasch aus aufgestiegenem Nutten-Proletariat und Gangster-Nihilisten.

An dem Tisch, an dem gelacht wurde, stand Favoloso, mit dem Rücken zu Wolf. Offenbar hatte er Überlebende der Soul- und Funk-Generation getroffen, die immer noch nicht bereit waren, ihre Legende in Ruhe zu Haus zu zelebrieren.

Wolf verließ seine Position an der Bar und bahnte sich den Weg. Er erkannte, wen Favoloso da so zum Lachen gebracht hatte, daß die dünnen, schwarzen Zöpfe mit den eingeflochtenen bunten Perlen um seinen Kopf schleuderten wie ein Miniatur-Kettenkarussell und rosa Zahnfleisch entblößt wurde wie eine frisch geöffnete Auster mit einer Reihe kleiner Perlen.

Es war Stevie Wonder.

Schwarze Brillengläser bedeckten seine blinden Augen und er japste: »Wer bist du?«

»*When I'll come back, I will be a flower!*« sang Favoloso, eine Komposition von Mr. Wonder zitierend.

Da er mit Kopfstimme gesungen hatte, wiederholte Stevie Wonder seine Frage: »Come on, wer bist du?«

»Ja, Mr. Wonderbar, wenn du mich sehen könntest, würdest du wissen, daß ich die Kirsche auf deinem Kuchen bin und nur darauf warte, aufgepickt zu werden. Aber gut, ich bin Sunny & Cher in einer Person!«

»Was?« lachte Stevie Wonder, warf den Kopf zurück und zeigte wieder sein Zahnfleisch. Einer seiner Begleiter meinte zu Favoloso: »Stop that! Don't bullshit a bullshitter! Sag Mr. Wonder endlich, wer du bist!«

»Wie soll ich das, wenn ich es selbst nicht weiß! Außen bin ich Favoloso, aber innen bin ich Miß Peggy Lee. Das kann ich beweisen, wenn ihr still seid!«

»Gut! Aber beeil dich!« muffte Mr. Wonders Begleiter.

Der Rest der Gesellschaft stocherte teilnahmslos in grüngefärbtem Lobster mit grünen Bohnen herum oder drehte blasiert den Stiel der Weingläser.

Favoloso begann zu summen und dann langsam und leise zu singen:

»*There's a story the gypsies know is true
That when your love wears golden earrings,
She belongs to you ...*«

Er hatte Wolf noch immer nicht bemerkt, war zu sehr mit seinem Publikum beschäftigt. Wolf achtete nicht weiter auf den Gesang. Favolosos Selbstinszenierung war ihm längst zu vertraut, um ihn faszinieren oder schockieren zu können.

Neben Favolosos Füßen hatte Wolf aber die schwarze Hundetasche entdeckt. Der Reißverschluß war offen, und die Tasche barst schier. Daß darin der Hund lag, der einst wie er ›Wolfgang‹ getauft worden war, konnte Wolf nur vermuten. Den Pelz hatte das Tier offenbar gewechselt, seit Wolf ihn das letzte Mal im ›Tunnel‹ gesehen hatte.

»*Ich werde dich bei deinem Namen rufen!*«

Eher leise rief Wolf: »Wolf! Wolfi!«

Der Hund war, daran erinnerte sich Wolf, an Nachtleben und Lärm gewöhnt. Jetzt schlief er anscheinend in der Tasche, und man sah nur ein Stück Fell, das ebensogut ein Rotfuchskragen hätte sein können. Der nun lebendig wurde. Zwei Ohren, auf fast lächerliche Weise den Spitzen eines Sofakissens ähnlich, wuchsen aus der Taschenöffnung, und drei schwarzglänzende Punkte, die ein fast gleichschenkliges Dreieck bildeten, wurden zu dem Gesicht, das Wolf wiederzuerkennen glaubte.

Auch der Hund schien ihn wiederzuerkennen. Mit einem Satz befreite er sich aus der Tasche und flog mehr zu Wolf, als daß er lief.

›Wie ein Huhn im Windkanal‹, schoß es Wolf durch den

Kopf, und beinahe hätte er laut gelacht. Wer auch immer im Übermut dieses Wesen erschaffen hatte, es war ihm gelungen, einen kleinen Kobold in viel zu großem, rotblondem Pelzmantel zu erfinden, mit einem noch viel größeren Herzen und viel zu kleinen, dünnen Beinen.

Wolf und die Evolution waren mit einem Scherzartikel ohne praktischen Nutzen überrascht worden.

›In freier Wildbahn wäre Wolfi ohne Beschützer nicht überlebensfähig‹, dachte Wolf. »Aber das bin ich ja auch nicht.«

Er bückte sich, preßte Wolfi an sich und glaubte zu spüren, wie ihrer beider Herzen klopften. Auf jeden Fall wußte er, daß er sich von dem, der seinen Namen trug, nicht mehr trennen wollte. Und daß er dafür eine List werde anwenden müssen.

»Favoloso«, rief Wolf, »Favoloso, ich bin's!«

Favoloso brach seinen Gesang ab und ignorierte den Applaus seines Publikums.

Wolf lächelte und Favoloso schrie: »Motherfucker! Don't you know, you have been convicted of first degree assholism! Now you must die!«

Dann fielen sie sich in die Arme.

Kapitel 41

»I never had a penny to my name so I changed my name.«
(Richard Prince, Maler)

»Ich hätte Wolfi beinahe nicht erkannt. Er hat den Pelz gewechselt«, sagte Wolf zu Favoloso, als sie zu dem Tisch gingen, den der Kellner für sie vorbereitet hatte.

Wolf trug Wolfi noch immer auf dem Arm.

»Ich hätte dich auch beinahe nicht erkannt«, erwiderte Favoloso.

»Dein Haar ist gewachsen. Und überhaupt ... ich meine, es war für uns alle hart ... aber du hast nie besser ausgesehen als in der Zeit, als du gelitten hast ...«

Wolf und Favoloso setzten sich so, daß sie einander in die Augen sehen konnten. Favoloso ergriff Wolfs Hand. Mit der anderen Hand streichelte Wolf den Hund auf seinem Schoß.

»Nicht zu wissen, ob man geliebt wird, muß hart sein«, sagte Favoloso.

»Meinst du mich?« fragte Wolf.

»Ja, dich meine ich. Ich habe ja jemanden. Aber du ... Ich weiß, die Liebe eines Tieres ersetzt nicht die eines Menschen. Aber ein Tier kann dich lehren, Liebe zuzulassen, auch wenn diese Liebe sprachlos ist. Du lernst, nicht zu fragen und die Wärme der Liebe zu fühlen. Ein Tier gibt alles, was es hat. Es ist treu, treu dem Leben. Wer Angst vor Tieren hat, hat auch Angst vor den Würmern, die ihn einst fressen werden.«

»Du weißt immer so viel, Favoloso. Warum behältst du das Geheimnis für dich?«

»Du willst wissen, ob Josh dich geliebt hat. Und – soll ich es dir sagen?«

Favoloso machte einen Mund, als hätte er eine Flasche Essig ausgetrunken. Sein Blick war stechend.

»Meine Liebe zu Josh hat sich zur Ruhe gelegt und ich werde ihren Schlaf bewachen und ihren Traum auch ...«, lächelte Wolf. »Ich brauche deine Wahrheiten nicht mehr.«

Wolfi drehte sich auf Wolfs Schoß einmal um sich selbst, stützte die Vorderpfoten auf, hob den Kopf und spitzte die Ohren.

»Er ist kurz vor sprechen«, sagte Favoloso. Und tatsächlich ließ der Hund den Unterkiefer ein paarmal rauf- und runterklappen. Er sah aus wie jemand, der nach Worten sucht und sie nicht findet.

»Ich glaube, er hat Hunger. Wann hast du ihn zum letzten Mal gefüttert?«

»Was soll die Frage? Er ißt, wenn ich etwas zu essen bekomme. Er lebt mein Leben, verstehst du? Er wartet auf mich, wenn ich zur Arbeit muß, und geht mit mir aus, wenn ich frei habe. Das ist halt meist nachts. Er begleitet mich in Bars und Clubs. Will ich jemanden kennenlernen, hole ich ihn aus der Tasche und Wolfi erledigt die Anmache für mich. Dann setze ich ihn wieder in die Tasche und unter den Barhocker. Ich weiß selbst, daß das kein leichtes Leben für ihn ist. Aber er macht das Beste daraus, wie ich. Bietet mir jemand Drogen an, kann es sein, daß ich sie mit Wolfi teile. Nicht absichtlich. Aber manchmal fallen ein paar Krümel auf den Boden, dann springt er aus der Tasche und leckt sie auf und ich kann sehen, ob der Stoff harmlos ist. Bisher ist ihm und mir alles bestens bekommen. Wie ein Trüffelschwein ahnt er, wer Speck in der Tasche hat. Da ist er wie ich. Er springt dann hoch und kratzt mit beiden Pfoten an dessen Bein. Ich weiß Bescheid und jede Ausrede ist umsonst. Das nenne ich Symbiose. Er beschützt mich und ich ihn. So gut ich kann.

Zweimal hat man ihn in seiner Tasche unter dem Barhocker weggezogen. Einmal glaubte irgendein Puertoricaner, in der Tasche sei etwas Wertvolles. Draußen unter der nächsten Straßenlaterne hat er dann gesehen, was er geklaut hat, und brachte Wolfi zurück. Siehst du, wir haben einen Schutzengel. Das heißt, Wolfi meint eigentlich, ich brauche keinen. Immer, wenn ein gefiedertes Wesen über uns hinwegfliegt, rast er kläffend hinterher und verjagt es.«

»Wie kann der Hund denn rasen? Er hat doch viel zu lange Nägel«, entgegnete Wolf.

»Ja, er müßte mal zur Pediküre. Die Nägel wachsen halt, wenn er in meinem kleinen Zimmer auf all den CDs und Videokassetten liegt und auf mich wartet. Manch ein Hundebesitzer kann sich einen Walker leisten. Manche haben auch einen Garten oder eine Dachterrasse, Zeit und Geld eben. Andere haben das nicht …«

»Willst du mir Wolfi nicht überlassen?«

»Nein, du wolltest ihn damals nicht. Jetzt gehört er mir. Er liebt mich und ich ihn! Basta!«

»Aber wenn du ihn liebst …«, warf Wolf ein.

»Wollen wir schon wieder über Liebe reden? Ja? Sorry, aber von diesem Thema verstehst du nichts!«

»Na gut, dann klär mich endlich auf.«

»Also gut. Ich habe die Bibel gelesen und keine Stelle gefunden, an der Jesus gesagt hätte: ›Du sollst nicht ficken.‹

»Was soll das jetzt heißen?«

»Das erklär ich dir! Josh hat mir gesagt, daß er lieber mit Jennifer geschlafen hat als mit dir. Sie konnte er besser verachten. Und vielleicht sind die beiden auch wieder zusammen. Irgendwas verbindet sie stärker als das, was euch verbunden hat. Sie hat ihm wohl geraten, mach die Kampagne, laß dir die Zähne machen …«

Wolf hörte für einen Moment nicht zu. Ein kleiner

Schmerz war in seiner Brust erwacht, legte sich aber gleich wieder schlafen. Er zog den Hund an sich, als wolle er sich hinter dem kleinen Tier verstecken.

»Favoloso, es ist gut. Es ist gut, verstehst du?«

»Ja, ja. Aber ich sage immer: man bekommt Läuse, wenn man sich zu einer Hündin legt!«

Der Kellner brachte eine Silberplatte mit Blinis, Lauchstreifen und braunem Sirup. Dann verschwand er und kam mit der gelackten Pekingente wieder, die er vorführte und dann zerteilte. Favoloso nahm mit den Fingern ein Blini, legte ein Stück Entenfleisch darauf, etwas Lauch und kleckerte die süße, braune Soße darüber. Dann wickelte er das Blini zu einer Rolle und biß hinein. Am anderen Ende rutschten Entenfleisch, Lauch und die Soße heraus und landeten auf seinen gewölbten Bauch, der nur knapp zwischen Tisch und Stuhl paßte.

»Sag mal, Favoloso, führt dein Bauch ein Eigenleben? Trotz deiner beschränkten finanziellen Möglichkeiten ist er, anders als dein Bankkonto, ständig gewachsen ...«

»Ich will dir was sagen, Wolf! Ich bin mehr als mein Taillenumfang.«

Wolf hatte ebenfalls ein Blini präpariert. Als er es zum Mund führen wollte, kam ihm Wolfis Schwanz dazwischen, wischte ihm wie die Straußenfeder vom Kopfputz einer Revuetänzerin durch das Gesicht. Er mußte lachen und entfernte ein feines langes Hundehaar von seinen Lippen.

Der Hund drehte den Kopf. Er lächelte ihn an wie ein Clown. Wolf lächelte zurück und fühlte, daß die Trauer zurückkehren würde, wenn er das Lächeln dieses Clowns nicht mehr sehen könnte.

»Josh, Skyler, hat mir gesagt, daß man mit dem Mann, den man liebt, nicht schläft. Also, was meinst du: Hat er dich geliebt?«

Wolf antwortete nicht, schaute Favoloso ruhig in die Augen.

»Skyler hat mir erzählt, daß er die Männer, mit denen er schlafen mußte, gehaßt hat«, fing Favoloso wieder an.

»Vielleicht hat er ja dann dich geliebt. Willst du mir das sagen? Aber was ist das für eine Moral? Man erklärt den Käufer für schuldig, weil er die Ware annimmt, die sich ihm angeboten hat?« fragte Wolf.

»Jesus hat der Hure verziehen, aber Josh konnte sich wohl nicht verzeihen, daß er immer der erste war, der flachgelegt wurde, und der letzte, der bezahlt worden ist.« Favoloso lachte. »Das hat Mick Jagger übrigens über Anita Pallenberg gesagt. Deren beste Freundin war auch das Heroin. Mit dieser Begleiterin macht man immer ein schlechtes Geschäft.«

»Moral ist immer die Frage der Gegend, in der man sich befindet. Wo ist Josh denn jetzt?« fragte Wolf.

»Siehst du, Wolf, mich kann man alles fragen. Und ich weiß alles! Surprise, surprise!«

Favoloso wackelte mit dem Kopf wie »die bezaubernde Jeannie«, wenn sie aus der Flasche kommt.

»Also, er ist mit Daar-ling in ein Kloster nach Thailand geflogen. Soul-cleaning, Meditation und so'n Bullshit. Bevor sie abgeflogen sind, haben wir uns im Restaurant getroffen und über ihren Trip geredet. Als mich Daar-ling bat, mit seiner Kreditkarte zu bezahlen – er hatte seine Kontaktlinsen nicht drin – hab ich mir vorsichtshalber die Nummer notiert. Als die beiden dann in Thailand waren, habe ich mit Daar-lings Stimme bei seiner Bank angerufen und die Kreditkarte gecancelt. So hatten die beiden kein Geld. Ich weiß nicht, wie sie überlebt haben. Außerdem habe ich all ihre Rückflüge in die USA storniert. Daar-ling mußte vor Ort beweisen, wer er ist, um seine Kreditkarte wieder zu aktivieren. Das hat Tage gedauert. Die Flüge nach Hongkong und Tokio waren gecancelt und Josh und Daar-ling mußten per Warteliste von City zu City fliegen. Aus ihrem Honeymoon wurde ein sweet Desaster. Du weißt, Rache heilt das Herz!«

»Meins nicht. Für mich hättest du das nicht machen müssen. Aber ich bewundere deine Durchtriebenheit und böse Intelligenz. Warum benutzt du sie nicht für dich selbst?«

»Was?« Favoloso stopfte sich ein neues Blini mit einer viel zu großen Portion Entenfleisch und Sirup in den Mund. Er beherrschte zwar die Kunst, auf beiden Seiten des Kiefers gleichzeitig Speisen zu zerkauen und dabei zu sprechen, doch jetzt quoll braune Soße aus seinem Mund. Wolf deutete auf sein Gesicht und meinte: »Paß auf!«

»Mein Gott«, sagte Favoloso »jetzt kacke ich schon aus dem Gesicht«, nahm die große Stoffserviette und verschmierte die Soße über seine ausgepolsterten Wangen.

»Ich wollte sagen«, begann Wolf aufs neue »es ist schade, daß du deine Talente nicht für etwas Vernünftigeres benutzt.«

»Tu ich ja. Aber es bringt kein Geld. Jedenfalls nicht genug. Ich finde mein Publikum nicht. In der Schule habe ich mal den Schwanz und die Eier von Präsident Kennedy mit Buntstift gezeichnet. So wie ich sie mir vorgestellt habe. Die ganze Klasse hat applaudiert, aber ich habe eine schlechte Note bekommen.«

»Du bist ein lebendes Kunstwerk. Da mußt du halt damit rechnen, verlacht, verleumdet und ausgebeutet zu werden. Künstler sind die wahren Priester! Während jedes Jahr Millionen Menschen getötet werden, erzählen Künstler der Welt ihre Träume, erzählen von Trauer, Frieden und Liebe. Während Amerika seine Söhne im Vietnamkrieg verbluten ließ, rettete Rock 'n' Roll die Welt. Du kannst doch singen! Komm, rette uns mit Gesang, anstatt Gruben zu graben, in die wir fallen sollen!«

»Und wer gibt mir eine Bühne, bitteschön?« fragte Favoloso.

»Ich, ich werde dir eine geben!«

»Und wo?«

»Ich gebe dir meine. Und mein Publikum. Ich mag es nicht mehr. Und es mag mich nicht mehr. Du kannst es haben. Ich schenke es dir!« antwortete Wolf.

»Danke, Messias! Und ich muß nicht übers Wasser laufen?«

»Nein. Nur über den Laufsteg.«

»Gut! Give me five!«

Favoloso und Wolf streckten die rechte Hand aus. Als die Handflächen über dem Tisch aneinanderklatschten, klebten sie beinahe fest vom Rest der süßen Soße.

»Ich werde dich bei deinem Namen rufen.«
(Der Herr, irgendwo in der Bibel)

Als Wolf sich von Favoloso und Wolfi verabschiedet hatte, überlegte er, ob er Josh bei seinen Eltern anrufen sollte oder besser nicht.

In seiner Wohnung stand er unschlüssig vor dem Telefon. Wie so oft entschied er sich, die Lösung der Frage einem Orakel zu überlassen. Er schlug das Buch von Simone Weil auf. Da stand: »*That which we want is the absolute good. That which is within our reach is the good which is correlated to evil. We betake ourselves to it by mistake, like the prince who starts to make love to the maid instead of the mistress. The error is due to the clothes ...*«

Wolf überlegte: »Der Irrtum liegt in der Kleidung. Bekleidung? Dem Falschen, was man trägt? Na gut, ich werde meine Verkleidung ablegen und der sein, der ich bin. Man wird mir verzeihen müssen.«

Er wählte die Nummer in New Jersey.

»Hier ist Wolf«, sagte er, als er eine Frauenstimme hörte. »Cathy?«

»Ja, hier ist Cathy. Wie geht es dir, Wolf?«

»Ach, gut. Wie geht es euch?«

»Naja.«

»Trägst du mein Kreuz noch?«

»Ja, weißt du ...«, sie lachte, »... weißt du, verzeih, ich werde es jetzt wohl immer tragen.«

»Ab jetzt, für immer?«

»Ja, sorry. Ich muß dir etwas gestehen.«

Sie schwieg für einen Moment.

»Weißt du, Wolf, wir waren in ernsten, finanziellen Schwierigkeiten. Da habe ich gedacht, also ich habe gedacht, daß du doch immer bereit warst zu helfen. Und daß es dir vielleicht auch recht ist, wenn ich dein Diamantkreuz verkaufe ... Also bin ich zu einem Pfandleiher gegangen und dachte, er gibt mir vielleicht ein paar tausend Dollar dafür ... aber weißt du ...«, sie lachte, »es ist falsch. Wertlos sozusagen ...«

»Ich sollte es vielleicht zurück ...?« fragte Wolf.

»Nein. Bitte nicht. Ich möchte es behalten. Dadurch, daß es nicht den materiellen Wert hat, den ich vermutete hatte, hat es jetzt einen anderen. Einen, den mir niemand stehlen wird, weil er mir auch von niemandem geneidet wird. Verstehst du?«

»Ich glaube, ja. Mach's gut, Cathy. Und grüß mir Josh. Vielleicht sehen wir uns ja einmal wieder ...«

»Ja, vielleicht. Das wäre schön.«

Nach diesem Gespräch war es Wolf, als wäre endgültig Frieden in sein Herz gekehrt.

Aber er wußte, daß er noch eine heilige oder böse Schlacht zu schlagen hatte.

»Ich werde dich bei deinem Namen rufen.«

Der Laufsteg war aufgebaut und mit Nessel bespannt. Ein paar Bühnenarbeiter bedeckten ihn gerade mit transparenter Plastikfolie, damit er nicht schon vor Showbeginn Fußspuren bekam. Das Bühnenbild bestand aus drei riesigen Paravents, Rahmen, die ebenfalls mit Nessel bespannt waren. Der mittlere war etwas zurückversetzt und bildete somit den Ein- und Ausgang für die Puppen. Die teuersten Models nannte man nicht mehr »Super«, sondern »Über«. Deutsche Worte waren im New York der Neunziger »hip« geworden.

Wolf versuchte, die Zeit bis zum Showbeginn totzuschlagen. Die Kleider und Accessoires waren geordnet, aufgehängt und mit den Namensschildern der Puppen versehen, die sie tragen sollten.

Ann Christensen hatte ihm diese Arbeit abgenommen. Ebenso das Casting und die Wolf stets peinliche Auswahl der Puppen.

Visagisten und Hair-Artisten kamen und bauten auf langen Bänken ihr Handwerkszeug auf.

Das Catering, Snacks, Obst und Getränke, stand bereit und der Tonmeister machte einen Soundcheck nach dem anderen.

Einige Pressefotografen sicherten sich die besten Plätze am Ende des Laufstegs.

Ein paar ›Über-Models‹ kamen hereingetrödelt und suchten an den Kleiderstangen nach ihrem Namen. Hatten sie ihn gefunden, probierten sie die Modelle an. Danach blieben sie oft nackt, bis auf einen fleischfarbenen G-String, rauchten eine Zigarette oder tranken ein Glas Champagner. Heiße Luft kam aus einem Gebläse. Man schwitzte eher, als daß man fror.

Wolf würdigte die Kleider, in denen sein Name stand, keines Blickes. Er wußte, daß seine ursprünglichen Ideen in kaum einem mehr zu erkennen waren. Daran war er gewöhnt. Wie an all die anderen Kompromisse seines Berufes.

»Hallo, Wolf, darling, how are you?« fragte eine Dame mit schwarzen Brillengläsern und mahagonifarbenem Pagenkopf.

Hinter ihr standen ein Kameramann und ein Tonmeister.
»Hallo, Elsa. I'm fine!« sagte Wolf.
Und beide küßten die Luft neben ihren Köpfen.
»Wolf, was ist die Botschaft in deiner Mode? Was ist das Neue?«
Ein Scheinwerfer wurde eingeschaltet und blendete Wolf. Früher war er immer sehr aufgeregt gewesen, wenn ihm solche Fragen gestellt wurden. Jetzt, Elsa Klench von C.N.N. gegenüber, jetzt war er seltsam entspannt, als er sich antworten hörte: »Das Neue und zugleich das Konstante an der Mode ist, daß oben der Kopf herauskommt. Das ist dann die Botschaft!«
»Wie wahr«, entgegnete Elsa, und ihre Lippen zuckten maliziös. »Und welche Rolle spielst du während der Fashion-Week in New York? In diesem Mode-Zirkus? Ich meine, als Ausländer?«
»Die Figur, die ich in diesem Stück spiele, hat keine ökonomische oder theatralische Bedeutung mehr. Wie das Chrysler-Building stehe ich einsam in New York herum und versuche zu glänzen.«
»Das ist sehr amüsant. Und was hast du dir für den Evening ausgedacht?«
»Für den Abend? Für den Abend habe ich mir ausgedacht, zu verschwinden.«
»Oh! Ich danke dir! Du bist immer so surprising!«
Elsa küßte wieder die Luft und entschwand, um sich mit ihrem Team ihren Platz zu suchen.
Die Puppen waren ausstaffiert, bemalt und frisiert. Nun standen sie in einer langen Reihe hintereinander und warteten auf ein Zeichen von Arthur, der mit Kopfhörer bewaffnet auf das Signal des Tonmeisters wartete. Er berührte die erste Puppe an der Schulter und sagte leise: »Los!«
Musik erklang, gleißendes Licht übergoss die erste Delinquentin, während das Publikum im Dunkeln saß.

Das war normalerweise der Moment, in dem Wolf versuchte, sich totzustellen. Wie der Trainer einer Eisprinzessin, die er ein halbes Jahr für ihre Kür trainiert hatte, rechnete er jetzt mit einem Unglück, einem Sturz, einem lauten »Buh!«. Dieses Mal dagegen wartete er nervös auf Favoloso, den er hierher bestellt hatte.

»Typisch«, dachte Wolf »es ist wie immer. Braucht man ihn nicht, ist er da. Braucht man ihn unbedingt, ist er unbedingt nicht da.«

Es waren aber erst circa zwei Minuten der Showtime vorüber, dreizehn Minuten blieben Wolf für sein Vorhaben noch.

Da, da war er! Kam verschwitzt glänzend hereingehastet, die Hundetasche in der Hand.

»Favoloso, wo kommst du so spät her?« zischte Wolf.

»Hast du mir vielleicht einen Wagen geschickt? Nein! Hast du nicht! Aber ich denke nicht daran, als Star mit der U-Bahn zu fahren. Bob hat mich hergebracht. Und wird auch auf mich warten. Auf deine Kosten!«

»Okay, okay! Sprich mit dem Tonmann. Ich habe ihm gesagt, daß du zum Finale rauskommst und ›*Golden earrings*‹ singst. Okay?«

»Was bildest du dir ein? Ich singe nur, wenn ich will. Wie die Vögel. Und nur vor meinem Publikum, das mich sehen will. Ich bin doch nicht dein Pausen-Clown. Ich brauche viel Applaus!«

»Na, gut. Mach doch, was du willst. Dann gehe ich eben wieder selbst raus. Wie immer. Und verbeuge mich!«

Favoloso hatte sich abgewandt und war zu dem Tonmann gegangen. Wolf sah, daß Favoloso ihm ein Tape gab, dann zurückkam und eine Puppe nach der anderen abküßte. Wolf ignorierte er.

Inzwischen war die letzte Puppe zurückgekommen.

»Alles aufstellen fürs Finale!« rief Arthur.

Eine altmodische Melodie erklang. Arthur schaute Wolf fragend an. Der nickte.

»Alle noch einmal raus!« befahl Arthur.

Favoloso wartete, bis alle Puppen sich rechts und links des Laufstegs aufgestellt hatten.

»Da, nimm die Tasche. Ich muß raus!« herrschte er Wolf an. Der ergriff sie, spürte Wolfi darin und preßte sie an sich.

Mit langsamen, dramatischen Schritten trat Favoloso auf den Laufsteg. Wolf hörte das Staunen des Publikums wie eine sanfte Meeresbrandung.

Favoloso trug einen Kopfbügel mit Mikro. Wolf beobachtete ihn durch einen Schlitz im Paravent. Er ging bis ans Ende des langen Laufstegs, dort, wo die meisten Fotografen, Kameras und die wichtigsten Gäste waren. Natürlich sang er nicht *Golden earrings*. Er sang ein Lied von Judy Collins.

> *»Bows and flows of angel hair*
> *And ice cream castles in the air*
> *And feather canyons everywhere*
> *I've looked at clouds that way*
> *But now they only block the sun*
> *They rain and snow on everyone*
> *So many things I would have done*
> *But clouds got in my way.«*

Mit höherer Kopfstimme als je zuvor begann er den Refrain zu singen, hopste hin und her und riß die Arme in die Höhe. Einige Leute applaudierten, andere lachten. Er überhörte alles und sang:

> *»I've looked at clouds*
> *From both sides now*
> *From up and down and still somehow*

It's clouds illusions I recall
I really don't know clouds at all.«

Wolf verabschiedete sich von niemandem. Zog seinen Mantel an und ergriff seine Reisetasche, die unter einem Tisch gestanden hatte. Die eine Tasche in der Hand, die andere an den Körper gepreßt, verließ er den Showplatz. Draußen entdeckte er Bob in seinem Sedan und stieg ein.

»Los, Bob, zum Flughafen. Du setzt uns ab und fährst zurück. Favoloso wird dich suchen und wenn er dich dann gefunden hat, sagst du, die Polizei hätte dich weggejagt. Und sag nicht, wo du uns hingebracht hast.«

Wolf nahm Wolfi aus der Tasche, der sogleich an ihm hochsprang.

»Er ist kurz vor sprechen«, dachte Wolf und schaute aus dem Fenster.

Der Abend hatte einen blauen Mantel über New York geworfen mit Tausenden von goldenen Knöpfen.

Wolf und Wolfi verließen New York.

Favoloso hatte noch mindestens vier Strophen zu singen. Dazwischen der wiederkehrende Refrain:

»I've looked at clouds
From both sides now
From up and down and still somehow
It's clouds illusions I recall
I really don't know clouds at all.«

Als er fertig war, sah er sich um in einer Mischung aus Stolz und Scham.

Das überraschte Publikum sprang von den Sitzen auf, jubelte und klatschte. Es dauerte lange, bis Favoloso bereit war abzugehen.

Natürlich fand Favoloso irgendwann heraus, in welcher Stadt Wolf und Wolf nun lebten. Gott weiß, wer ihm das Geld für ein Ticket gegeben hatte. Aber eines Tages tauchte er dort auf und ging zur Polizei.

»Mr. Wolf hat meinen Hund gekidnappt, gestohlen, wissen Sie!« meldete er auf deutsch.

»Können Sie mir sagen, wie ich die beiden finde?«

Die Polizeibeamten schüttelten den Kopf und lachten vielleicht auch heimlich. Sie konnten Favoloso nicht helfen. Denn Wolf und Wolfi hatten ihren alten Namen wieder angenommen.

Manchmal, wenn Wolf an Favoloso dachte, überlegte er, ob auch Wolfi an ihn dachte. Wenn ja, so wußte er, war es voller Liebe.

Lieber Freund,

es ist wieder Weihnachten.
Und es muß ein heller Stern über der Hütte gestanden haben, in der Du geboren wurdest.
Du, mein Freund, hast mich zurückgebracht zu denen, die mir schon immer ihre grenzenlose Liebe geschenkt haben. Ich habe das nur nicht erkannt, weil sie mir aus Liebe auch grenzenlose Freiheit gaben. Sie ließen mich, dumm wie ein Schaf, einen Wolfspelz tragen, mit dem ich glaubte, mich tarnen zu können bei meinen gefährlichen Abenteuern.
Wie dumm ich gewesen bin!
Was wir »Schicksal« nennen, machen wir selbst.
Alles ist Wirklichkeit. Sichtbar an der Qual der Wiederholung. Sichtbar an der Gnade der Wiederholung.
Der Wolf tötet, um zu leben. Nur der Mensch tötet, um zu töten.
Dabei ist seine Macht nur Illusion. Keine Wirklichkeit.
Manchmal zerbricht etwas in Sekunden. Und wenn Du denkst, jetzt verlierst Du alles, hast Du Dich selbst gefunden.
Alles bleibt ein Geheimnis.
Es gibt keinen Grund, allzu viel Angst oder allzu viel Hoffnung zu haben.
Während ich unsere Geschichte aufschrieb, hast Du zu meinen Füßen gelegen. Nicht immer. Aber fast immer.
Der Leser wird sagen: die Geschichte hat kein Ende.
Kein Happy End.
Aber wer weiß schon, wann und wie etwas endet. Einer von uns beiden wird vor dem anderen gehen. So ist das nun einmal.

Aber jetzt stehe ich vor meinem Gabentisch, auf dem noch immer Geschenke liegen, die ich nicht ausgepackt habe. Und neue sind dazugekommen.
Ich bin zu Hause!
Ich danke Dir!

Dein Wolfgang

PS: *Jetzt, wo ich an Dich schreibe, denke ich an ein paar Worte von Simone Weil ...*
»Wir wünschen, daß alles, was Wert hat, ewig sei. Nun ist aber alles, das Wert hat, das Ergebnis eines Treffens. Dauert für die Zeit dieses Treffens und endet, wenn das, was sich getroffen hat, getrennt wird.
Das Nachdenken über den Zufall, der meine Mutter und meinen Vater zusammenführte, ist heilsamer als das Nachdenken über den Tod.
Die Verletzlichkeit wertvoller Dinge ist Schönheit. Denn Verletzlichkeit ist das Zeichen ihrer Existenz.
Sterne und blühende Obstbäume: Bilder der Beständigkeit und äußerster Zerbrechlichkeit beschreiben den Sinn von Ewigkeit ...«
(Simone Weil, Ausschnitt aus *La Pesanteur et la Grâce*. © Plon, 1947)

»*Ein bewundernswert gescheiter Erzähler.*«
Die Welt

Frank Goosen
Mein Ich und sein Leben
Komische Geschichten
224 Seiten · geb. mit SU
€ 18,90 (D) · sFr 36,–
ISBN 3-8218-0921-3

Auch als *Hörbuch* bei Tacheles
2 CDs · 152 Minuten
Autorenlesung: Frank Goosen
€ 22,90 (D) · sFr 44,90
ISBN: 3-9361-8646-4

Ich weiß gar nicht, was er will. Wir hatten es doch nett in den Siebzigern. 1970 waren wir vier Jahre alt und 1980 vierzehn, keiner kann sagen, wir hätten damals Autos angezündet oder mit Terroristen gefrühstückt, unsere Vergehen waren nie politisch, immer nur modisch. Wir sind zwar nicht die Kinder von Marx und Coca-Cola, aber immerhin die von Ilja Richter und Bluna.
Frank Goosens gesammelte Erzählungen, Kolumnen und Kurzgeschichten erstmals in Buchform. Ein bestimmt nicht endgültiger Nachlach zu Lebzeiten.

»Selten beim Lesen eines Buches so gelacht! Goosen wächst hier über sich hinaus, legt die Latte der humoristischen Unterhaltungs-Literatur auf Rekordhöhe.« *Stadtblatt – Osnabrücker Illustrierte*

»Herzergreifende Déjà-vus für Gleichaltrige, anschaulich-lebendiger Geschichtsunterricht für später Geborene, locker, lakonisch und definitiv zum Schreien komisch!« *Kölner Illustrierte*

Eichborn.

Kaiserstraße 66
60329 Frankfurt
Telefon: 069/25 60 03-0
Fax: 069/25 60 03-30
www.eichborn.de

Wir schicken Ihnen gern ein Verlagsverzeichnis.